Arena-Taschenbuch

Band 2637

Mary Ray
interessierte sich schon von Kind an für alte Geschichte, speziell für das alte Griechenland. Nach ihrem Studium der Sozialwissenschaften und Theologie arbeitete sie einige Jahre im sozialen Bereich, bis sie schließlich mit dem Schreiben begann. Seither hat sie etwa ein Duzend historische Romane veröffentlicht und sich in England einen Namen als Jugendbuchautorin gemacht. Mary Ray lebt und arbeitet in der Nähe von Canterbury, England.

Dieses Buch ist ein Musterbeispiel: wie man eine historische Erzählung – hier aus der griechischen Antike – höchst lebendig darbieten kann, ohne Versuche anzustrengen, sprachlich die vergangene Epoche nachzuempfinden und damit Authenzität zu gewinnen.
SÜDDEUTSCHE ZEITUNG

Mary Ray

Flucht nach Delphi

Aus dem Englischen
von Thomas Meyer

Arena

In neuer Rechtschreibung

1. Auflage als Arena-Taschenbuch 2003
Lizenzausgabe des Verlags Freies Geistesleben, Stuttgart
Die Originalausgabe erschien unter dem Titel »The voice of Apollo«
bei Jonathan Cape, London

Übersetzung: Thomas Meyer
Umschlaggestaltung: Constanze Spengler unter Verwendung
des Gemäldes »David« von Michelangelo Caravaggio und
des Freskos »Tänzer des Festmahls« eines unbekannten Meisters
Umschlagtypografie: Agentur Hummel + Lang
Gesamtherstellung: Westermann Druck Zwickau GmbH
ISSN 0518-4002
ISBN 3-401-02637-2

Inhalt

Ein Falke stürzt herab

Komm, wir machen ein Wettrennen zu unserem Tauchplatz, Phaedon«, sagte Charilas und flitzte den steilen Felspfad hinab.

Ich folgte etwas langsamer, denn beim letzten, glatten Klippenstück gab es eine Abkürzung, welche ich Charilas noch nicht gezeigt hatte; außerdem wusste ich, dass ich auf dem flachen Küstenstreifen schneller als er rennen konnte. Ich erreichte unseren Felsen zwar zuerst, doch Charilas war dicht hinter mir und stieß mich schnell ins Wasser. Ich ging zweimal unter und tauchte, nach Luft schnappend und niesend, wieder auf. Verzweifelt stieß ich mit den Füßen ins Wasser, bis mich Charilas' Hand beim Haar packte und ich hinter mir sein unbändiges Lachen hörte.

Ich schlug mit den Beinen aus, als er mich schwimmend ans Ufer ziehen wollte, und schwamm alleine zurück. Dann lagen wir zusammen im seichten Ufersand und ließen uns vom weißen Schaum der Wellen überziehen und uns vom Wasser über die glatten, kleinen Kieselsteine vorwärts und rückwärts tragen. Charilas schüttelte sich noch immer vor Lachen. »Du Narr«, sagte ich, »ich hätte ja das Bewusstsein verlieren können.«

»Dann hätte ich dir das Leben retten können. Lass mich doch auch einmal in etwas besser sein als du. Beim Rennen gewinnst ja immer du.«

Die Sonne brannte an den Stellen, wo das Salz auf dem Rücken trocknete. Ich drehte mich auf den Rücken und stützte mich auf die Ellbogen und streckte die Zehen in die kleinen Wellen. »Gut. Ich renne schneller und du schwimmst schneller. Schade, dass bei den Spielen nicht auch geschwommen wird.«

Auch Charilas hatte sich auf den Rücken gedreht und schaute in die warme Sommerluft. Über unseren Köpfen stürzte eine Möwe in die Tiefe herab. Ihr perlweißer Körper hob sich scharf vom stahlblauen Himmel ab. Ich richtete mich auf, denn das seichte Wasser wurde mir allmählich zu warm.

»Dies ist der erste Tag, an dem es wirklich heiß ist«, sagte ich. »Ich glaube, die Schafe sind sehr froh, dass sie nun ihre Wintermäntel verlieren. Ich liebe die Schafschur, doch manchmal ist es gut, von diesem Geruch und Staub wegzukommen. Ich finde, das ist der schönste Strand, den wir kennen.«

»Besser als der westliche Strand bei Nicea?«, fragte Charilas.

»Natürlich, dort kann man nicht richtig tauchen. Es muss sonderbar sein, wenn man im Landesinneren lebt und kaum je das Meer sieht.«

»Ja, aber die Städte im Innern des Landes haben Flüsse, sonst wären sie gar nicht dort. Sparta zum Beispiel hat den Eurotas.«

»Oh, du und dein Sparta! Ich lebe lieber in Megara, wo wir im Meer baden können. Es hätte dir bestimmt auch nicht gefallen, wenn du in Sparta auf die Welt gekommen wärst und mit sieben Jahren hättest die Familie verlassen müssen, um in den Bergen auf die Jagd zu gehen und im Winter im Freien zu schlafen.«

Ich betrachtete Charilas und spürte, wie ich ihn mochte. Er saß noch immer auf den feuchten Kieselsteinen und machte einen ziemlich verärgerten Eindruck. Er hatte einen spartanischen Namen, und seit Megara vor sechs Jahren dem Spartanischen Bündnis beigetreten war, hatten wir in unserem Haus schon viele Spartaner gehabt. Charilas träumte davon, nach Sparta zu gehen, doch ich glaube nicht, dass ihm das Glück bringen würde. Wie seine Mutter war er kräftig gebaut und dunkelhaarig; vielleicht würden die groß gewachsenen Aristokraten von Sparta finden, dass er zu sehr wie einer ihrer dunkelhaarigen Bauern aussähe, obwohl sein Vater, mein Onkel, das Oberhaupt einer der ältesten Familien unserer Stadt war.

Wir gingen den Strand hinauf, überquerten das vertrocknete Unkraut, das die Winterflut angeschwemmt hatte, und setzten uns in den Schatten der Felsen. Unsere Tuniken lagen weiter oben, da wo wir sie ins Gras geworfen hatten; es war noch immer Frühling, doch schon fingen die Pflanzen an, trocken

zu werden. Der wilde Thymian und die kleinen, buschigen Felspinien erfüllten die Luft mit einem würzigen Geruch.
»Es ist noch zu früh, um zurückzukehren«, sagte Charilas. »Die Schur ist noch lange nicht beendet, und wenn Vater uns sieht, müssen wir mitmachen. Wohin sollen wir gehen?«
Über uns führte die Straße nach Isthmus durch ein steiles, in das Gebirge geschnittenes Tälchen. Überall sonst liefen dagegen die Berge in fast flachen Abhängen bis zum Meerbusen herab. Kyrnos, mein Onkel, weidete seine Ziegen und einige seiner Schafe auf den Hängen, die in das kleine Tal herabführten. Es waren die letzten Tiere der Herden, die im Laufe des Frühlings geschoren werden mussten.
»Phaedon, lass uns zum Tempel gehen!«
Wir hielten an und schauten einander an.
»Charilas, sollen wir's wagen. Was würde dein Vater sagen?«
»Er hat nie gesagt, dass wir es nicht dürfen.«
Wir schauten zum kleinen Tempel hinauf, der hoch oben zwischen den Felsen am Taleingang stand. Er hatte nichts von den neuen Bauten auf den Doppelhügeln Megaras; er sah grau und verwittert aus und schien fast ein Teil der hinter ihm in die Höhe ragenden Felsen zu sein.
»Wir stehen im Jahr der Spiele Apollos. Warum sollten wir da nicht in seinen Tempel gehen und beten?«

Charilas Stimme klang nicht sehr überzeugend, doch als einziger Sohn seines Vaters konnte er Dinge tun, die ich selbst nicht riskiert hätte. Nicht umsonst hatte ich elf Jahre lang im Hause von Verwandten gelebt; ich wusste, was sich ein Waisenkind erlauben konnte und was nicht.

Wir kletterten zwischen den Olivenbäumen, welche zum Hof meines Onkels gehörten, die Abhänge des Tales hinauf. Der Hang bestand aus mehreren Terrassen, welche aus kleinen Steinmauern gebildet waren, die auch während der Winterregenzeit standhielten. Zwischen den silbergrauen Bäumen wuchs in weit auseinander liegenden Reihen Gemüse, doch der Schlamm in den Bewässerungskanälen war nun schon trocken. Oberhalb des Hofes war das Land sogar noch ausgetrockneter – ein steiniger Hang, aus welchem hier und da gelb gefleckte Felsbrocken ragten. Der Pfad zum Tempel war überwachsen und von Kletterpflanzen verhangen. Unsere Schritte wurden nun immer langsamer, wir waren fast außer Atem, denn es war sehr heiß und der Pfad war sehr steil. Allmählich erfüllte uns ein Gefühl der Angst, welches mehr war als bloß Angst vor dem, was Kyrnos sagen würde, falls man uns entdeckte. Schließlich blieb Charilas auf einmal stehen.

»Sollen wir?«, fragte er. »Ich weiß nicht warum, aber ich habe kein gutes Gefühl dabei.«

»Ich gehe trotzdem; du kannst entscheiden, wie du willst.«

Ich wollte mich zwar mit ihm einigen, doch ein seltsames Gefühl durchzog meine Seele, wie ich es noch nie erlebt hatte. Ich ging den Weg weiter hinauf, und es war mir, als spürte ich eine Hand in meinem Rücken und als würde mich jemand vorwärts stoßen. Charilas folgte etwas langsamer, sodass ich die ebene Fläche am Fuße der gelblich grauen Klippen vor ihm erreichte.

Der Tempel war in Wirklichkeit noch kleiner, als es von unten geschienen hatte. Es war ein einfaches, längliches Heiligtum, mit einem Portal auf der Vorderseite, welches von vier kurzen Säulen getragen wurde. Den dreieckigen Raum unter dem Giebel füllten keine Statuen und zum Eingang, der im Schatten lag, führten keine Treppen; der einzige Schmuck war eine wilde Rebe, welche die Außensäule hochgeklettert war und sich um sie herumgewickelt hatte. In der Mitte des offenen Raumes lag ein Steinquader mit schwarzen Brandflecken.

Charilas blieb dicht hinter mir stehen. »Ich glaube nicht, dass jemand da ist.«

Ich trat an den groben Steinaltar, immer noch im Bann jenes seltsamen Gefühls, und berührte ihn mit der Hand. Der Stein war so heiß, dass die Hitze nicht allein von der Sonne herrühren konnte. Da blies mir etwas Asche ins Gesicht. Ich drehte mich, die Hand noch immer auf dem Altar, halb um und erblickte einen Mann, der im Schatten des kleinen Eingangspor-

tals stand. Meine Hand, die ganz aschenverschmiert war, zuckte vom Altar weg, und ich trat einen Schritt zurück.
Der Mann trat zwischen den beiden Mittelpfeilern hervor, und ich sah, dass er trotz seines Alters von schlanker und aufrechter Gestalt war. Er hatte spärliches weißes Haar, doch buschige dunkle Augenbrauen, welche über der Nase beinahe zusammengewachsen waren. Er schaute von mir zu Charilas. Dann ruhte sein Blick wiederum auf mir.
»Nun bist du also doch noch zu Apollo gekommen, Sohn des Orsippios. Elf Jahre lang habe ich auf dich gewartet.«
»Woher weißt du, wer ich bin?«, platzte es aus mir heraus.
Er lächelte und kam schnell auf mich zu; dieses Mal blieb ich fest stehen. Er hob seine Hand zu meinem Gesicht und berührte es.
»Du hast den Kopf deines Vaters und die Beine deines Vaters, aber Augen hast du, glaube ich, ganz eigene.«
Mein Herz begann zu klopfen. »Hast du ihn gekannt? Ist er hierher gekommen?«, fragte ich.
Er wandte sich zum Gehen und sagte über die Schulter: »Komm in den Tempel. Ich möchte dir etwas zeigen.«
Charilas' Hand suchte die meine, während wir ihm in das kleine Steinheiligtum folgten. Gegenüber dem Eingang stand ein steinerner Sockel, auf welchem sich

eine Statue erhob, die bis in den Schatten des Daches hinaufreichte. Offensichtlich war sie schon sehr alt, denn Füße und Beine waren dunkelfarben und glatt, als wären sie schon von vielen Händen berührt worden. Die Statue war so groß wie eine Menschengestalt, doch das Gesicht konnte nur das eines Gottes sein; kein Mensch vermochte so ruhig zu sein und leicht zu lächeln, nicht einmal im Sterben. Die Gestalt stand aufrecht da, die Hände am Körper anliegend und die Haare in langen Locken über den Rücken fallend, ganz im alten Stile. Ich hatte niemals etwas gesehen, was mir mehr Furcht eingeflößt hätte. Nicht von einer Hand in meinem Rücken war ich den Pfad hinaufgestoßen worden, nein, von diesem Lächeln war ich angezogen worden.

Ich fühlte immer, was Charilas dachte, und nun wusste ich, dass er dieselbe Furcht erlebte wie ich, doch bewirkte sie bei ihm, dass er am liebsten davongelaufen wäre, wenn ihn die Umklammerung meiner heißen Finger nicht davon abgehalten hätte. Meine Furcht dagegen war anderer Art; für mich wäre es sinnlos gewesen davonzulaufen, deshalb blieb ich stehen und wartete.

Der Alte musste mich genau beobachtet haben, denn nun ging er zu einem in der Seitenwand befestigten Haken und nahm etwas herunter. Dann nahm er mich bei der Hand und führte mich zum hellen Rechteck des Eingangs zurück. Draußen bemerkte ich im hellen

Mittagslicht, dass er eine Art Haarband trug, wie es die Männer zu tragen pflegen, um die Haare aus der Stirn zu halten. Es bestand aus Streifen von verblichenem rosa Leder, die ineinander geflochten und von einem Knoten zusammengehalten wurden, in welchem ein Büschel welker Blätter steckte. Er führte uns zur Ostseite der Eingangshalle, wo ein Felsstück hereinragte und einen natürlichen Sitzplatz bildete. Wir schmiegten uns auf dem staubigen Stein aneinander, unter Blättern und Ranken von wilden Reben, die noch kühl und grün wie im Frühjahr waren.

»Hast du jemals erfahren, wie dein Vater gestorben ist?«, fragte er mich.

»Nein«, sagte ich. »Als ich klein war, habe ich immer wieder Fragen gestellt, aber da sie von niemandem beantwortet wurden, habe ich damit aufgehört.«

»Ich kannte deinen Vater gut; als er noch ein Knabe war, war ich oft in eurem Haus zu Gast. Hast du gewusst, dass du ihm sehr gleichst? Kyrnos, sein Bruder, war sechs Jahre älter und sehr stolz auf seinen jüngeren Bruder. Orsippios erwies sich schon in jungen Jahren als begabter Läufer, genau wie dein Vorfahre, jener andere Orsippios, welcher in Olympia gesiegt hat, und so hat Kyrnos die Aufgabe übernommen, ihn zum Wettläufer auszubilden.«

»Hat er je gewonnen?«, fragte Charilas.

»Ja, er gewann das Knabenrennen in Megara und im Jahr darauf in Isthmia. Er hätte auch in Delphi rennen sollen, aber er wurde krank, und dann brachen ja die politischen Wirren herein, und euer Großvater schickte seine beiden Söhne nach Sparta, bis sie vorüber waren. Dies waren Megaras schlechte Jahre, als die Stadt in den Händen der Demokraten war und die alten Lebensformen, ja sogar das Leben selbst, bedroht waren.«

»Aber mein Vater kehrte nach Megara zurück?«, fragte ich.

»Ja, drei Jahre später. Er wusste, dass ich den Haupttempel Apollos in der Stadt verlassen hatte, und so machte er auf seinem Rückweg vom Isthmus hier Halt. Er bat mich das Allerheiligste allein betreten zu dürfen. Als er wieder herauskam, war sein Blick seltsam verändert: Einen solchen Blick hatte ich schon früher auf den Gesichtern derer gesehen, die in Delphi den heiligen Bezirk verließen, nachdem sie den Gott um Führung gebeten hatten. Er nahm ein Messer hervor und schnitt eine dicke Haarlocke ab und sagte, er hätte sie Apollo versprochen. Wir verbrannten sie auf jenem Altar dort drüben, doch er erzählte mir nicht, was der Gott ihm gesagt hatte.«

»Dort drüben?« Ich zeigte auf den rohen Stein und schaute dann auf die verschmierte Asche an meinen Händen.

»Jawohl. Orsippios besuchte mich oft während des folgenden Winters, wenn der Regen die Straße freiließ. Er trainierte hart für die im darauf folgenden

Sommer stattfindenden Spiele in Delphi. Nun war er alt genug, um am Wettlauf der Männer teilzunehmen.«
»Delphi!«, flüsterte ich mit halb erstickter Stimme. Der Name dieses Ortes hatte am Horizont meiner Träume geschimmert, soweit meine Erinnerung zurückreichte.
»Das große Versäumnis meines Lebens ist, dass ich in jenem Sommer nicht mit Orsippios zu den Pythischen Spielen nach Delphi gegangen bin, aber ich konnte den Tempel nicht verlassen. Er kam noch, um sich zu verabschieden, und dann zogen sich die Tage in die Länge, bis ich wusste, dass ich auf Nachricht von ihm hoffen durfte, doch als sie tatsächlich eintraf, klang sie seltsam und unheilvoll.
Die Dämmerung war schon hereingebrochen und ich saß allein vor dem Tempel, denn es war heiß und es begann zu donnern, als ich hastige Schritte vernahm und einen Mann den Weg heraufkommen sah. Es war Orsippios, obwohl ich ihn zuerst gar nicht erkannte.«
»Aber hatte er gewonnen?«, fragte Charilas, der vor Ungeduld hin und her zappelte.
»Still. Das muss ich der Reihe nach erzählen. Meine Tochter Ismene, welche damals bei mir lebte, brachte ihm Wasser für seine Füße und dann Speise und Trank, obwohl er nicht viel essen wollte. Als er sich etwas ausgeruht hatte, begann er zu erzählen. Ich möchte, dass ihr euch genau vorstellt, wie es an jenem

Abend vor zwölf Jahren war, und ich will euch die Geschichte so erzählen, wie er sie erzählt hat.«

Während der alte Mann weitersprach, war es beinahe, als würde sich sogar seine Stimme verändern, und ich konnte die erregte und erschöpfte junge Stimme des Mannes hören, der mein Vater gewesen war.

»›Ich habe meinen Wettlauf nicht gewonnen‹, sagte er, ›denn es war offenbar Gottes Wille, dass ich nicht gewinnen sollte, obwohl ich an jenem Tag der schnellste aller Läufer war. Mitten im Hang, der sich hinter dem Tempel in die Höhe zieht, lag das Stadion in goldenem Sonnenschein, wie er sich wohl nur zu Zeiten der Spiele zeigt, und während um mich herum die Menge schrie, wusste ich, dass ich noch nie so gut gerannt war. Nicht dass es leichter als sonst gewesen wäre, aber ich hatte meinen Körper weit besser in der Hand als jemals zuvor. Obwohl ich sie nicht sehen konnte, spürte ich, wie die anderen Läufer zurückfielen, und ich wusste, dass ich gewinnen würde. Ich glaube nicht, dass Apollo auf den einzigen kurzen Moment dieser Gewissheit eifersüchtig gewesen ist, und doch geschah es gerade während dieser paar Sekunden, dass ein Falke, welcher einer Taube nachjagte, tief über das Stadion flog, ohne sich um die lärmende Menge zu kümmern. Die Taube flog mir ins Gesicht, sodass ich stolperte und halb geblendet meine Arme rasch ausbreitete, um das Gleichgewicht zu behalten. Der Läufer, welcher am dichtesten hinter mir war, hatte einen solchen Schrecken bekommen, dass er in mich hineinrannte und wir beide hinfielen. Die übrigen rasten an uns vorbei. Langsam standen wir wieder auf und blickten in die uns umgebenden Gesichter wie in einen See und bemerkten, dass die Rufe verstummt waren und eine seltsame Stille eingetreten war. Wir schauten uns einen Augenblick an, und sein Blick sagte mir, dass er mir nichts übel nahm, denn er wusste, dass nicht er, sondern ich des Sieges beraubt war. Ich kann mich kaum erinnern, wie ich den Kampfplatz verließ. Ich ging zu den Umkleideräumen, sprach zu niemandem und ging dann zum Tempel hinab.‹«

»Oh, mein Vater«, rief ich und drückte mein Gesicht an das Knie des Alten. Er strich mir zärtlich über das Haar und fuhr fort.

»Kyrnos fand ihn etwas später im nördlichen Säulengang auf- und abgehen. Er war noch zu benommen, um zu verstehen, dass der Augenblick, auf den er so lange gewartet hatte, vorbei war und niemals wiederkehren würde. Er glaubte, der Gott hätte ihn zurückgewiesen, und er wusste nicht, weshalb, und konnte mit niemandem darüber sprechen, und als sein Bruder ihn aufforderte, Delphi sofort zu verlassen, als wäre er in Schande gefallen, drehte er sich um und lief davon. Er verließ Delphi und ging zur Küste hinunter. Im Hafen von Crissa stand ein Boot, und er verkaufte einen goldenen Ring, um die Fahrt zu bezahlen, denn Geld hatte er keines; dann kam er direkt zu mir.«

»Aber mein Vater ist ihm doch sicher nachgefolgt«, sagte Charilas, der es vermied, mir in die Augen zu sehen.

»Ja, das tat er, aber nicht, um ihn nach Megara nach Hause zu bringen. Orsippios blieb hier bei mir und einen Monat später gab ich ihm meine Tochter Ismene zur Frau. Wir hatten keine Furcht, dass der Unwille des Gottes über ihm schweben könnte.«

Der alte Mann, welcher mein Großvater war, hörte auf zu sprechen, und wir schauten einander an. »Ja, Phaedon«, antwortete er auf die Frage, welche er mir vom Gesicht ablas. »Du bist der Sohn meiner Tochter. Es wurde einsam hier, seit dem Tage, als deine Mutter starb und dich dein Onkel nach Megara hinunterbrachte.«

»Großvater«, ich brachte die ungewohnte Anrede nur stammelnd über die Lippen, »wie sind meine Eltern gestorben?«

»Es geschah wenige Monate nach deiner Geburt, im Sommer des Jahres, welches dem Jahr der Spiele folgte. In Megara gab es wieder Unruhen, und die Pilgerstraße dorthin war nicht mehr immer sicher, sogar zu Zeiten des Gottesfriedens, wenn alle, welche zum Heiligtum unterwegs waren, sicheres Geleit haben sollten. Unterwegs wurde dein Vater überfallen und getötet, und so hat ihn auch der Tod in einem Moment ereilt, wo er im Dienste Apollos stand. Er lebte nicht einmal mehr lange genug, als dass er hätte zu deiner Mutter hier heraufgetragen werden können.«

»Aber warum hat der Gott meinen Vater so hart behandelt, wenn er ihm doch nur dienen wollte?«, fragte ich.

»Das weiß ich nicht, Phaedon.« Mein Großvater schaute an mir vorbei auf das Wasser in der Bucht hinunter, welches im Abendlicht in lilagrauen Farbtönen schimmerte. »Apollo ist kein Gott, dem man leicht dient. Er ist der Gott derer, die nicht leicht zu befriedigen sind, die dem Leben mehr geben als den gewöhnlichen Gottesdienst und welche vom Leben auch mehr erwarten. Aus diesem Grunde trainieren manche Athleten ihre Körper bis zu ungewöhnlicher Kraft und deswegen gehören zum Apollo-Dienst sowohl Inspiration als auch Verzweiflung von Künstlern und Dichtern. Dein Vater versuchte ihm zu dienen, und ich glaube, dass sein Dienst angenommen wurde, doch ich glaube nicht, dass wir je bis in alle Einzelheiten erfahren werden, was der Gott von ihm verlangte und was Orsippios ihm gab.«

Charlias rührte sich neben mir. »Was geschah mit Phaedons Mutter?«, fragte er.

»Meine Tochter starb wenige Wochen nach Orsippios Tod, und als euer anderer Großvater vom Tod seines Sohnes erfuhr und dann auch noch sein Enkel die Mutter verlor, da hat er die Furcht vor dem Unheil wohl bereut und seine Tür den eigenen Blutsverwandten wieder geöffnet. Kyrnos, dein Vater, kam hierher zu mir und ritt mit dem Säugling in der Falte seines Mantels wieder weg; er war nur um einige Tage jünger, als du selbst warst, Charilas, und so schien es nur natürlich, dass ihr zusammen aufwachsen solltet. Vergesst nicht, dass sich die beiden Brüder, was auch immer sich am Ende abgespielt hat, während vieler Jahre geliebt hatten.«

Ich schaute zu Charilas hinüber und dann wieder zu meinem Großvater und fragte mich, wie es wohl gewesen wäre, hier in diesem einsamen Tal aufzuwachsen. Ich fühlte mich hin- und hergerissen zwischen der Liebe zu Charilas, welche für mich etwas so Natürliches und Unbeachtetes war wie das Atmen, und einer neuen Liebe für die Eltern, welche ich nie gekannt hatte. Dann berührte ich das Haarband, welches mein Großvater immer noch in der Hand hielt. »Gehörte das ihm?«, fragte ich.

Er setzte zum Sprechen an, senkte dann aber den Blick überrascht, als ob er das Band ganz vergessen hätte.

»Ja, Phaedon, er hat es in Delphi getragen, als er für Apollo gelaufen ist; deine Mutter hat es ihm geflochten. Hätte er an jenem Tag gewonnen, so wäre er mit einem wilden Olivenzweig aus dem Tempeltal gekrönt worden. Als er den Heiligen Bezirk jedoch allein und entehrt verließ, pflückte er diesen Blätterzweig von einem dort wachsenden Baum, zum Zeichen für das, was ihm nun niemals gehören sollte. Als er zu uns zurückkehrte, hängte ich das Haarband in den Tempel, genauso wie ich es auch mit seinem Kranz getan hätte, wenn er ihn als Weihegeschenk für den Gott mitgebracht hätte.« Er erhob sich ziemlich ungelenk. »Nun müsst ihr aber zu euren Leuten zurück, Kinder«, sagte er, »sonst wird man euch ausschimpfen.«

Auf einmal wollte ich nicht mehr weggehen. Ich umklammerte seine Hand, während mir die Tränen aus den Augen traten; da beugte er sich zu mir herab und küsste mich.

»Es war einsam in diesem Tal während all dieser Jahre, Phaedon. Ich bin froh, dass du nun endlich wieder zurückgekommen bist, doch nun musst du deinen Vetter begleiten. Bald werden wir uns wieder sehen.«

Nach zwei Tagen war die Schur vorbei und wir kehrten nach Megara zurück. Ich hatte meinen Großvater nicht mehr wieder gesehen, aber das betrübte mich nicht. Ich hätte ihn vieles fragen wollen, obwohl ich noch gar nicht Zeit gehabt hatte, über das nachzudenken, was er mir bereits gesagt hatte. Es war ein eigenartiges Erlebnis, mit meinen elf Jahren nun plötzlich all die Dinge zu erfahren, welche man normalerweise im Laufe der Kindheitsjahre erfährt.

Wir fuhren mit einem großen Ochsenwagen, der mit den übel riechenden Bündeln der frisch geschorenen Felle beladen war. Wir hatten gewiss keinen allzu angenehmen Sitzplatz, aber keiner von uns beiden hatte Lust, die zehn Meilen zur Stadt zu Fuß zu gehen, wenn es nicht unbedingt sein musste. Die Straße führte in Vor- und Rückwärtswindungen immer höher zu den Scironischen Klippen hinauf, und mehr und mehr sank das Tal hinter uns in die Ferne. Schließlich sahen wir mehrere hundert Meter unter uns das Meer, funkelnd wie blaues Glas.

Charilas lag quer über den Fellen und schien eingeschlafen zu sein; ich stieß ihn mit dem Fuß an.

»Wach auf, ich will mit dir reden.«

»Wir können doch heute Nacht reden.«

»Nein, das können wir nicht. Deine Mutter wird dich für sich haben wollen und zu Hause sind überhaupt immer zu viele Leute herum.«

Charilas setzte sich auf und blinzelte zu mir herüber, denn das starke, vom heißen Fels als trockener Glanz reflektierte Licht blendete ihn.

»Ich weiß, was du sagen willst, und ich will es nicht hören. Ich kann nichts dafür, wenn mein Vater nicht glaubte, was ihm dein Vater vor zwölf Jahren in Delphi gesagt hat. Woher wissen wir denn überhaupt, ob uns dein Großvater die ganze Geschichte erzählt hat? Ich habe nicht verstanden, was er über Apollo gesagt hat.«

»Was heißt das, du hast nicht verstanden? Du wirst doch nicht glauben, mein Vater hätte einem anderen Läufer absichtlich das Bein gestellt? Es muss der Wille

Apollos gewesen sein, auch wenn wir nicht verstehen, warum. Es macht mir ziemliche Angst. Als uns mein Großvater ins Allerheiligste nahm und wir dort die Statue des Gottes erblickten, was hast du da gedacht?«

Charilas antwortete nicht sogleich. Er lag auf dem Bauch und zog mit den Händen an einigen Knoten herum, die sich in der Wolle gebildet hatten. »Zuerst habe ich mir bei der Statue gar nichts gedacht«, sagte er. »Ich habe auf dich geschaut: Du sahst so sonderbar aus. Als du draußen die Hand auf den Altar legtest, hatte ich ein ganz seltsames Gefühl, wie wenn du dem Apollo etwas versprochen hättest, und als du zum Gesicht des Gottes emporblicktest, dachte ich, er fragt dich vielleicht, ob dir auch ganz klar wäre, was du gelobt hast.«

»Charilas, was soll ich tun? Ich glaube, Apollo will etwas von mir, aber ich weiß nicht, was es ist oder wie ich es herausfinden könnte.«

Charilas schien keine Lust zu haben, auf meine Frage einzugehen, denn er sagte: »Dein Vater muss ein wunderbarer Läufer gewesen sein. Ich hätte ihn sehr gerne gesehen.«

»Großvater sagte, dass ich aussehe wie er.«

»Vielleicht wirst du eines Tages an seiner Stelle in Delphi gewinnen.«

»Wenn ich davon überzeugt wäre, dann wäre mir einerlei, was danach in meinem Leben noch geschehen würde. Glaubst du, das ist es, was Apollo wirklich von mir erwartet? Nach Delphi zu gehen und an Stelle meines Vaters zu gewinnen? Aber wenn es das ist, warum hat er sich dann abgewandt, als mein Vater lief?«

»Vielleicht wirst du das irgendwann auf dem Wege nach Delphi herausfinden. Es ist ein weiter Weg, aber für die Götter fließt die Zeit anders als für uns. Wenn du so oft übst, wie du nur kannst, werde ich dir dabei helfen.«

Der Sklave, der den Ochsen führte, rief zu uns herauf: »Nicht mehr weit jetzt, nur noch um die nächste Kurve, dann werden wir die Stadt sehen.«

Wir ließen uns vom Wagen herabgleiten und rannten voraus, um Megara als Erste zu sehen. Die Straße bog um die letzte scharfe Kurve und führte landeinwärts, bevor sie langsam zur Ebene hinabstieg. Inmitten der dunklen Schatten der Obstgärten schwebte der Doppelhügel im goldenen Dunst des Spätnachmittaglichtes. Vor der rechten Küstenseite lag die kleine, bucklige Insel von Nicea. Man konnte im Hafen die schlanken Maste der Schiffe sehen und weit dahinter erhoben sich die blauen Schultern von Salamis. Die Hügel von Attika lagen in der Ferne am Horizont, jenseits der Ebene; grau und rötlich ragten sie daraus hervor, während Wolken über sie hinzogen und sie mit großen violetten Schatten bedeckten.

Wir betraten durch das Haupttor die Stadt, gerade als

die Sonne hinter den Bergen versank, ließen die Wagen mit Wolle beim Lagerhaus hinter den Webhütten meines Onkels und rannten den anderen voraus, um als Erste zu Hause einzutreffen.
Das Haus stand mit der Längsseite nahe dem Fuße des Hügels und ein enger Durchgang führte an ihm vorbei in den Garten. Gegenüber der Haustür lag unter den Schlafräumen der geschützte Säulengang, aus dem wir beim Eintreten das Rascheln von Gewändern hörten, denn meine Tante Creusa war aufgesprungen und hatte ihre Stickerei auf den gekachelten Boden fallen lassen. Charilas blieb einen Moment stehen, bevor er auf sie zurannte. Ich folgte ihm nicht ganz so schnell und grüßte sie mit ruhiger Stimme, aber ich fragte mich, ob sie mich überhaupt gehört hat.
Tante Creusa war klein. Ihr Sohn war schon so groß wie sie und bald würde er sie überragen. Sie waren beide dunkelhaarig, aber Creusas Haut war von dunklem Teint, während Charilas mehr vom hellenischen frischen Teint seines Vaters hatte. Nun wurde sie allmählich etwas rundlicher, denn ihr Sohn war nun elf Jahre alt und sie selbst war dem Mädchenalter längst entwachsen. Mein Onkel hatte sie nach seiner Rückkehr aus Sparta geheiratet. Wie allen alten Familien war auch ihnen das Geld gekürzt worden und nun waren es die Demokraten, welche darüber verfügten. Creusa war die Tochter eines Mannes, dessen Vater in den Färbereigruben gearbeitet hatte, doch

hatte sie eine ansehnliche Mitgift erhalten, und während der schwierigen Jahre hatte die Heirat etwas Stabilität ins Haus gebracht. Noch bevor die Demokraten gestürzt wurden, hatte sie ihrem Gatten einen Sohn geschenkt, und da sie den Haushalt mit bäuerlicher Tüchtigkeit besorgte, hatte Kyrnos keinen Grund, sich zu beklagen.

Charilas gab sich alle Mühe, stillzuhalten, während sie ihn küsste und stirnrunzelnd seine schmutzigen braunen Beine und die zerrissene Tunika musterte.
»Aber Charilas, du schaust ja so abgemagert aus. Bestimmt bist du wieder gewachsen. Hat dein Vater nicht dafür gesorgt, dass du gute Mahlzeiten bekommst?«
»Mutter, wenn du gesehen hättest, welche Mengen wir gegessen haben!«
Doch sie hörte ihm nicht zu und sprudelte weiter.
»Warum hat dein Vater niemanden vorausgeschickt, um uns eure Ankunft anzukündigen? Ich habe euch erst für das Ende der Woche zurückerwartet. Ich wollte dir dein Lieblingsessen zubereiten und deine neue Tunika fertig machen.«
Sie entfernte sich aufgeregt zu den Frauengemächern. Charilas sah mich an und rümpfte ein wenig die Nase.
»Ich weiß, was du sagen willst«, sagte ich. »Es riecht im Hause immer so muffig, wenn wir von den Hügeln

heimkehren. Man hat das Gefühl, völlig eingeschlossen zu sein.«
»Ich wollte, Mutter würde ein anderes Parfüm benützen«, sagte Charilas. »Ich weiß nicht, was es ist, aber ich glaube immer zu ersticken, wie beim Geruch verwelkender Rosen.«
Dann kam die alte Sklavin heraus, welche uns einst gestillt hatte, und trieb uns hinein, denn wir sollten baden und uns neue Kleider anziehen.

»Mögen die Götter milde sein«

Wenn ich nun zurückschaue, wird mir klar, wie jener Frühling die Richtung meines Lebens verändert oder vielmehr gezeigt hatte, wohin diese Richtung führen sollte. Es dauerte ein Jahr, bis ich meinen Großvater wieder sah. Ich war zu jung, um die Reise zum Tempel allein zu unternehmen, doch während jenes Winters dachte ich über das, was ich gehört hatte, nach und zum ersten Mal begann ich alle meine Anstrengungen auf eine einzige Sache zu konzentrieren. Als es wieder Frühling wurde, war ich der schnellste Läufer meines Alters in der ganzen Stadt, und gewöhnlich schlug ich auch Jungen, die viel älter waren als ich.

Während der folgenden Monate benutzte ich mein Training als Vorwand, um mich immer weiter und weiter alleine von der Stadt zu entfernen, und als ich dreizehn Jahre alt war, ging ich zweimal ins Tal und verbrachte die Nacht bei meinem Großvater. Diese Ausflüge trennten mich zum ersten Mal von Charilas, und das machte uns beide unglücklich, doch er hätte eine solche Strecke nicht im Lauf bewältigen können und außerdem hätte ihn Creusa nicht einmal für eine

Nacht wegbleiben lassen. Ich selbst konnte nur gehen, wenn mein Onkel außer Haus war, während mich meine Tante in Ruhe ließ. Kyrnos hatte mich im Gedenken an seinen toten Bruder heimgebracht und wollte mich in seiner Familie aufnehmen, Creusa vertraute mich zur Pflege derselben Amme wie ihren eigenen Säugling an. Sie sah ein, dass ich gekleidet und unterrichtet werden musste, doch weiter ging ihre Fürsorge nicht. Ich akzeptierte die Autorität meines Onkels, doch als ich alt genug war, hielt ich mich so weit wie möglich in Distanz zu meiner Tante.

So wuchsen Charilas und ich zusammen auf, und meiner Tante wurde mein Einfluss auf ihn immer unbehaglicher, doch zweifellos hätte ich im Sommer, als ich vierzehn Jahre alt wurde, den Knaben-Wettlauf ohne ihn nicht gewonnen. Es ist nicht leicht, unausgesetzt zu trainieren, wenn man jung ist und lieber schwimmen gehen würde, als an einem heißen Tag im Staub des Stadions zu üben. Doch an jenem Frühsommertag, der der letzte meiner Kindheit sein sollte, lag dieser erste Sieg schon um ein Jahr zurück.

Charilas hatte Kopfschmerzen, und so beschlossen wir, vor dem blendenden Licht und dem Staub in den kühleren Olivenhainen Zuflucht zu suchen. Dort lagen wir den ganzen stillen Nachmittag lang; wir ruhten uns aus und wechselten von Zeit zu Zeit ein paar Worte. Es gab etwas Wasser in einem Bach, welcher von den Hügeln herunterkam und noch nicht ganz ausgetrocknet war, doch wir hatten nichts zu essen mitgebracht, und als es allmählich kühler wurde, verspürte ich Hunger. Charilas hatte sich während Stunden kaum von der Stelle bewegt, und als ich ihn mit dem Fuß anstieß, reagierte er nur mit ein paar Grunzlauten.

»Nun komm endlich«, sagte ich. »Wir müssen uns beeilen, wenn wir rechtzeitig zum Abendessen zurück sein wollen.« Er drehte sich langsam auf den Bauch und stützte den Kopf in die Hände.

»Hast du immer noch Kopfschmerzen?«

Er erhob sich immer noch nicht, sondern ließ die Hände sinken und schaute mich an. Mein Puls ging ein klein bisschen schneller, wie um mich vor etwas zu warnen. Charilas Gesicht war röter als allein von der Sonne und sein Blick war schwer.

»Phaedon, ich fühle mich elend», sagte er. »Ich glaube, ich werde krank.«

Ich half ihm auf die Füße und versuchte ihm einige tröstende Worte zu sagen; dass man, wenn man krank sei, zu Hause am besten aufgehoben sei. Dann machten wir uns auf den schmalen Pfad, der zwischen den Olivenbäumen hindurch zur Straße und zur Stadt hinaufführte. Charilas schien nur mit Mühe gehen zu können und mit dem rechten Fuß hinkte er. Am Schluss musste ich ihn fast tragen. Wir sprachen nicht viel, denn das Atmen fiel uns schwer genug, doch ich wusste, dass er Angst hatte. Das war etwas Schlimmeres als gewöhnliches Fieber.

Ich kam gar nicht dazu, mir zu überlegen, wie ich meiner Tante Charilas' Zustand erklären sollte, weil wir zu spät waren und sie schon nach uns Ausschau hielt. Sie warf einen Blick auf Charilas und dann trat ihre praktische Seite in Aktion. Wir führten ihn zu unserem Zimmer, und mit einem müden Seufzer, der beinahe wie ein Schluchzen klang, sank er auf das Bett.

Creusa entfernte sich, um Wasser zu holen, während ich die Schulternadeln von Charilas Tunika sowie seinen Gürtel löste. Dann ließ er sich in die Kissen zurückfallen und versuchte seine Beine aufs Bett zu schwingen, doch mit dem rechten gelang es ihm nicht. Ich hob es schnell hoch und nun lag er da und schaute mich mit weit geöffneten, angsterfüllten Augen an.

»Phaedon, ich kann es nicht bewegen.«

»Komm, versuch es nochmals, du bist wahrscheinlich steif.«

Ich richtete ihn auf und er versuchte im Bett seine Knie zu bewegen. Aber wieder rührte sich das rechte Bein nicht. Ich sah, wie ihm der Schweiß auf der Stirn ausbrach, denn er bot seine sämtlichen Kräfte auf.

Dann kam Creusa zurück. Sie erfasste mit einem Blick, was los war, und sank vor dem Bett auf die Knie. Über die Schulter sagte sie: »Hol deinen Onkel.«

Als ich mit ihm zurückkam, lag Charilas flach auf dem Bett, während Creusa sanft sein Bein massierte.

Dann sagte Kyrnos zu ihr: »Das genügt, vielleicht

wird die Kraft morgen zurückkehren. Nun braucht er Ruhe.«

Ich half meiner Tante dabei, Charilas zu baden, und ihn hinterher so bequem wie möglich zu betten, und dann wurden wir beide eine Weile allein gelassen. Er war sehr fiebrig und unruhig. Ich saß auf dem Bettrand, und als ich seine Hände ergriff, um ihn zu beruhigen, umschlossen sie die meinen fest.

Ich beugte mich über ihn. Es war dunkel geworden im kleinen Zimmer und ich konnte sein Gesicht nicht deutlich sehen. »Charilas, tut es irgendwo weh?«

Er sprach sehr leise; ich konnte kaum fassen, wie er in so kurzer Zeit so krank werden konnte. »Mein Kopf tut furchtbar weh und auch die Kehle schmerzt mich.«

»Sonst noch wo?« Ich wollte ihn nicht direkt nach dem Bein fragen. Er schwieg eine Weile. »Der ganze Leib schmerzt mich und die Beine stechen. Phaedon, ich habe Angst. Was geht mit mir vor?«

Es gab nichts, was ich ihm hätte antworten können. Er trank etwas Wasser, wollte aber nichts essen, und als seine Eltern wieder zurückkamen, lag er mit geschlossenen Augen da. Ich glitt vom Bett herunter, aber Charilas umklammerte meine Hand und hielt mich in der Nähe. Creusa bemerkte es, trotz ihrer Angst. Ich zog mit der freien Hand einen kleinen Stuhl heran und setzte mich, und nach einer Weile sank Creusa aufs Bettende nieder.

Wir warteten, und es schien eine lange Zeit, und dann begann sich Charilas hin- und herzuwerfen und mit halb erstickter Stimme etwas vor sich hin zu murmeln. Ich beugte mich näher zu ihm, doch ich konnte den Sinn seiner Worte nicht verstehen, und seine Augen waren geschlossen. Die Zeit schien nur langsam vorwärts zu fließen. Draußen war alles still, ich wusste, es musste bald Mitternacht sein. Ich hatte nichts gegessen, doch ich hatte keinen Hunger mehr, und nun war ich einfach furchtbar müde. Charilas hatte aufgehört zu murmeln und lag nun ruhig da, aber der Atem ging schneller und flacher.

Creusa saß immer noch auf der gleichen Stelle am Bettende, wo sie sich hatte hinfallen lassen; sie hatte sich stundenlang nicht gerührt, doch mein Onkel ging auf und ab und warf einen unruhigen Schatten in den Raum. Zwei Stunden nach Mitternacht bewegte sich Charilas und schlug die Augen auf. Er schaute erst mich und dann seine Mutter an, und obwohl er uns erkannte, schien er weit entrückt zu sein. Ich weiß noch genau, wie ich in diesem Moment zum ersten Mal bemerkte, was für dunkle Augen er hatte und wie tief sie nun eingesunken waren.

Dann öffneten sich seine Lippen. »Phaedon, hilf mir.« Ich sah, wie er sich aufzurichten versuchte. Ich half ihm dabei und ließ mich dann auf dem Bett nieder, sodass er sich an meiner Schulter anlehnen konnte. Er lag unbedeckt im heißen Zimmer, und wir sahen, wie er mit der rechten Hand den Schenkel entlangfuhr, wie um das Bein zu sich heranzuziehen, doch es lag immer noch reglos auf dem Bett und seine Hand fiel wieder zurück. Dann versuchte er das andere Bein zu bewegen. Langsam hob er den linken Fuß um einige Zentimeter an, dann sank auch er wieder aufs Bett. Ich hörte meine Tante seinen Namen flüstern, und dann drehte er sich langsam auf meine Seite hinüber, seine gelähmten Beine nach sich ziehend. Dabei schluchzte er und der ganze Körper zitterte.

Ich nahm ihn in die Arme und spürte, wie seine Tränen mir die Schulter netzten, und tröstete ihn, wie wenn wir zwei kleine Kinder wären. Als ich ihn in die Kissen zurücklegte, war meine Tante verschwunden, doch Kyrnos stand noch bei der Tür. Ich erhob mich steif und trat auf ihn zu, aber ich wusste nicht, was ich sagen sollte, und hatte irgendwie die Befürchtung, dass er mir für das, was geschehen war, die Schuld geben würde. Wie er so im Dämmerlicht dastand, bemerkte ich zum ersten Mal, dass er kein junger Mann mehr war. Er war mir immer so stark und voller Leben erschienen, doch nun schien es von ihm zu weichen. Sein Gesicht wirkte schlaff und um den Mund hatte er tiefe Falten. Ich weiß, dass er Charilas liebte, er war ja sein einziges Kind, und für einen Augenblick konnte ich das, was passiert war, mit seinen eigenen Augen betrachten, aber ich konnte trotzdem nichts zu ihm sagen. Wäre ich sein eigener Sohn gewesen, dann wäre es anders gewesen. Er stand von mir abgewendet, als er zu sprechen begann.

»Das habe ich schon einmal gesehen. Es ist eine Krankheit, die während der heißen Tage kommt, wenn Wassermangel herrscht. Nun können wir einzig zu den Göttern beten und hoffen, dass sie Erbarmen haben mit uns. Ich werde vom Heiligtum des Asklepios den Priester kommen lassen.« Und damit verließ er das Zimmer.

Dann schlief ich für eine Weile ein, in einer unbequemen Stellung und mit dem Kopf auf den Armen. Das Nächste, woran ich mich erinnern kann, ist das quer über das Bett fallende Sonnenlicht und der Priester des Asklepios im Türeingang. Ich war noch etwas schlaftrunken, und als er in der Tür stand, hielt ich ihn zunächst für meinen Großvater. Aber dann sah ich, dass es ein jüngerer Mann war, dessen Haar schon vorzeitig dünn geworden war. Kyrnos trat hinter ihm ins Zimmer und dann standen sie zusammen am Fußende des Bettes und schauten auf Charilas nieder. Er selbst lag zwischen den zerwühlten Betttüchern und schien bewusstlos zu sein. Dann zog der Priester, der zugleich Arzt war, das Leintuch von Charilas' Beinen weg und fuhr mit der Hand ganz leicht über sie. Charilas begann sich zu bewegen und stöhnte, doch er schlug die Augen nicht auf, während der Mann ihn untersuchte, sein Herz abhorchte und ihm am feuchten Handgelenk den Puls maß. Er tat alles langsam und sorgfältig und er berührte Charilas' Körper mit sicherer Hand. Als er fertig war, stand er lange Zeit da und betrachtete den Kranken, bis er mir schließlich bedeutete, Charilas wieder zuzudecken; dann verließ er zusammen mit meinem Onkel das Zimmer.

Ich hörte, wie sie draußen mit leiser Stimme miteinander sprachen; dann kam Creusa herein. Sie hatte ein neues Kleid angezogen und ihr Haar in Ordnung gebracht, doch ihr Gesicht wirkte schwer, und sie bewegte sich, wie wenn sie sehr müde wäre.

»Der Priester sagt, wir müssen versuchen ihn kühl zu halten; das Fieber hat seinen Höhepunkt noch nicht erreicht.« Sie schaute mich nicht an, während sie sprach. Noch einmal wuschen wir Charilas und dann ersetzten wir die schweißfeuchten Betttücher; schon roch es im kleinen Zimmer nach Krankheit.

Danach ließ ich ihn zum ersten Mal seit dem vergangenen Abend einen Augenblick allein. Ich goss mir frisches Quellwasser über Kopf und Schultern und versuchte Klarheit in meine Gedanken zu bringen. Dann zog ich eine saubere, alte Tunika an. Als ich im sonnenbeschienenen Hof stand und auf der Haut die leichte, frische Brise fühlte, welche vom nahen Meer heraufwehte, brachte mir unsere alte Amme einen Becher Milch und etwas Brot. Meine Kehle war völlig ausgetrocknet, sodass ich mit großem Durst trank, aber essen konnte ich nichts. Ich hatte das schwere Völlegefühl, welches sich gewöhnlich einstellt, wenn

man zu viel von den falschen Dingen gegessen hat, oder manchmal auch, wenn man zu müde oder von Sorgen geplagt ist.
Aus dem kleinen Zimmer, das auf den Hof hinausging, hörte ich eine Stimme rufen. Ich setzte schnell den Becher nieder und ging ins Haus zurück. Charilas hatte sich halb aufgesetzt, gestützt von den Armen seiner Mutter, und rang nach Atem. Unsere Blicke begegneten sich, als ich in der Tür stehen blieb, und aus dem seinen sprach finstere Angst. Ich setzte mich hinter ihm auf das Bett und hielt ihn gegen meine Schulter und stützte ihn mit einem Arm am Rücken.
»Phaedon, ich kann nicht atmen«, brachte er mit hauchender Stimme zwischen den schweren Atemzügen hervor, und ich spürte, wie sich seine Rippen hoben in der Anstrengung, die ihm die kurzen, flachen Atemzüge kosteten. Seine Beine lagen immer noch hilflos auf dem Bett, und ich konnte sehen, wie das Fieber allmählich anstieg; nur durfte es nicht mehr viel höher steigen, sollte mein Vetter am Leben bleiben. Der Höhepunkt, von dem der Arzt gesprochen hatte, war nun eingetreten.
»Charilas, denk dir, du würdest schwimmen, und atme so. Ein tiefer Atemzug und dann eine Pause. Sonst ermüdest du.« Er antwortete nicht, doch er wandte den Kopf zu meiner Schulter, sodass ich sein Gesicht deutlicher sehen konnte, und ich wusste, dass er mich

verstanden hatte. Allmählich verwandelte sich der Rhythmus seines Atmens und er begann wie ein Langstrecken-Schwimmer zu atmen, doch wurde der Atem immer wieder von flachen, keuchenden Stößen unterbrochen. In dieser Lage fand uns der Arzt, welcher wenige Augenblicke später zurückkehrte. Er nahm die Veränderung, die mit Charilas vorgegangen war, mit einem Blicke wahr.
»Jawohl, genau, wie ich es vorausgesehen habe. Das Fieber steigt weiterhin an, und der Gott hat uns kein Kraut geschenkt, welches ihm Einhalt gebieten könnte.«
»Aber wie lange muss er noch derart leiden?«, fragte ich. Meine Arme begannen zu schmerzen, und ich fühlte, dass Charilas nicht mehr lange durchhalten würde.
»Das kann ich nicht sagen. Erzähle mir, was sich gestern ereignet hat.«
Ich erzählte ihm, wie wir den Tag verbracht hatten.
»Es kam sehr schnell. Vielleicht wird er die schlimmste Phase der Krankheit ebenso schnell hinter sich bringen, und dann kann ich ihm zu helfen versuchen, doch nun muss er alleine kämpfen, und wir können dabei nur zuschauen.«
Nun erst, da ich so nahe neben ihm stand, bemerkte ich, dass er sogar noch jünger war, als ich angenommen hatte. Er war vielleicht noch keine dreißig Jahre alt und hatte ein ernstes, ruhiges Gesicht und blaue

Augen. Ich fragte mich, was er wohl erlebt haben mochte, dass er schon beinahe weißes Haar hatte.
Er muss meine Gedanken gelesen haben, denn er blickte mir in die Augen und sein Mund entspannte sich zu einem Lächeln. »Ja, auch ich musste einmal mit einer Krankheit, die gerade so schwer wie diese war, ringen, doch Asklepios rettete mich und machte mich zu seinem Diener, damit ich anderen, wenn sie in Not sind, helfe.«
Ich bemerkte, dass wir nicht mehr allein im Zimmer waren. Außer Kyrnos und Creusa waren inzwischen auch zwei auf dem Boden kniende Haussklaven anwesend. Dann hörten wir draußen eine Stimme, worauf ein anderer Mann eintrat. Mein Onkel wandte sich ihm sogleich zu und ich erkannte seinen Freund Theognis, den Dichter. Theognis war ein dünner, bleichhäutiger Mann mit glattem dunklem Haar, welches kunstvoll über sein Kopfband geschwungen war. Er stand unmittelbar neben Kyrnos, ohne ein Wort zu sagen, und ich war froh, dass seine Gegenwart meinen Onkel tröstete, obwohl ich selbst ihn nie hatte leiden können.
Da sich mein Vetter mit dem Gewicht seines schlaffen Leibes an mich gelehnt hatte, spürte ich die Veränderung, die mit ihm vorging, noch bevor ich sie sah. Von neuem änderte sich der Rhythmus seines Atems; er ging sogar langsamer und sein Gesicht hatte sich dabei entspannt. Nun ist es zu Ende, dachte ich. Er stirbt,

und all unsere Liebe und Pflege vermag ihn nicht zu retten. Apollo, du Lichtvoller, der du Kraft und Leben spendest, wie können wir dir dienen, wenn uns das Leben wieder genommen wird? Rette meinen Freund, oder du wirst uns beide zusammen töten.
Nun hatten auch die anderen die Veränderung von Charilas bemerkt. Der Priester beugte sich über Charilas Brust und horchte; dann berührte er Stirn und Brust leicht und wandte sich dann an die Umstehenden.
»Die Krise ist vorüber, er schläft. Morgen werden wir wissen, ob seine Kraft ausgereicht hat.«
Der Schock war beinahe zu groß für mich, denn ich hatte geglaubt, er wäre im Begriff zu sterben. Ich senkte den Kopf, um die Tränen zu verbergen, gegen die ich machtlos war.
Der Priester wandte sich nun zu mir und schob den Arm unter den meinen und dann ließen wir Charilas ganz sachte in die Kissen zurücksinken. Er wachte nicht auf. Ich schwankte, als ich mich erhob, so steif war ich geworden, und der Priester musste mich einen Moment lang stützen.
»Nun musst auch du schlafen. Sobald er aufwacht, wird er dich wieder brauchen.« Er führte mich zu meinem eigenen Bett, das an die Wand zurückgestoßen wurde, und schwer und müde, wie ich mich noch nie gefühlt hatte, ließ ich mich darauf fallen. Schlaff saß ich da und hörte, wie die andern miteinander sprachen.

»Nun sollte mein Neffe aber gewiss in einem anderen Zimmer schlafen. Mein Sohn braucht völlige Ruhe. Ich selbst oder meine Frau werden auf ihn aufpassen.« Es war die Stimme von Kyrnos.
»Es ist nicht richtig, wenn ein Junge jemanden betreuen hilft, der so krank ist.« Theognis hatte eine dünne, ziemlich hohe Stimme.
Die Stimme des Priesters war tief und ruhig. »Nein, lasst ihn hier. Wenn Charilas aufwacht und merkt, dass er fort ist, könnte das sehr schlecht für ihn sein. Der Gott entscheidet oft selbst, wer zum Instrument der Heilung bestimmt ist, und es mag nicht immer diejenige Person sein, die wir vielleicht selber auswählen würden. Bis jetzt vermochte ich nichts für euren Sohn zu tun und doch ist ihm das Leben beinah auf der Schwelle des Todes zurückgekehrt. Charilas hat die Kraft, die er brauchte, von seinem Freund und Vetter erhalten, und das wird sich vielleicht wiederholen, denn das ist erst der Beginn einer Krankheit, welche schlimme und dauernde Folgen haben kann.«
»Wir dürfen die Weisheit des Arztes nicht in Frage stellen«, sagte mein Onkel. »Meine Frau wird bei unserem Sohn die Wache halten, und sobald eine Veränderung eintritt, werden wir dich wieder rufen lassen.«
Ich hörte die Männer den Raum verlassen und dann vernahm ich das Rascheln von Creusas Kleidern, als sie sich auf dem Stuhl beim Kopfende von Charilas'

Bett niedersetzte. Ich dachte, der Priester wäre zusammen mit den anderen hinausgegangen, und so fuhr ich auf, als ich seine Hand auf der Schulter spürte. Er hob mich aufs Bett und beugte sich über mich.

»Schlaf gut, Phaedon, der Gott hat euch beide gesegnet.«

Ich schloss die Augen. Er diente dem Asklepios, dem Gott der Heilkunst, und vielleicht hat mir dieser Gott während der langen Nacht meine Kraft verliehen, doch mein Gott war Apollo, und ich wusste, dass er noch nicht gesprochen hatte. Welche Macht aber hatte das Schwert der Krankheit über das Haus von Kyrnos gehängt?

Die Bestimmung des Opfers

Ich wurde von Charilas' Stimme geweckt. Ich setzte mich im Bett auf und wischte mir das Haar aus den Augen und fühlte mich sehr müde an diesem Morgen; ich hatte in der Tunika geschlafen und nun war sie verdreht und verknittert. Da hörte ich Charilas schon wieder stöhnen. Ich glitt aus dem Bett und ging zu ihm hinüber. Creusa hatte das Zimmer verlassen und nun saß Kyrnos an ihrem Platz neben dem Bett.

Charilas lag mit ausgestreckten Armen da und hatte die Hände eng an sich gepresst; ich nahm eine seiner Hände, und für einen kurzen Moment entspannte sie sich in der meinen, doch dann verkrampfte sie sich wieder, wie wenn ihn ein neuer Schmerz überwellt hätte. Der Atem dagegen war viel regelmäßiger geworden; die einzelnen Atemzüge schienen keine besondere Anstrengung mehr zu verlangen, aber trotzdem war er in einem Zustand höchster Verzweiflung. Der Schweiß stand ihm auf der Stirn, und mein Onkel beugte sich müde vor, um ihn wegzuwischen.

»Wo tut es weh, Charilas?«, fragte ich.

Er blinzelte und schlug dann die Augen auf. »In den

Beinen. Der Schmerz rast wie Feuer auf und ab. Kannst du sie bewegen? Das könnte helfen.«
Er ließ meine Hand los und ich zog das blaue Leintuch zurück. Mein Onkel war aufgestanden und nun schauten wir von beiden Seiten des Betts auf Charilas Beine hinunter. Da lagen sie, kräftig und braun gebrannt, mit einem leichten Flaum dunkler Haare bedeckt. Ich bemerkte die fast verheilte Schramme am linken Knöchel, die er sich letzte Woche zugezogen hatte, als wir zusammen schwimmen gingen und er auf den Fels gestürzt war. Man hätte es nicht für möglich gehalten, dass er die Beine nicht bewegen konnte. Kyrnos hob den linken Fuß sorgfältig etwas an; die Ferse war bereits gerötet und wund, wie wenn sie schon zu lange auf derselben Stelle gelegen hätte. Vielleicht war das der Grund seines Schmerzes. Behutsam veränderten wir die Lage beider Beine und rieben die wunden Fersen ein, und das schien ihm Linderung zu bringen.
Mein Onkel sah sehr müde aus. »Möchtet Ihr nicht einmal eine Weile ausruhen, Herr?«, fragte ich ihn.
»Vielleicht könnte ich das«, sagte er nach langer Pause. »Doch rufe mich, wenn der Arzt kommt, oder falls du mich brauchst.« Er beugte sich vor und strich mit scheuer, ungeübter Geste die Haare aus der Stirn seines Sohnes. Dann verließ er das Zimmer.
Draußen verlieh die Sonne den marmornen Tempelgiebeln oben auf den Hügeln noch immer ihren Goldglanz, doch beim Bett war es schon dunkel.

Die Stimme meines Freundes kam leise aus der Dämmerung. »Was wird mit mir geschehen, Phaedon?«
»Das weiß ich nicht. Gestern Nacht warst du so krank, dass ich dachte, du würdest sterben. Doch das ist nun vorüber.«
Charilas atmete mit einem langen Seufzer aus. »Ich kann mich nur noch undeutlich an gestern Nacht erinnern. Ich weiß nur, dass ich das Gefühl hatte zu ersticken, und dass du da warst. Ist mir dies von einem Gott gesandt worden, Phaedon? Oder schwebt das Unglück über der ganzen Familie?«
»Ich glaube nicht, dass ein Gott auf solche Weise strafen würde. Du hast ein Sommerfieber, hat der Priester gesagt, und nun geht es dir ja schon wieder besser.«
»Doch was soll ich mit einem lebendigen Körper anfangen, wenn die Beine abgestorben sind? Du hast doch die Bettler bei der Quelle gesehen, wie sie im Staub herumkriechen. Möchtest du, dass ich wie einer von ihnen werde? Ich wäre besser gestern Nacht, bevor die Schmerzen so schlimm wurden, rasch gestorben.«
»Bitte, Charilas, versuche, nicht zu sterben.« Es kam mir ziemlich dumm vor, so etwas zu sagen, und doch musste ich es sagen.
»Aber wozu soll ich denn noch leben, wenn ich nicht mehr gehen kann?«
Seine Stimme war ganz schrill vor Schmerz. Ich wusste, dass er Ruhe brauchte, doch jetzt ging es um Wich-

tigeres. Ich wusste nicht, wann wir wieder allein sein würden.

»Hör zu, Charilas. Ich glaube nicht, dass du gestern Nacht am Leben geblieben wärst, wenn es dazu nicht einen guten Grund gegeben hätte. Wir sind alle in der Hand der Götter, sie haben etwas vor mit uns. Vielleicht ist das die einzige Möglichkeit, wie sie das verwirklichen können, wozu dich das Leben fünfzehn Jahre lang vorbereitet hat. Wie wäre uns in einer Schlacht zu Mute und wo nehmen die Soldaten ihren Mut her? Dies ist deine Schlacht und nun musst du es selbst herausfinden.«

Es war schon zu dunkel, als dass ich sein Gesicht hätte sehen können, und es dauerte eine Weile, bis er wieder sprach; dann wusste ich, dass er im Geist meine Gedanken weitergeführt hatte.

»Zum Glück können wir nicht wählen, was uns trifft. Ich bin nicht im rechten Alter, um krank zu sein. Wenn ich ein kleines Kind wäre, könnte ich schreien, wenn der Schmerz wiederkommt; und niemand würde daran Anstoß nehmen. Wäre ich erwachsen, dann hätte ich vielleicht den Mut, Schmerzen zu ertragen, ohne mir etwas anmerken zu lassen. Aber ich befinde mich irgendwo mittendrin. Du hast Recht, Phaedon; wenn ich jetzt sterbe, dann ist es meine eigene Schuld, aber bleib nun bitte bei mir, denn es ist nicht leicht, sich an so etwas zu erinnern, wenn man allein ist.«

Ich glaube nicht, dass ich es jemals für möglich gehalten hatte, dass man so müde werden kann, wie ich es im Laufe der nächsten Tage wurde. Am dritten Tag verließ das Fieber Charilas, aber die Beine schmerzten ihm noch immer und lagen immer noch hilflos unter der blauen Decke. Ich wich kaum von seiner Seite, und nachts schlief ich ihm gegenüber in meinem eigenen Bett, doch selbst im Schlaf hatte ich Träume, welche mich plagten.

Ich war froh, dass ich am ersten Tag allein mit ihm gesprochen hatte, denn danach wurden wir nicht mehr oft zusammen allein gelassen. Creusa saß stundenlang am Bett ihres Sohnes, doch wenn ich aufstand und gehen wollte, um die beiden eine Weile alleine zu lassen, richtete sich Charilas jedes Mal auf und streckte die Hand nach mir aus. Dann blickte sie unter ihren flachen dunklen Brauen mit einer solchen Abneigung zu mir herüber, dass ich mich wunderte, dass Charilas sie nicht wie einen eisigen Luftzug in der ruhigen Hitze spüren konnte. Aber er hatte wohl nicht mehr viel überschüssige Kraft, um zu beachten, was in seiner Umgebung geschah. Zwar hatte ihn die Krankheit nicht selbstsüchtig gemacht, doch musste er seinen ganzen Mut und seine ganze innere Hartnäckigkeit aufbringen, um den wie Wogen anbrandenden Schmerzen standzuhalten. Schon fing er an, sich unter dem Einfluss der Krankheit zu verändern, doch kein äußeres Zeichen ließ auf die eigentliche Ursache seines Leidens schließen.

So vergingen die Tage, und der Priester wandte seine ganze Kraft auf, um meinen Vetter zu heilen. Wir trugen ihn hinaus und legten ihn in den kühlen, kleinen Säulengang, welcher auf den Hof führte. Hier konnte er den Himmel sehen und den Tauben nachschauen, welche über das Haus flogen.

Einen Monat nach dem Ausbruch der Krankheit, als ich wieder einmal bei Charilas im Säulengang war, sah ich Theognis, den Freund meines Onkels, durch den Bogengang kommen. Nachdem einer der Sklaven Kyrnos herbeigerufen hatte, setzten die beiden sich am anderen Ende des Hofes hin, woher zwar ihre Stimmen, doch nicht der Sinn ihrer Worte zu mir herüberdrangen.

Ich kannte Theognis seit den frühesten Tagen meiner Kindheit. Ich wusste und konnte dennoch nie recht glauben, dass er einst geradeso der Freund meines Onkels gewesen war wie Charilas der meine war. Ich konnte mir nur schwer vorstellen, dass diese beiden Männer in mittleren Jahren, welche nun am anderen Ende des Hofes saßen, einmal so jung oder so eng miteinander verbunden waren wie wir. Kyrnos soll in seiner Jugend sehr hübsch gewesen sein, bis mein eigener Vater älter geworden war und ihn an Schönheit überstrahlte, und fast alle frühen Dichtungen von Theognis drehten sich um die Gestalt meines Onkels. Noch heute wurden, wenn wir Gäste zum Abendessen hatten, die alten Lieder gesungen. Als sich mein

Onkel später ganz dem Training seines jüngeren Bruders widmete, wurde ihre Freundschaft dadurch belastet, und ich spürte, dass Theognis mich dafür verantwortlich machte, was natürlich absurd war, doch wie man mir sagte, wurde ich meinem Vater im Lauf der Jahre äußerlich immer ähnlicher.

Charilas lag mit geschlossenen Augen da; ich berührte seinen Arm, um ihn zu wecken. »Was glaubst du, worüber sie sich unterhalten?«

Er blickte ins blendende Licht des Hofes hinaus. »Über uns, fürchte ich. Vater schaut ständig zu uns herüber.«

»Das ist nun schon der dritte Morgen, an dem uns Theognis besucht. Ich glaube, er versucht deinen Vater zu etwas zu überreden.«

»Das gelingt ihm immer, wenn er wirklich will.«

Charilas hörte auf zu sprechen, die Schmerzen mussten wieder angefangen haben, denn sein Mund verzog sich. Ich stand auf und veränderte behutsam die Lage seiner Beine; auf dem Rücken und an den Fersen hatte er nun, trotz all unserer Pflege, offene Wunden, und immer wieder musste die Lage seines Körpers verändert werden.

»Seltsam, dass wir manche Menschen unwillkürlich mögen, während wir andere nicht leiden können, auch wenn wir sie kaum kennen«, fuhr er fort, als ich fertig war.

»Still! Ich glaube, Theognis hat erreicht, was er wollte«, sagte ich, denn der Dichter war aufgestanden und hatte die Hände auf die Schultern von Kyrnos gelegt und sah auf ihn nieder. Dann legte mein Onkel seine Hand über die rechte von Theognis. Ich weiß nicht, weshalb mich diese unausgesprochene Abmachung erschreckte, doch ich empfand wirklich eine seltsame, unheimliche Furcht, ähnlich wie damals, als ich als kleiner Junge vor der Statue im Tempel des Apollo gestanden hatte. Es war, wie wenn der Gott die Hand ausgestreckt hätte und mich über all die Jahre hinweg berührte.

Ich erhob mich schnell von der Kante der Liegestatt meines Freundes und trat etwas zurück, als die zwei Männer zu uns herüberkamen. Theognis grüßte meinen Vetter, doch ohne in meine Richtung zu schauen, und Kyrnos setzte sich dahin, wo ich einen Augenblick zuvor selbst gesessen hatte, und nahm seinen Sohn bei der Hand. Charilas blickte drein, wie wenn er gefangen wäre, und lag hilflos da, unfähig, sich vor etwas Unbekanntem, das gefährlich und aufregend zu sein schien, in Sicherheit zu bringen.

»Charilas«, begann mein Onkel. »Mein Freund erklärte mir, dass wir noch etwas anderes tun können, um herauszufinden, wie du geheilt werden kannst.« Ich sah im Geiste einen Pilgerzug zum Tempel von Asklepios in Epidaurus vor mir, drüben, auf der anderen Seite des Meerbusens, doch ich täuschte mich und war von den folgenden Worten ziemlich überrascht.

»Ich kann dich nicht verlassen, und du selbst bist viel zu krank für eine Reise, doch Theognis hat vorgeschlagen an unserer Stelle nach Delphi zu gehen, um Apollo zu fragen, was wir tun sollen.«
Charilas brachte keinen Ton hervor, und ich bemerkte, wie sehr Kyrnos erstaunt war, dass er seinem Freund für sein Angebot, eine solche Reise zu unternehmen, nicht dankte.
»Niemanden sonst würde ich lieber mit einer solchen Mission betrauen. Irgendein Gott hat die Hand auf uns gelegt, und deshalb müssen wir herausfinden, was wir zu tun haben.«
Schließlich war Charilas wieder Herr seiner Sprache. Er blickte an der großen, schlanken Gestalt empor, die über ihm in die Höhe ragte, und da erinnerte ich mich, wie unangenehm es ihm war, zu jemanden hinauf sprechen zu müssen. Das kann sehr ermüdend sein, wenn man krank ist. »Wann wirst du gehen?«
»Morgen. Meine übrigen Geschäfte können warten. Ich möchte nicht, dass du auch nur einen einzigen Tag länger leidest, als nötig ist.«
»Kann man denn den Gott wegen solch einer geringfügigen Angelegenheit befragen?«, fragte Charilas.
»Niemand darf die Gesundheit eines Kindes als eine geringfügige Sache bezeichnen. Es liegt an uns, das, was wir wissen müssen, zu fragen, und dann die vorgeschriebenen Opfer darzubringen. Falls wir außerdem noch etwas tun müssen, werden wir es dann erfahren.«

Ich konnte mir nicht erklären, weshalb ein Gefühl des Unbehagens in mir aufstieg, sobald der Gott und Delphi erwähnt worden waren. Gewiss, sollte es irgendeine Möglichkeit geben, Charilas wieder gesund zu machen, so mussten wir sie in Betracht ziehen, umso mehr, als ich mich keinem Gott lieber zuwenden würde als Apollo; doch das beseitigte meine Unruhe immer noch nicht.

Als Theognis gegangen war, vermieden wir es, über ihn zu reden. Ein Gefühl der Zurückhaltung lag zwischen uns, das nach der vertraulichen Nähe der vergangenen Wochen seltsam erschien. In der Frühe des folgenden Tages kam Theognis zurück, um sich von uns zu verabschieden. Er trug einen breitrandigen Reisehut und einen dünnen sandfarbenen Mantel, welcher in vielen Falten herunterhing, als er sich über das Bett von Charilas beugte, sodass er wie ein großer Vogel aussah. Als er gegangen war, trat ich in den Hauseingang und schaute zu, wie er den von seinem Sklaven bereitgehaltenen Esel bestieg und die enge Straße hinunterritt.

Als ich ins Haus zurückkehrte, verspürte ich noch immer eine drückende Beklemmung in mir. Ich war tief in Gedanken versunken, als ich in unser Zimmer trat, und wäre beinahe über einen auf dem Boden stehenden Wasserkrug gestolpert. Charilas begrüßte mich und auf seinem Gesicht lag ein Anflug seines alten Lächelns.

»Du solltest dich etwas schonen. Selbst der Esel, welcher das Korn mahlt, ruht sich zwischendurch aus. Warum gehst du nicht einmal zu einem Lauf auf den Sportplatz hinunter? Du brauchst frische Luft!«
»Und was machst du in der Zwischenzeit?«
»Oh, darüber brauchst du dir keine Sorgen zu machen. Außerdem wirst du mir bei deiner Rückkehr etwas Neues erzählen können.«
Da ich wusste, dass er Recht hatte, begann ich keine Diskussion. Ich liebte Charilas so sehr, dass es nicht leicht war, ohne ihn auszukommen, wenn wir uns einmal für kurze Zeit aus den Augen verloren. Mein Onkel war ziemlich überrascht, als ich ihm sagte, dass ich hinausgehen wollte, obwohl ich glaube, dass ihn die Aussicht darauf, seinen Sohn für eine Weile ganz für sich selbst zu haben, auch erleichterte und zufrieden stellte. Ich wickelte etwas Brot und ein paar Äpfel in ein Tuch und rannte den Hügel hinunter, an dessen Fuß die Quelle von Theagenes lag.
Ich bückte mich und trank vom frischen Wasser, welches in einem Aquädukt vom westlich von uns gelegenen Berg Gerania hierher kam. Dann ging ich zum Sportplatz hinunter. Um diese Zeit war noch niemand da, und darüber war ich froh, denn ich hätte mich geschämt, vor anderer Augen zu laufen, jetzt, wo ich so sehr außer Übung war. Ich zog mich aus und machte einige Übungen, um meine verkrampften Muskeln zu lockern, und begann dann, für mich allein zu laufen.

Ich lief eine viel größere Strecke, als nach einer so langen Unterbrechung vernünftig gewesen wäre, denn ich konnte den Zeugnissen meiner Sinne keinen Glauben schenken. Ich hatte das Gefühl, gar nicht mehr denselben Körper zu haben; mein Herz klopfte heftig und der Atem verlief stoßweise, sodass meine Kehle brannte. Schließlich machte ich Halt und ließ mich am anderen Ende der Rennstrecke unter den alten Bäumen ins Gras fallen. Als ich wieder aufstand, um zum Umkleideraum zurückzugehen, fühlte ich mich müde und alt. Ein Teil von mir fragte in durchaus vernünftiger Art, was ich denn erwartete, nachdem ich einen Monat nicht gelaufen war, doch der Rest von mir wusste, dass das nicht alles war. Ich fühlte mich innerlich leer, wie wenn mir etwas, das mir während langer Zeit gehört hat, weggenommen worden wäre. Es war, wie wenn der Gott mich verlassen hätte.

Nun wurde es allmählich immer heißer. Ich rieb meinen Körper ab und unterhielt mich gut gelaunt mit einigen Freunden, doch ich beeilte mich den Übungsplatz zu verlassen. Ich konnte nicht zum Heiligtum von Apollo gehen und so begab ich mich zum großen Haupttempel auf dem Osthügel. Ich überlegte, ob ich auf dem Markt ein Opfer mitnehmen sollte, doch da ich kein Geld hatte, ging ich direkt auf den Hügel.

Der Tempel war schon viele Generationen alt. Die Säulen waren kürzer und dicker als jene der neuen Tempel auf dem Westhügel und die Säulen- und

Friesmalereien hatten ihre Leuchtkraft verloren und waren verblasst. Die Giebelfiguren – Apollo, der den Drachen Python tötet – waren kurz und dick, wie kleine Statuen, die Kinder machen, und doch hatten sie nichts Kindisches an sich. Eine ganze Weile stand ich im Schatten eines der Pfeiler und versuchte meine auf- und abwogenden Gefühle mit meinem Geist in eine Art Ordnung zu bringen. Ich hatte den Tempel bisher nie alleine besucht, außer bei den langen Übungsläufen im Winter. Charilas war immer dabei gewesen, doch diesmal musste ich für uns beide denken und handeln. Nach einer Weile ging ich hinein. Im Innern war es schattig und kühl und die Statue des Gottes schien sehr groß zu sein, verglichen mit derjenigen im Tal. Ich dachte an Theognis auf seinem Esel, der irgendwo zwischen den Olivenbäumen des Flachlands in der Hitze unterwegs war, und betete für einen erfolgreichen Ausgang seiner Reise.

Apollo, Lichtspender, erleuchte uns, betete ich. Nimm die Finsternis dieser Furcht von mir, aber nimm nicht mehr. Meines Freundes Gesundheit ist dahin, du hast mir das Talent genommen, das vor mir mein Vater besaß. Was bleibt uns denn noch? Mein Vater ist dir zu Ehren gelaufen, aber du hast seine Opfergabe nicht angenommen; nun glaube ich, dass du auch die meine nicht annehmen willst. Apollo, zeige mir, was du von mir willst, und lass Gnade walten, sodass ich es auch zu geben vermag. Ich ließ die Hände sinken und wartete, ganz ruhig, eine lange Zeit. Doch mein Herz blieb stumm und kein Gefühl der Erleuchtung erfüllte es. Vielleicht muss ich warten, bis er durch sein Orakel in Delphi gesprochen hat, dachte ich und trat wieder ins helle Tageslicht hinaus. Dann ging ich in die Stadt hinunter, passierte das Westtor und suchte den Obstgarten auf, der meinem Onkel gehörte. Ich ließ mich auf dem langen Schattenstreifen unter den breiten Blättern eines Feigenbaumes nieder und aß, was ich mitgebracht hatte. Den Rest des Nachmittages schlief ich, tief wie ein müdes Kind, denn ich hatte schon lange keine ununterbrochene Ruhepause mehr gehabt.

Zwei Wochen später kehrte Theognis spät in der Nacht zurück. Charilas schlief bereits; während des Nachmittags hatte es heftig gestürmt, und nun war die Nacht von einer kühlen Frische erfüllt, die nach den langen, heißen Sommernächten sehr wohltuend war. Ich richtete mich im Bett auf und lauschte den Stimmen im Hof, doch sie entfernten sich schnell, und ich begriff, dass wir erst am Morgen erfahren würden, ob die Mission des Dichters erfolgreich ausgegangen war.

Als Creusa am frühen Morgen ins Zimmer trat, um mir zu helfen, Charilas zu waschen und in eine bequeme Lage zu bringen, hatte sie einen seltsamen Ausdruck auf dem Gesicht. Es erschien mir wie ein Ausdruck des Triumphes, doch ich fand nichts, was ein solches Gefühl bei ihr hätte veranlassen können. Ich kam nicht auf die Idee, dass ihr mein Onkel bereits erzählt haben könnte, was Theognis in Delphi erkundet hatte. Wir waren kaum fertig, als die beiden Männer hereintraten. Theognis trat mit selbstbewussten Schritten an das Bett von Charilas und ergriff seine beiden Hände.

»Es ist schön, eine hoffnungsvolle Botschaft bringen zu dürfen«, sagte er. »Unsere Opfergaben wurden angenommen und der Gott hat uns mit einem günstigen Spruch beschenkt.«

Ich spürte meinen Vetter neben mir unruhig werden und zittern und mein Herz begann heftig zu schlagen. Würde Charilas völlig gesund werden? So wäre die Unruhe all dieser Wochen nichts anderem als der Aufregung und dem mangelnden Schlaf zuzuschreiben gewesen?

»Aber, Theognis, nein«, sagte mein Onkel. »Wir können noch nichts mit Sicherheit sagen. Charilas, die Botschaft des Gottes ist nicht eindeutig. Das Orakel spricht von Heilung und Danksagung, doch den Teil, der davor kommt, kann ich nicht verstehen. Der Gott scheint etwas Bestimmtes zu wollen, doch solange wir nicht herausgefunden haben, was es ist, wissen wir nicht, ob wir es auch zu geben vermögen.«

»Bitte, Vater, was sagte der Gott?« Charilas Stimme zitterte vor Erregung.

»Theognis, sag ihn nochmals. Du kennst den Spruch auswendig.«

Nach einem Augenblick gespannter Stille ließ die geübte Stimme des Dichters die Worte im kleinen Zimmer ertönen. Die Botschaft von Delphi, der Spruch eines Gottes.

> Steinig und mühsam der Pfad,
> wenn wir folgen den Spuren des Lichtgotts.
>
> Genommen von uns wird das Beste,
> doch reichlicher schenket Apollo.
>
> Durch Leiden wir schreiten zur Freude
> und Trennung bringt Heil uns und Feste.
>
> Opfern wir alles von Herzen,
> wird Ruhm und Gesang aus der Krankheit.

»Doch was heißt ›das Beste‹? Will der Gott, dass wir etwas ganz Wertvolles opfern?«, fragte Charilas.
Der Gesichtsausdruck meines Onkels war immer noch ernst. »Gerade das verwirrt mich. Er verspricht Gesundheit, ja sogar Ruhm, doch was müssen wir ihm dafür geben?«
Creusas Stimme klang hart und laut. »Siehst du's denn nicht? Es ist nicht etwas, was mit Geld bezahlt wird, etwas, was du geben kannst – so etwas meint er nicht. Von unserem Sohn muss die Opfergabe stammen. Der Gott verlangt als Gegengabe für seine Gesundheit das, was ihm am allerwertvollsten ist.«

»Mutter, was kann das sein? Ich habe nichts zu opfern, was auch nur halb so wertvoll ist wie das, was mein Vater bereits dargebracht hat.« Charilas blickte verwirrt und voller Angst von einem Gesicht zum andern. Ich trat an das Bett und setzte mich am Kopfende nieder, wie ich es schon öfter getan hatte, sodass Charilas sich an meiner Schulter anlehnen konnte.

»Wie kannst du nur fragen«, rief Creusa und ihre Züge drückten nun offenen Triumph aus. »Schau dich an mit deinem Freund. Ist nicht er dir das Beste, teurer als Vater oder Mutter? Phaedon ist es, den der Gott verlangt; wenn er dieses Haus für immer verlässt, dann wirst du wieder gehen können, und dein Leben wird blühen und mit Ruhm gekrönt werden. Wenn er aber bleibt, wirst du sterben. Die Botschaft des Gottes ist einfach.«

Charilas zuckte gegen meine Schulter zurück, wie wenn er einen Schlag erhalten hätte, und ich schloss die Arme um ihn. Er schleuderte ein sehr lautes »Oh nein!« heraus, dann begrub er das Gesicht in den Händen und fing an zu weinen, und atmete zwischendurch in langen, keuchenden Zügen ein.

Kyrnos fasste seine Frau bei der Schulter. »Du gehst zu weit, Creusa. Er ist der Sohn meines eigenen Bruders. Kein Gott würde so etwas von uns verlangen. Wir haben kein königliches Blut und deshalb dürfen wir unser eigenes Fleisch und Blut nicht wegen eines zweifelhaften Orakelspruches aus dem Hause jagen.«

Doch Creusa lachte ihm höhnisch ins Gesicht. »Oh, du bist schon immer blind gewesen. Mit Orsippios war es genau gleich; du warst der Älteste, doch wer behandelte dich von oben herab, sobald er etwas älter geworden war? Nun, der Gott hat ihn zurückgewiesen und jetzt spricht er zum zweiten Male.«

Ich saß da und hielt Charilas in meinem Arm und erstarrte derart, dass ich mich weder bewegen noch sprechen konnte. Ich konnte einfach nicht glauben, dass das, was ich erlebte, wirklich war. Meine Tante hatte mich schon seit jeher nicht leiden können, doch nun kam ein tiefer Hass zum Vorschein, der mich von Charilas trennen wollte, sodass sie ihn umso stärker für sich allein haben könnte. Wie im Traum hörte ich Theognis sprechen.

»Kyrnos. Vielleicht ist es das wirklich, was der Gott verlangt. Orsippios hatte ein seltsames Geschick und vielleicht hat sich die Wolke des Unglücks noch nicht ganz aufgelöst. Schicke Phaedon weg, bis sich der Wille des Gottes geklärt hat. Vielleicht wird Charilas gesund werden und dann kann Phaedon ja wieder nach Megara zurückkommen.«

Nun jagten sich die Gedanken in meinem Kopf, sodass ich sie nicht genügend zusammenhalten konnte, um zusammenhängend zu sprechen. Warum sollte ich meinem Freunde schaden können? Apollo wusste, dass ich für ihn sterben würde, wenn es der Gott verlangte, genauso wie es Charilas auch für mich täte;

aber nicht das – nicht dieses langsame Sterben durch eine Trennung.

»Ich könnte ihn für ein paar Monate zu seinem Großvater schicken«, sagte mein Onkel zögernd und meine kochenden Gefühle beruhigten sich ein wenig.

Doch Theognis sagte: »Nein, Kyrnos, das wäre zu nahe; wir dürfen uns über den Gott nicht lustig machen oder ihn auf die Probe stellen. Ich muss geschäftshalber nach Sparta, lass mich den Jungen mitnehmen. Er hat zwar etwas vom seltsamen Aussehen seines Vaters, doch die Spartaner wissen, wie man mit Jungen, die trainiert werden sollen, umgehen muss, und Phaedon ist nicht zu alt, um davon noch Nutzen zu haben.«

Nun konnte ich mich nicht mehr zurückhalten. »Oh, bitte, nicht Sparta. Ich werde weggehen, wenn es sein muss, aber lasst mich zu meinem Großvater gehen. Ihr braucht mich nie mehr zu sehen, doch lasst mich nahe genug sein, um von Charilas Nachrichten bekommen zu können.«

»Wer bist du, Sohn des Orsippios, um bestimmen zu können, was du für einen Verwandten, der dich immer wie ein Vater behandelt hat, tun willst und was nicht? Gatte, Theognis hat Recht, Phaedon hat uns unseren Sohn weggenommen, und der Gott weiß, dass das falsch ist. Schicke ihn nach Sparta und Gesundheit und Friede werden wieder bei uns einkehren.« Creusas Augen funkelten vor Zorn.

»Aber dies ist ein schwerer Schritt. Die Jungen lieben einander; es wäre grausam, sie plötzlich auseinander zu reißen. Wir sollten jemanden zum hiesigen Tempel schicken; vielleicht könnten die Priester den Orakelspruch klarer deuten.«
«Kyrnos, mein Freund. Du weißt, dass wir oft Schmerz verursachen müssen, damit etwas Gutes entstehe; das ist die Botschaft, die uns der Gott bringen will. Es ist weniger schmerzhaft, wenn es schnell geschieht. Lass mich Phaedon nach Hause nehmen und morgen werde ich mit ihm nach Sparta aufbrechen.«
Charilas klammerte sich noch stärker an mich, er atmete schwer und schluchzte. »Oh nein, das kannst du nicht. Warum musstest du nach Delphi gehen? Ich werde sterben, wenn du Phaedon mitnimmst.«
»Nein, mein Liebster, bitte tu das nicht. Vielleicht muss ich für kurze Zeit wirklich weggehen. Bitte mach es mir nicht schwer.« Nun weinte auch ich. Es war schrecklich mit anzusehen, wie die Tapferkeit, die Charilas in den vergangenen Wochen bewiesen hatte, ihn nun so plötzlich völlig verließ. Ich hatte nicht die Kraft, für uns beide tapfer zu sein, nicht hier in diesem Zimmer unter Creusas triumphierendem Blick und beim Gedanken an Sparta und ohne alle Hoffnung, Charilas jemals wieder zu sehen.
Charilas nie mehr wieder sehen. Ich befreite mich von seinem Arm, der sich um meinen Hals geschlungen hatte, und rückte etwas weg. Er streckte die Arme hef-

tig nach mir aus, krümmte sich ungeschickt übers Bett und sein Gesicht war tränenüberströmt. Ich weiß nicht genau, was ich vorhatte, ich wollte mich einfach eine Weile entfernen, sodass ich in Ruhe nachdenken könnte – aber meine Ferse verfing sich im Stuhl, der an die Wand zurückgeschoben worden war, sodass ich stürzte und mit dem Kopf am Fuß des Betts aufschlug.

Die Straße zum Isthmus

Irgendetwas hämmerte in meinem Kopf und erschütterte meinen ganzen Körper. Vorsichtig bewegte ich mich, doch zwischen meinen Augen spürte ich ununterbrochen einen zuckenden scharfen Schmerz, wie wenn es andauernd blitzte. Ich blieb völlig ruhig liegen und versuchte herauszufinden, was geschehen war und wo ich mich überhaupt befand. Da konnte ich mich auf einmal an alles erinnern, und ich glaubte, ich müsste sterben. Der Schmerz im Kopf war schon schlimm genug, doch dies war vollkommen unerträglich. Verzweiflung und Hoffnungslosigkeit trugen mich wie Wogen empor, rüttelten mich durch und schleuderten mich wieder in die Tiefe. Dann ließ der Schmerz etwas nach, und ich dachte, dass ich nun erfahren hatte, dass niemand vor Kummer stirbt, denn sonst wäre ich jetzt tot. Ich hörte, wie eine Tür geöffnet wurde, und dann fiel ein Streifen Licht über mich. Ich wurde von einem Arm unter meinem Kopf hochgehoben, worauf mir jemand eine Tasse an die Lippen drückte. In meinem Kopf surrte es und mein Mund war völlig ausgetrocknet, und so trank ich.

Als ich wieder zu mir kam, war es draußen viel heller,

und das Bett, in dem ich lag, bewegte sich. Es brauchte eine ganze Weile, bis ich merkte, dass ich in einer mit Vorhängen versehenen Bahre lag. Dann schlief ich wieder ein. Später spürte ich, dass der Weg anstieg; die Bahre neigte sich am hinteren Ende zur Erde und die Träger standen nicht mehr so sicher auf den Beinen. Selbst durch meine geschlossenen Augen drang der helle Lichtglanz, welcher durch die dünnen Vorhänge hereinstrahlte. Irgendwann wurden sie zurückgezogen, und da sah ich durch die Wimpern ein Stück blauen Himmel und Kopf und Schultern von Theognis, der auf einem Esel saß und sich bückte, um zu mir hereinzuschauen. Einen Augenblick später hatte er den Vorhang schon wieder losgelassen und wir zogen weiter. Da wusste ich, dass er seinen Willen bei meinem Onkel durchgesetzt hatte und dass wir unterwegs nach Sparta waren.

Ich wagte mich kaum zu rühren, denn ich fürchtete, die Träger würden die Gewichtsverlagerung spüren und merken, dass ich wieder bei Bewusstsein war, doch ich streckte vorsichtig die Glieder, um zu sehen, ob ich verletzt war. Arme und Beine waren steif, jedoch unverletzt, obwohl es in meinem Kopf heftig hämmerte.

Ich wusste, dass ich versuchen würde Theognis zu entkommen, obwohl ich keine Ahnung hatte, wie ich das anstellen oder wohin ich mich wenden sollte. Sorgfältig horchte ich auf die Geräusche in meiner

Umgebung; es waren nicht viele Männer, nur die Bahrenträger und zwei Esel. Der Weg stieg immer noch an, was bedeutete, dass er zum Isthmus führte; die Straße nach Athen zurück führte dagegen eine lange Zeit durch die Ebene von Megara. Bald mussten wir zum Tal kommen, wo das Apolloheiligtum stand und mein Großvater lebte; ich fragte mich, wo wir wohl übernachten würden, denn an der Straße, welche sich durch die hohen Felsen zwischen Korinth und Megara schlängelte, gab es nur ganz wenige Unterkunftsmöglichkeiten. Da erinnerte ich mich an den Bauernhof im Tal. Kyrnos hatte ihnen wohl geraten dort die Nacht über zu bleiben. Obwohl mein Großvater zwar ganz in der Nähe war, so sagte er sich wohl, wäre es doch unwahrscheinlich, dass er von meiner Anwesenheit etwas erfahren könnte, bevor es zu spät sein würde. Und außerdem, was hätte denn die Hilfe eines alten Mannes vermocht? Es wurde mir klar, dass ich warten musste; Theognis rechnete für die erste Nacht bestimmt mit Schwierigkeiten und würde also besondere Vorsicht walten lassen. Außerdem fühlte ich mich noch viel zu krank und schwach für einen Erfolg versprechenden Fluchtversuch.
Es war beinahe Nacht, als wir das Bauernhaus erreichten. Ich hörte das Gebell der Hunde und spitze, klopfende Geräusche, als eine Ziegenherde vom Weg sprang. Die Bahre wurde im Hof abgestellt und die Vorhänge ganz aufgezogen. Ich hatte schon beschlos-

sen, was ich tun würde, und diesmal lag ich mit offenen Augen schlaff auf den zerwühlten Bahrenkissen da. Theognis beugte sich über mich und sprach meinen Namen aus, doch ich tat so, als ob ich nichts gehört hätte. Da legte er seinen Arm um mich und wollte mich aus der Bahre heben. Ich legte mich zurück und machte mich so schwer, wie es nur ging, bis schließlich einer der Sklaven herbeikam, um ihm zu helfen. Ich wurde in das Wohnzimmer des Bauernhauses getragen und auf ein in der Ecke stehendes Bett gelegt. Die Herrin des Hauses brachte eine Tasse Milch. »Phaedon, erinnerst du dich an mich?« Sie war früher immer freundlich gewesen, und es fiel mir schwer, meinem Gesicht nichts anmerken zu lassen und den Kopf zur Seite zu wenden, als sie die Milch an meine Lippen hielt, denn ich starb fast vor Durst. Ich glaube, sie war etwas bestürzt, denn ich hörte sie zu den Männern zurückkehren und leise mit ihnen sprechen. Dann wurde ich eine Weile allein gelassen.

Ich hörte, wie sie draußen unter einem mit schweren grünen Trauben behangenen Spalier aßen. Im Zimmer war es ruhig; ich wollte aufstehen und mich strecken und etwas zum Essen suchen, doch ich konnte mich nicht darauf verlassen, dass ich allein war, und so blieb ich liegen. Meine Vorsicht erwies sich als angebracht, denn nach einer Weile hörte ich einen der Sklaven husten und sich bewegen. Theognis hatte mich also bewachen lassen.

Spät in der Nacht kehrte er zurück und die Frau und ihre Dienerin wuschen mich wie ein kleines Kind und verbanden mir den Kopf. Diesmal trank ich, doch so ungeschickt, dass ich das Wasser verschüttete. Dabei lauschte ich dem Gespräch der zwei Frauen.
»Herrin, was fehlt dem Jungen?«
»Es ist dieser Schlag auf den Kopf. Er hat ihn blöde gemacht.«
»Hat dir das der Freund von Herrn Kyrnos gesagt?«
»Ja. Er sagte, es hätte Streit gegeben und dass der Bengel mit Schande fortgeschickt worden sei. Aber er war immer der Stillere, wenn er uns mit seinem Vetter besuchte. Wir haben bestimmt noch nicht alles erfahren.«
»Macht ihn also dieser Schlag so schwach und seltsam?«
»Ja, Mädchen. Dieser Schlag, aber auch noch etwas anderes, denke ich. Er sieht aus wie jemand, der gesehen hat, was er nicht hätte sehen sollen, und das hat ihn halb verrückt gemacht. Ich hoffe, er bringt uns kein Unglück ins Haus.«
Ich vernahm ein schnelles, raschelndes Geräusch und wusste, dass sie beide das Zeichen gegen den bösen Blick machten.
»Sagt das nicht, Herrin«, sagte das Mädchen und dann entfernten sich die beiden.
Nachts konnte ich für kurze Augenblicke schlafen, doch war ich zu hungrig, um mich wirklich auszuru-

hen. In der Frühe des folgenden Tages brachen wir wieder auf. Die junge Dienerin brachte mir Brot und Milch und ich aß ein wenig, obwohl ich ihr die Schale am liebsten aus der Hand genommen und den ganzen Inhalt mit einem Schluck geleert hätte. Sie redete mich ein paar Mal schüchtern an, doch ich gab keine Antwort, aber irgendwie musste ich mich doch verraten haben. Die Männer hatten mich auf die Bahre gelegt und die Vorhänge waren beinahe zugezogen. Als die letzten Reisebündel auf den Esel gepackt wurden, erschien auf der dem Hofe abgekehrten Seite der Bahre plötzlich eine Hand zwischen den Vorhängen. Sie hielt einen Laib Brot; ich ergriff ihn schnell und versteckte ihn zwischen den Kissen, und bevor ich noch etwas anderes tun konnte, war die Hand wieder verschwunden.

Ich wartete, bis die Straße am Ende des Tales anstieg, bevor ich vom Brot zu essen begann. Obwohl mein trockener Mund nur mit Mühe kauen konnte, schaffte ich doch beinahe die Hälfte des flachen Laibes, und augenblicklich fühlte ich mich kräftiger. Ich hatte in der vergangenen Nacht den Entschluss gefasst, irgendwann im Verlaufe dieses Tages zu entfliehen. Schon näherten wir uns einer mir unbekannten Wegstrecke und ich wollte mich nicht nachts in den Bergen verirren.

Wir machten um Mittag, als die Sonne am heißesten schien, eine zweistündige Rast. Die Straße stieg immer noch an, doch ich wusste, dass sie sich bald ins Landesinnere wenden würde, um eine der tiefen, pinienbewachsenen Schluchten zu durchqueren; im Winter floss über zahlreiche Wasserfälle ein Bach dem fernen Meere entgegen, doch jetzt musste er beinahe ausgetrocknet sein. Ich wusste, dass der Weg an dieser Stelle so eng war, dass Theognis unmöglich neben der Bahre reiten konnte, und in der Tat, bald hörte ich an den Hufschlägen seines Reitesels, dass er vorausritt. Ich steckte die Reste des Brotlaibes in die Brustfalte meiner Tunika und dann fiel mir plötzlich der Verband ein und ich entfernte ihn. Die Wunde war trocken und so bestand keine Gefahr, dass sie wieder aufbrechen würde. Ich zog auf der rechten Seite den Vorhang beiseite; dicht vor mir ragte eine Felswand in die Höhe, und dann kam eine Lücke, wie wenn sich ein Stück Fels herausgelöst hätte, sodass sich eine steil aufsteigende Treppe von Felsblöcken gebildet hatte. Ich glaube, ich habe keinen Moment nachgedacht; ich riss den Vorhang völlig zur Seite, sprang auf den Fels, und bevor die Männer irgendetwas bemerkt hatten, war ich außer Sichtweite.

Ich hatte keine Zeit zurückzuschauen, während ich zwischen den großen Steinen hochkletterte, um so schnell wie möglich in den Schutz der Bäume zu kommen. Mein Kopf wurde von einem Schwindelgefühl erfasst und die Dornen der niedrigen Büsche zerkratzten mir Arme und Beine. Ich vernahm Rufe sowie die wütend schreiende Stimme von Theognis und dann die knirschenden Geräusche von schweren Sandalen. Ich bewegte mich in einer Zickzacklinie vorwärts und versuchte außer Sicht zu bleiben, doch es war mir klar, dass man mich erwischen würde, wenn ich nicht irgendwo ein Versteck finden konnte. Ich hatte keine Lust, mir auszumalen, wie mich Theognis nach einer Gefangennahme behandeln würde; jedenfalls wäre es sinnlos, ein zweites Mal Krankheit vorzutäuschen.

Ich stieß auf einen steilen Geißpfad, der unter einem tiefen Überhang in dic Schlucht hinaufführte. Ich sah keine Möglichkeit, ihn wieder zu verlassen, während die groben Rufe hinter mir immer näher kamen. Blindlings und mit gesenktem Kopf rannte ich vorwärts, als ein Schutzgeist des Ortes offenbar beschloss mir beizustehen, denn auf einmal bog ich schnell ab und fiel, da ich nicht merkte, dass der Pfad sich verengt hatte, kopfüber auf den Wegrand. Nun bewährten sich auch meine Trainingsstunden auf dem Sportplatz: Ich machte einen leichten Sturz einen steilen Abhang hinunter, bis ich von einer Gruppe von Büschen aufgehalten wurde. Unbewegt lag ich da, völlig unsichtbar für jemanden auf dem Weg oben, und nun hörte ich die Männer wenige Meter über mir vorbeirennen. Ich hörte wieder ihre Rufe, dann kamen sie etwas langsamer zurück. Theognis, der weiter unten sein musste, schrie etwas zu ihnen

hinauf, und einer der Männer blieb fast unmittelbar über mir stehen.
»Wir haben ihn verloren, Herr. Er kann sich hier überall verstecken. Wir müssen warten, bis er sich wieder bewegt.«
Ich hoffte, dass mein Sturz auf dem Weg über mir keine Spuren hinterlassen hatte. Andernfalls muss er sie übersehen haben, denn ich hörte, wie er sich entfernte, und nach einer Weile war es ganz still in der Schlucht, und nur einige Vögel waren zu hören, die aufgeschreckt über den Bäumen kreisten.
Ich rührte mich immer noch nicht, obwohl sich ein Zweig des Busches, auf den ich gefallen war, direkt in meinen Rücken gebohrt hatte. Ich wusste ja nicht, ob der Hang nicht noch beobachtet wurde, sodass die geringste Bewegung zwischen den Bäumen auffallen musste. Die Vögel ließen sich wieder auf den Ästen nieder und einer von ihnen begann weit unter mir in den Büschen zu singen. Ich fragte mich, wie lange Theognis wohl warten würde. Ich würde mich bald bewegen müssen, denn meine Lage fing an, unerträglich zu werden. Ich ergriff den Hauptstamm des Busches, weit unten, sodass die Blätter nur ganz leicht geschüttelt wurden, und zog mich in die Sitzhaltung hoch. Die Straße befand sich weit, weit unten, viel weiter, als ich vermutet hätte. Nun konnte ich das schwache Geräusch dahinfließenden Wassers vernehmen; aus dem Innern des Überhangs, von dem ich

nur ein paar Schritte entfernt war, kam ein winziges Bächlein hervor und verschwand wieder zwischen den Felsen auf einem grünen Moosfleckchen. Ich ließ mich vom Busch gleiten, blieb stehen und kroch zum Bächlein hinüber. Es dauerte lange, bis ich meinen Durst gestillt hatte. Ich trank aus den Händen und dann ließ ich mir das Wasser über Kopf und Hals hinunterrieseln.

Nun hatte ich wieder Kraft geschöpft und wagte nicht, mich länger bei der Quelle aufzuhalten. Es war schon später Nachmittag und ich musste auf dem schnellsten Weg irgendwo hinkommen, wo ich Nahrung finden konnte. Ich kroch unterhalb des Pfades auf den Eingang der kleinen Schlucht zu; es war leichter, als ich gedacht hatte, und bald konnte ich wieder auf den Pfad hinaufklettern. Ich hielt wieder an, um zu lauschen, und glaubte, in der Ferne schwächer werdende Geräusche von Hufen zu hören; wahrscheinlich hatte Theognis beschlossen wieder ins Tal zurückzukehren. Jedenfalls war es zwecklos für ihn, die Reise fortzusetzen.

Während ich zwischen den Felsen hochkletterte, versuchte ich meine nächsten Schritte zu planen und mir zu überlegen, wohin ich gehen sollte, wenn die unmittelbare Gefahr einmal vorüber war. Jetzt, wo ich nicht mehr bei Charilas sein konnte, gab es nur einen Ort, wo ich sein wollte, und das war bei meinem Großvater im Tempel, wo schon mein Vater einst Zuflucht gefunden hatte. Aber ich wusste, dass das unmöglich wäre. Theognis erwartete bestimmt, dass ich dort hinginge, und später würde auch Kyrnos das Tal absuchen lassen; dennoch blieb mir für heute kein anderer Ort übrig. Die Straße selbst war mir versperrt, denn Theognis würde nach beiden Richtungen allen passierenden Reisenden Botschaften mitgeben, und ich musste mir unbedingt Nahrungsmittel verschaffen. Mir blieb einzig die Gewissheit, sowohl den Tempel als auch das Tal besser zu kennen als er, sodass es mir gelingen könnte, das, was ich brauchte, zu finden.

Der Weg teilte sich; ich beschloss in Richtung Megara zu gehen; es war ein Pfad, der hoch über der Hauptstraße am Rande der Felsen entlangführte. Ich begann mir vorzustellen, was ich unternehmen sollte, wenn ich das Tal wieder verlassen wollte. Die Welt scheint weit und aufregend und voller Verlockungen vor einem dazuliegen, solange man sie vom Hauseingang aus betrachtet. Doch wenn man kein Geld und keine Freunde hat und friert und hungrig ist, sieht sie anders aus.

Wenn ich mich ernähren wollte, musste ich arbeiten, aber es fiel mir nichts ein, was ich tun könnte. Ich hatte kein einziges Handwerk erlernt, und ich war zu jung, um in Söldnerdienste zu treten; ich brauchte Hilfe. Konnte ich keinen Menschen finden, an den ich mich wenden konnte, so musste ich mich an den Gott wenden, der mich in der Vergangenheit geführt hatte.

Nun wurde mir bis in alle Einzelheiten klar, was ich tun musste. Ich hatte schon immer gewusst, dass ich eines Tages nach Delphi ginge, in der Annahme, mein Talent als Läufer würde mich dort hinführen, wie es einst auch meinen Vater nach Delphi geführt hatte. Nun wusste ich, dass mir diese besondere Gabe nicht mehr gehörte, und doch wies mir der Gott noch immer einen Weg zu seinem Heiligtum. Solange ich unter der Obhut meines Onkels stand, wäre dies unmöglich gewesen; nun lag mein Weg frei und offen vor mir da.

Als ich mir das klargemacht hatte, wurde ich auf einmal zornig. Ich fragte mich, was das für Götter waren, die so unbarmherzig sein konnten, und was Apollo beabsichtigen mochte, indem er seine Hand so schwer auf unsere Familie legte. Zweimal war mein Vater für ihn gestorben, einmal, als er vor ganz Hellas im staubigen Sand des Stadions scheiterte, und dann auf der durch das Tal führenden Pilgerstraße, als er die im Schutze von Apollo reisenden Pilger begleitete. Schon als kleines Kind hatte ich diesen Gott zu meinem Herrn erwählt, und nun hatte er mich der beiden Dinge beraubt, die ich in meinem Leben am höchsten schätzte – der Kunst, die ich in seinem Dienste ausüben wollte, sowie meines Freundes. Ich konnte mir nicht vorstellen, dass noch etwas übrig war, was er mir auch noch hätte nehmen können, und fragte mich, was für ein großes Geschenk ich dafür von ihm erhalten würde. Aber erst einmal musste ich nach Delphi.

Ich fand eine vor dem kühlen Nachtwind geschützte Stelle und legte mich schlafen. Viel später erwachte ich und blickte in den Mond. Noch war es einige Stunden vor Sonnenaufgang, doch der Weg zeichnete sich im weichen Licht deutlich ab.

Manchmal führte der Weg vom Meer weg und zwischen heruntergestürzten Felsblöcken hindurch, doch immer wieder machte er eine Wendung zum Meere, und dann konnte ich weit unter mir die helle Spur des Mondes auf dem Wasser und die dunklen Windungen der Straße sehen, die sich zwischen den dicht gedrängten Abhängen hochschlängelte. Ich nahm an, dass Theognis immer noch unterwegs war, obwohl es inzwischen Nacht geworden war, denn bestimmt wollte er zum Bauernhof zurückkehren; es gab in der ganzen Umgebung keinen anderen Ort, wo sie Unterkunft finden konnten. Kurz bevor ich den Talausgang erreichte, stieß ich auf Wasser und konnte endlich meinen Durst löschen. Dann kletterte ich das Riff hinunter, bis ich die Spitze der hinter dem Tempel hochragenden Felswand erreicht hatte. Ich fand eine Stelle, wo ich mich, ohne gesehen zu werden, hinlegen konnte. Vor meinen Augen lag in seiner ganzen Breite das Land, vom Tempel bis zum Meer in der Ferne. Ich hätte einen Kieselstein auf das niedrige Dach weit unter mir fallen lassen können. Es begann bereits zu dämmern, als ich plötzlich meinen Großvater aus seinem kleinen Haus treten sah. Ich war so überrascht, dass mir der Atem beinahe stockte.

Vom Bauernhaus zwischen den Olivenbäumen stieg nun Rauch auf, während eine Gruppe von Männern hinter den Gebäuden hervortrat und den Weg zum Tempel hinaufstieg. Als sie näher kamen, erkannte ich die große, schlanke Gestalt von Theognis. Mein Großvater hörte sie kommen und trat wieder aus dem Haus, um beim Steinaltar auf sie zu warten. Ich hoffte, dass ihn jemand hatte warnen können, denn Theognis begrüßte ihn beinahe respektlos.

Die Sklaven, welche Theognis begleitet hatten, begannen damit, den Tempel und den rauen Boden in der Umgebung abzusuchen. Ich sah, dass mein Großvater dies verhindern wollte, doch Theognis hatte ihn mit festem Griff am Arm gepackt. Als der erste Sklave in den Tempeleingang trat, hörte ich meinen Großvater aufschreien.

Da die Felsterrasse, auf welcher der Tempel stand, verhältnismäßig klein war, dauerte die Suche nicht lang. Die Sklaven gingen wieder den Weg hinunter, und ich strengte meine Augen an, um herauszufinden, ob man eine Wache zurückgelassen hatte. Ich entdeckte tatsächlich einen von Theognis zurückgelassenen Mann, und es war mein Glück, dass ich meine Augen so angestrengt hatte, denn man hatte ihn sorgfältig zwischen den am Fuße des Weges liegenden Felsen versteckt. Als der Rest der Gruppe wieder im Bauernhaus verschwunden war, lag das Tal ganz ruhig im morgendlichen Sonnenschein da. Mein Großvater hatte sich auf den Stein unter der wilden Rebe gesetzt, und es dauerte eine ganze Weile, bis er sich wieder rührte. Zuerst ging er ins Haus zurück, dann erschien er wieder mit einem Bündel, welches er auf dem Boden neben dem Altar abstellte. Meine Augen wurden in der zunehmenden Hitze immer schwerer, sodass ich zunächst nicht erkennen konnte, wohin er nun ging. Nachdem ich einige Male geblinzelt hatte, sah ich, dass er wieder neben dem Altar stand und etwas sorgfältig in der Hand hielt. Er stellte es wie eine Opfergabe auf die Erde, obwohl er kein Feuer gemacht hatte; dann beschrieb er einen vollen Kreis, wobei er zuerst über die brüchige Erde des Abhangs zum Bauernhaus hinuntersah und dann zu den großen Klippen emporblickte, wo ich in meinem Versteck lag. Da wurde mir klar, dass er wusste, dass ich hier oben war. Theognis wusste nicht, dass man den Fels hinter dem Tempel hochklettern konnte. Es war zwar schwierig, und ich selbst war nur ein einziges Mal hochgeklettert, nachdem mir mein Großvater gesagt hatte, dass es sich machen ließ.

Schließlich drehte er sich wieder um und verschwand im Innern des Hauses; diesmal kam er nicht mehr heraus. Erst gegen Mittag wurde die Wache am Weg abgelöst; trotzdem blieb ich noch in meinem Versteck.

Hin und wieder sah ich an der Bewegung eines Busches, dass sie ihre Stellung änderte, doch, soweit ich sehen konnte, schaute sie nie in Richtung des Tempels zurück. Theognis war offenbar überzeugt, den einzigen Zugang zum Tempel überwachen zu lassen. Ich wartete bis zwei Uhr nachmittags, die Hitze begann zu glühen, wie wenn das enge Tal in Flammen stünde. Und nun begann ich, den Fels hinunterzuklettern. Der Stein brannte bei jeder Berührung, und als ich schließlich zwischen den Felsblöcken hinter dem Tempel auf die Erde sprang, war ich erschöpft und außer Atem. In der schattigen Kühle holte ich mehrmals tief Atem, bis meine Beine aufgehört hatten zu zittern. Dann lief ich vorsichtig und auf Zehenspitzen um das Gebäude herum, obwohl ich wusste, dass mich die Wache nicht sehen konnte.

Nun konnte ich erkennen, was mein Großvater auf den Altar gelegt hatte. Es war die purpurne, lederne Kopfbinde, welche mein Vater in Delphi getragen hatte; daneben lag auf der Erde, unsichtbar für jeden, der den Weg heraufkam – ein in einen Mantel gehülltes Bündel. Ich wäre beinahe durch die halb offene Tür in das Haus gerannt, als ich realisierte, dass mein Großvater genau das verhindern wollte. Er hatte so klar in meinen Gedanken gelesen, dass es nun an mir war, die seinen zu verstehen. Er hatte sogleich erfasst, dass ich ins Tal zurückkehren würde und dass ich Nahrung und Kleidung benötigte; bestimmt wusste er auch, dass ich danach nach Delphi aufbrechen wollte, denn weshalb hätte er sonst meines Vaters Kopfbinde hinlegen sollen? Offenbar vertraute mir mein Großvater immer noch, gleichgültig, was ihm Theognis erzählt haben mochte, sonst hätte er mir gewiss nicht so geschickt geholfen; doch er war Priester in einem dem Apollo geweihten Heiligtum, und ich durfte von ihm keine Hilfe erwarten, die den Tempel entweihen müsste. Wenn er mich nicht sah, so brauchte er Theognis, der bestimmt noch einmal zurückkehren würde, auch nichts weiter zu sagen.

Ich hob das Band auf und setzte es mir auf den Kopf, schnürte mir mit meinem Gürtel das Bündel auf den Rücken, um beide Hände frei zu haben, und ging dann zur Felswand zurück. Ich hatte beinahe den höchsten Punkt erreicht und ruhte mich auf einem breiten Felssims aus, als ich den Drang verspürte zurückzuschauen. Vor Schreck erstarrt presste ich mich gegen den warmen Fels. Aus dem Olivengarten in der Nähe des Bauernhauses kamen mehrere Männer heraus. Ich glaube nicht, dass sie mich gesehen hatten, dennoch wagte ich nicht, mich zu bewegen, um eine sicherere Deckung zu suchen. Vorsichtig schob ich die trockenen Stängel eines Thymianbusches auseinander, welcher in einer Felsspalte wuchs. Diesmal wurden sie von niemandem begrüßt, als sie das Tempelplateau erreicht hatten, mein Großvater musste bereits bemerkt haben, dass

das Bündel verschwunden war. Ich wagte nicht nochmals hinunterzuschauen.
Ich lag mit geschlossenen Augen und ohne mich zu bewegen da und lauschte dem Gemurmel der Stimmen, welche von der sommerlichen Hitze zu mir heraufgetragen wurden. Einmal hörte ich, wie Theognis seine Stimme protestierend erhob, doch dann war alles wieder still. Lange lag ich so da, und als ich die Thymianstängel wieder auseinander bog, sah ich, dass die Männer schon beinahe das Bauernhaus erreicht hatten. Ich hatte nicht gesehen, ob immer noch eine Wache am Weg war, und so schaute ich ihnen nach, bis sie meinen Blicken entschwanden. Kurz darauf begann sich auf der unteren Straße etwas zu bewegen. Ich erkannte die Sklaven, die sich rasch vorwärts bewegten; zwischen ihnen schaukelte die leere Bahre, deren Vorhänge zurückgezogen waren, leicht hin und her. In geringem Abstand folgte Theognis auf seinem Esel. So war der Besuch des Tempels also ein letzter Versuch gewesen, mich vor der Rückkehr nach Megara einzuholen. Nun waren die Männer schon in weiter Ferne. Ich richtete mich auf und schaute ihnen nach, bis die Straße von einem Abhang verdeckt wurde. Dann kletterte ich noch das letzte Stück bis zum Geißpfad hoch.
Ich hatte einen solchen Durst, dass ich mich entschloss, bis zur Stelle zurückzugehen, wo ich am Morgen Wasser gefunden hatte. Da nahm ich mir endlich

die Zeit, das Bündel meines Großvaters genauer zu betrachten. Der Mantel war von einem alten, gewebten Gürtel zugebunden. Er enthielt zwei flache Brotkuchen, eine Hand voll gedörrter Feigen sowie eine kleine Stofftasche mit etwas Geld. Das war nicht allzu viel, doch einige meiner Sorgen waren damit behoben; mindestens konnte ich mich nun auf dem Wege nach Delphi selbst ernähren, statt stehlen zu müssen. Diese Nacht schlief ich in der Wärme des Mantels und am nächsten Morgen schlug ich einen landeinwärts führenden Weg ein. Er führte über den Fuß des Berges Gerania und sollte die nördliche Straße erreichen, welche Megara mit dem Meer verbindet.

Zwei Tage später verließ ich die Hochebene und kam nach Pagae hinunter, einer kleinen Hafenstadt, die beinahe verborgen am Ostende des Golfes von Korinth liegt. Falls die Männer überhaupt noch nach mir Ausschau hielten, so wären sie bestimmt der Straße gefolgt und hätten kaum erwartet, dass ich mir meinen eigenen Weg durch die Berge suchen würde. Tatsächlich war mir unterwegs außer ein paar Hirten kein Mensch begegnet.

Im Hafen von Pagae standen mehrere kleine Frachtschiffe; ich hoffte, dass eines davon nach Crissa fahren würde. Auf diesem Weg war Orsippios damals von Delphi gekommen; es würde mir viele Meilen ersparen. Ich hielt bei einer steinernen Wasserzisterne, wo ein Junge einige Ziegen zur Tränke geführt hatte, an, und nachdem ich den Schmutz aus den Bergen abgewaschen hatte, näherte ich mich auf der breiter werdenden Straße der Stadt.

Am Hofe der Musiker

Ich kam am frühen Abend eines Spätsommertages in Delphi an. Im Laufe des Nachmittags hatte ein unerwartetes Gewitter die Pilgerstraße zwischen Crissa und Delphi in einen reißenden Bach verwandelt, doch nun drang nur noch das dumpfe Grollen des Donners von der anderen Seite des Golfes herüber. Die feuchten Abhänge dampften in den flachen Strahlen der untergehenden Sonne, und auf den großen, unregelmäßig gehauenen Steinen der Mauern, die den Heiligen Bezirk umschlossen, hatte die Feuchtigkeit Flecken hinterlassen. Die Straße hatte mich in vielen Windungen über die große Felswand zum Plateau emporgeführt, das schon zu den Ausläufern des Parnass gehört. Die Olivenhaine lagen nun tief unter mir und vor mir lag der letzte Felsvorsprung, der Delphi gegen Westen abschirmte. Ich stand am Anfang der Heiligen Straße, welche zum Tempel führt.
Ich weiß, was ich zu sehen erwartete: den großen, über Stufen den Hang hinaufführenden Heiligen Bezirk, die beiden Felskuppen, welche »die Leuchtenden« hießen, darüber die kreisenden Adler von Delphi. All dies sah ich nun vor mir. Ich sah, was ich erwartet hatte, doch

ich hatte nicht gewusst, was ich nun empfinden würde. Ich hatte nicht gewusst, dass der Heilige Ort im steilen Bergabhang hing wie ein Schwalbennest unter der Dachtraufe eines Bauernhauses, und ebenso wenig ahnte ich, wie Furcht erregend es war, über das steil abfallende Felsplateau in die Schlucht hinabzusehen, wo tief unten der Pleistos floss. In meiner Vorstellung war Delphi mit der blendenden Mittagssonne der Pythischen Spiele verbunden gewesen; ich hatte vergessen, dass es in Delphi auch Winter sein konnte, dass es hier auch Morgen und Abend werden musste und die Schatten zwischen den Pfeilern im Laufe des Jahres wachsen würden.

Es war Zeit für das Abendopfer; vom Tempel, der wie ein großes Schiff über mir hing, schwebte Gesang herunter. Ich hatte vergessen, dass man hier auch singen würde. Der Gesang rührte mich tief und zog mich zugleich fast magisch an, doch an diesem Abend war ich noch nicht bereit. Ich beschloss die Nacht über in der Stadt zu bleiben. Da, wo die Häuser aufhörten, standen wieder Olivenbäume. Ich stieg ein Stück weit den Abhang neben der Straße hinunter und fand eine Stelle, wo die dünnen Arme eines großen Baumes fast bis zur Erde reichten und der Boden trotz des stürmischen Nachmittags trocken geblieben war. In der Nähe stand ein Wasserbehälter, in welchen etwas frisches Wasser floss, während ich immer noch einen Rest Brot übrig hatte.

Ich baute mir aus den gefallenen Blättern ein Kissen, schlug den Mantel um mich und blickte liegend durch das Geäst in das Dämmerlicht. Ich war müde und die Füße taten mir weh, doch sobald mein Körper von der warmen Erde etwas erfrischt war, kam wie schon lange nicht mehr neues Leben in meine Gedanken.
Ich betrachtete mich selbst wie von außen und musste einen Moment laut auflachen. Es kam mir mit einem Male beinahe lächerlich vor, dass ich so viele Strapazen in Kauf nahm, um nach Delphi zu gelangen, obwohl ich immer noch nicht genau wusste, weshalb ich eigentlich gekommen war. Und nun sah ich mich, wie ich wirklich war: ein kleiner, verwirrter Teil eines großen Ganzen, dessen Zentrum an diesem Ort lag. Es wurde mir klar, dass mein großes Ziel, das mich während meiner ganzen Jugend angezogen hatte, lange nicht so wichtig war, wie ich geglaubt hatte. Diese Erkenntnis hätte mir eigentlich den Boden unter den Füßen wegziehen müssen; doch das geschah nicht; ich fühlte vielmehr, wie sich in meinem Innern eine gespannte Verhärtung zu lösen begann. Zweifellos brauchte ich meine Unbeirrbarkeit, um der Angst zu entkommen, die mich in Megara beschleichen wollte; nun hatte sie ihren Zweck erfüllt. Ich glaubte immer noch, dass mich Apollos Wille hierher geführt hatte, und fand die Spuren seiner führenden Hand in meinem gesamten bisherigen Leben ebenso wie in dem meines Vaters.

Einst würde ich diese Spuren nicht nur rückwärts, sondern auch vorwärts zu lesen verstehen.
Es fiel mir immer noch schwer, an Charilas zu denken. Ich versuchte mir einzureden, dass es wahrscheinlich noch schlimmer gewesen wäre, wenn wir Zeit gehabt hätten, uns an den Gedanken einer Trennung zu gewöhnen, obwohl ich es im Grunde nicht glaubte. Mein letztes Erinnerungsbild zeigte mir ihn, wie er verzweifelt und unter Tränen über das zerwühlte Bett die Hände nach mir ausstreckte. Es war schwierig, an diesem Bild vorbeizukommen und den noch gesunden Charilas zu finden. Charilas, fröhlich und zufrieden, beim Schwimmen in Nicea oder auf einem unserer gemeinsamen Läufe auf dem Sportplatz. Ich wurde allmählich schläfrig und war innerlich wieder ganz ruhig geworden. Ich zog den Mantel enger um mich und grub mich etwas tiefer in die trockenen Blätter ein.
Als mich die Sonne am frühen Morgen weckte, fühlte ich mich sehr hungrig. Ich überlegte, was ich tun sollte, jetzt, wo ich mein Ziel erreicht hatte. Ich stand auf, wusch mich am Steinbehälter und trank so viel Wasser, wie ich nur konnte, um das Leeregefühl loszuwerden. Dann wischte ich Erde und Blätter von den Kleidern und kletterte wieder zur Straße hoch.
Die Sonne beschien schon den Tempel und die Stadt, nur die Schlucht des Pleistos lag noch im Schatten. Langsam schritt ich zum Eingang des Heiligen Bezir-

kes zurück. Ich fühlte leichten Schwindel, doch war ich in einer seltsam guten Stimmung. Die engen, am Abhang haftenden Straßen erfüllten sich wie jeden Morgen mit Geräuschen, doch ich erlebte viel stärker die Stille über dem Tal und die Bläue des Himmels über mir, der wie eine Bucht aussah und von den hell erleuchteten Felsen hoch über mir begrenzt wurde.

Ich begann die flachen Stufen der langen Treppe hinaufzugehen, welche zwischen den Schatzhäusern hindurch zu einem größeren, gepflasterten Platz führten. Unmittelbar dahinter erhob sich die Große Mauer, hinter der der Giebel des Apollontempels sichtbar war. Die Stadt schien nun weit unten zu liegen und beide Felsspitzen dagegen noch höher als zuvor. Ich blickte in die Höhe und sah, wie sich zwei Adler aus dem Schatten der tiefen Felsspalten in den tiefblauen Himmel hinausschwangen. Sie flogen direkt der blendenden Sonne entgegen und wurden kleiner und kleiner, bis sie schließlich in der Ferne wie zwei Spatzen aussahen. Ich stieg die letzten Stufen hoch – und stand vor dem Tempel.

Er war nicht so groß, wie ich mir vorgestellt hatte – in Megara gab es Tempel, die fast so groß waren –, doch er machte auf mich den Eindruck von Vollkommenheit. Der warme Stein der Säulen strahlte das Leben der Sonne in die Umgebung; es schien, wie wenn das Heiligtum des Feuer- und Lichtgottes sich an seiner eigenen Helligkeit entzündet hätte; selbst die Dachplatten leuchteten in einem warmen goldgelben Ton. Ich wusste, dass irgendwo unter mir, unterhalb des Tempels die Stelle war, wo die Pythia saß und die Worte des Gottes vernahm, doch hier oben im Licht und in der Luft schien das nichts allzu Außergewöhnliches zu sein.

Ich stieg die Stufen des Haupteingangs hoch und schritt zwischen den leuchtenden Giebelfiguren hindurch. Da ich spürte, dass es für mich noch zu früh war, den Tempel selbst zu betreten, ging ich in den nördlichen Säulengang. Hier hatte mein Vater einst mit Kyrnos gesprochen, an jenem Abend vor vielen Sommern. Ich stand zwischen den kühlen Säulen und versuchte mir vorzustellen, wie er ausgesehen hatte und was in seinem Innern vor sich gegangen war. Unwillkürlich hob ich die Hand und führte sie zum geflochtenen Kopfband, welches ich mir an diesem Morgen umgebunden hatte und welches auch mein Vater an jenem Tage getragen hatte.

Es war kühl im Schatten, sodass ich zu frösteln begann. Hier auf der schattigen Seite des Tempels, die unmittelbar an den Abhang grenzte, war keine Seele anzutreffen. Ich lehnte mich an die Mauer des eigentlichen Heiligtums und fühlte, wie die Kühle des Steins in mich eindrang. Ich weiß nicht, ob es an meinem Hunger lag oder ob mir der Gott einen besonderen Einblick in die Gedanken Orsippios gewährte, jedenfalls verließ mich die heitere Stimmung plötzlich und ich fühlte mich müde und schwach. Ich richtete mich gerade auf und wollte ins Sonnenlicht zurückkehren, doch ich bewegte mich zu schnell und zu unvermittelt. Meine Ohren begannen zu dröhnen, ich krümmte mich zusammen und fiel auf die Knie, mit dem Rücken immer noch an den rauen, kalten Stein gelehnt. Ich hörte Schritte, die sich vom anderen Ende des Säulengangs näherten. Dann war es plötzlich still und nach einem kurzen Moment kamen sie rasch näher. Ich spürte eine Hand auf der Schulter.

»Was ist mit dir passiert? Bist du krank?« Es war eine Frauenstimme. Ich musste sogleich an Creusa in Megara denken und nahm eine innere Abwehrhaltung ein.

»Warte, ich will dir helfen.« Die Stimme klang freundlich. Langsam wandte ich das Gesicht und schaute sie an.

Diese Frau hatte nichts von Creusa; sie war groß, schlank, einfach gekleidet, und ihr Gesicht war von Haarsträhnen umrandet, welche dem Haarknoten entglitten waren. Sie wartete nicht auf meine Antwort, sondern legte einen schlanken, starken Arm um mich und half mir mit ein paar geschickten Bewegungen wieder auf die Füße.

»Wann hast du zum letzten Mal gegessen?«, fragte sie.

»Gestern.« Ich dachte an die letzte Brotkrume, die ich im Olivenhain verzehrt hatte.

»Nun, das kann nicht viel gewesen sein, oder du hast über mehrere Tage nicht recht gegessen. Du siehst ja halb verhungert aus. Wo kommst du her?«

Ich wusste nicht, was ich ihr antworten sollte; sie schien mich zu verstehen.

»Ist ja auch nicht so wichtig. Jetzt, wo du einmal hier bist, kann Apollo dich ernähren. Fühlst du dich besser?«

Das Schwindelgefühl im Kopf war gewichen. Ich folgte ihr durch den Säulengang bis zur Vorderseite des Tempels zurück. Dann gingen wir die Stufen hinunter und am großen Apolloaltar vorbei und betraten durch einen engen Torbogen den Hauptbezirk der Tempelstadt. Wir standen vor einem kleinen Hof, der fast ganz im Schatten der Felsen lag. Am anderen Hofende waren die Tempelschlächter damit beschäftigt, die Tiere, welche am Morgen geopfert worden waren, zu zerlegen. In einer anderen Ecke des Hofes brannte unter einem angebauten Dach ein Feuer und in der Mauer dahinter befand sich ein Brotbackofen. Zwischen Gemüsekörben und aufgereihten Krügen waren mehrere Frauen und ein paar Jungen an der Arbeit. Einer der Jungen sah hoch und rief, als die Frau mich zu der Gruppe führte:

»Schaut her, Nanno hat uns wieder einmal einen Hungerleider gebracht.«

Ich blieb unvermittelt stehen und fühlte Wut in mir hochsteigen. Auch Nanno, die Frau, hielt an und drehte sich zu mir um. »Was, lässt du dich wie ein kleiner Junge von nichtigen Worten abschrecken? Hier wird alle Fülle von Apollo gespendet, nicht von seinen Dienern. Damit meine ich nicht, dass du einfach nehmen sollst, ohne etwas zurückzugeben; doch bevor du ihm dienen kannst, musst du etwas essen.« Ich schämte mich und setzte mich an den Platz, den sie mir gezeigt hatte. Es war warm in dem engen Hof, und das Frösteln, welches im Schatten des Tempels über mich gekommen war, begann dahinzuschmelzen. Nanno kehrte nach kurzer Zeit mit einer flachen schwarzen Schale zurück; sie enthielt ein großes Stück Brot, kleine Zwiebeln und ein Stück Käse; dazu gab es eine Schale Milch. Ich aß sehr langsam, um jeden Bissen voll auszukosten, während Nanno am Eckpfosten der Kochküche lehnte und zu mir herunterschaute. Ich fragte mich, wer sie wohl sein mochte und was sie wohl zum Tempel geführt hat. Als ich fertig war, nahm sie die Schale wieder weg und setzte sich auf einen hölzernen Hackblock.

»Wie soll ich dich nennen?«, fragte sie.

»Phaedon.«

»Mit einem solchen Namen kommst du wahrscheinlich aus Argos, doch ich will dich nicht fragen, wie weit meine Annahme stimmt. Der Name deiner Stadt und deines Vaters gehen nur dich etwas an. Bist du allein hier in Delphi?«

»Ja. Ich bin gestern Abend angekommen.«

»Warum bist du gekommen? Du scheinst keine leichte Reise gehabt zu haben.«

»Ich war in großen Schwierigkeiten, und ich hatte das Gefühl, vom Gott an diesen Ort gezogen zu werden. Nun bin ich da, aber ich weiß noch nicht, was er von mir verlangt.«

Es war ungewöhnlich, wieder plötzlich zu einem Menschen wie zu einem Freund zu sprechen, doch diese Frau machte es mir leicht. Nun schaute sie an mir vorbei zum glänzenden Tempeldach empor, welches über die große Mauer emporragte.

»Ich denke, dass die meisten Menschen irgendwann in ihrem Leben ein solches Gefühl haben. An der Stelle, wo wir uns gerade befinden, scheinen ringsum alle Türen wie verriegelt zu sein, obwohl sich meistens irgendwo ein Ausweg finden lässt. Manchmal ist es ein Bogengang, und wir müssen uns sehr tief bücken, wenn wir entkommen wollen. In diesem Fall müssen wir jede Arbeit, die uns angeboten wird, annehmen, denn wir müssen ja leben und uns ernähren, und es gibt nichts, was zu niedrig wäre für uns, wenn wir es als Gottesdienst auffassen.«

»Bist du eine Apollodienerin?«, fragte ich.

»Ja, als das wirst du mich wohl bezeichnen können.«

Sie lächelte und diesmal achtete ich nicht auf ihre schmalen und gefurchten Wangen, denn es war mir eben aufgefallen, dass ihre Augen ein eigenartiges, liebliches Blau hatten.

»Ich bin eine Witwe, Phaedon. Ich lebte wie eine Braut unten in der Stadt, und während fünfzehn Jahren floss mein Leben wie ein klarer, von der Sonne beschienener Bach dahin. Dann starben mir innerhalb einer einzigen Woche mein Gemahl und mein Sohn, beide an derselben Krankheit. Ich wollte den Rest meines Lebens nicht als zusätzliche Last im Hause eines Fremden verbringen und so kam ich zum Tempel hierher. Die Base meiner Mutter war einst Priesterin gewesen, sodass meine Familie hier wohl bekannt war. Nun kehre ich die Tempelhöfe, und ich bin froh, dem Gott auf diese Weise dienen zu können.«

»Wo lebst du heute?«, fragte ich.

»Dort drüben.« Sie deutete auf eine Tür am anderen Ende des Hofes. »Es gibt Schlafsäle für die Männer und Frauen, die im Tempelbezirk arbeiten; das heißt für jene, die keine eigene Wohnung in der Stadt haben. Wir essen, wo wir gerade können, doch es gibt immer mehr als genug zu essen, denn die Opfergaben für den Gott sind sehr großzügig. Und du, welche Arbeit kannst du denn verrichten? Hast du ein Handwerk gelernt?«

»Ich bin stark. Ich kann jede Arbeit tun, die man mir gibt.«

Plötzlich dachte ich an Charilas und die Nächte, die ich an seinem Bett verbracht hatte.

»Vielleicht bin ich zu jung, doch habe ich ein gewisses Geschick im Umgang mit Kranken. Ich bin kein Priester des Asklepios, doch vielleicht gibt es auch innerhalb des Tempelbezirks kranke Menschen, und jemand muss ja die niedrigeren Arbeiten für sie verrichten.«

Ihr Gesicht begann sich aufzuhellen. »Ganz richtig. Nun weiß ich, dass dich der Gott hierher gesandt hat. Warte auf mich.«

Ich blieb in der Sonne sitzen und fragte mich, was sie wohl tun mochte, doch die Wärme und die Nahrung, die ich zu mir genommen hatte, bewirkten, dass ich fast eingeschlafen war, als ich plötzlich ihre Stimme hörte. »Phaedon«, rief sie, »komm her.«

Ich erhob mich rasch, blinzelte ein paar Mal und glättete meine Tunika, denn ich sah, dass Nanno einen Priester in einem langen gelben Kleid mitgebracht hatte.

»Das ist der Junge, Meister Argon«, sagte Nanno. »Jetzt ist er noch schmutzig von der Reise, aber wenn er sauber ist, wird der alte Meister sicher einen willigen Helfer an ihm haben.«

Der Priester betrachtete mich mit Sorgfalt. »Nanno sagt, du seist geschickt im Umgang mit Kranken. Hast du jemals einen Kranken gepflegt, der auch alt ist?«

»Nein, Herr.«

»Gut, das ist immerhin eine ehrliche Antwort. Glaubst du, dass du genug Geduld hast, einen alten Mann zu pflegen?«

»Ich weiß nicht; ich würde es versuchen.«

Er schien plötzlich einen Entschluss zu fassen, denn er lächelte, und seine Stimme hatte einen anderen Klang angenommen, als er sagte: »Ja, du könntest es versuchen, doch du musst sofort sagen, wenn du glaubst, das, was man von dir verlangt, nicht tun zu können. Ich will dir sagen, warum. Wir haben einen alten Mann hier im Tempel, der Silanos heißt. Viele Jahre lang hat er unsere Sänger unterrichtet, doch nun ist er alt und müde und ein jüngerer Mann hat seinen Platz eingenommen. Es kommt oft vor, dass jene, die dem Tempel dienen, ihre Familienangehörigen überleben, sodass niemand mehr da ist, wenn sie Pflege brauchen. Man lässt sie dann im Tempelbezirk wohnen und sie von den Tempeldienern pflegen. Silanos hat nun mehrere Jahre ein geruhsames und friedliches Leben geführt, doch nun braucht er Hilfe. Er ist nicht wirklich krank, sondern einfach müde und alt, und das Leben ist eine zu große Last für ihn geworden. Silanos ist ein sanftmütiger, alter Mann und es haben ihn Generationen von Tempeldienern gekannt und geliebt. Wir wollen nicht, dass er unter einer ungeduldigen Pflege zu leiden hätte; er ist aber auch stolz, und deshalb wäre es schwierig für ihn, von jemandem Hilfe anzunehmen, der ihn kannte, als er noch kräftiger war. Du bist ein Fremder in Delphi; vielleicht bist du vom Gott hergesandt worden, um dem alten Mann an seinem Lebensende tatkräftig beizustehen.«
»Herr, ich muss mich baden und umkleiden. Wenn

du mich dann zum alten Meister bringen willst, so werden wir wohl beide erkennen, ob ich dazu bestimmt bin, ihm zu helfen.«

»Sehr gut. Nanno, kannst du dafür sorgen, dass Phaedon alles bekommt, was er braucht? Ich werde ihn vor dem Abendopfer zu Silanos bringen.«

Er drehte sich um und ging zum Tempel zurück. Nanno strahlte mich an.

»Es war eine glückliche Stunde, als ich dich gefunden habe. Komm nun mit, du brauchst etwas zum Anziehen.«

Sie führte mich zu einem kleinen Garten inmitten des Häuserlabyrinths, welches sich über den Abhang erstreckte. In eine Mauer hatte man einen Steintrog eingebaut, in den aus dem Mund eines steinernen Löwen Wasser floss. Es war niemand da, doch die Steinplatten am Boden, die sich auf einen Abfluss zu senkten, waren noch feucht. Ich löste meinen Gürtel, als Nanno zurückkehrte. Sie trug eine saubere weiße Tunika und ein raues Handtuch über dem einen Arm und hatte einen kleinen Ölkrug in der Hand.

»Gib mir diese Lumpen, die du trägst. Ich werde sie verbrennen müssen.« Ich errötete, und sie lachte mich aus, jedoch auch nicht auf unfreundliche Art.

»Nun sag mir aber nicht, dass du dich vor mir schämst. Denk daran, dass ich einen Sohn hatte, der fast das gleiche Alter hatte wie du. Du kannst sagen, was du willst, ich werde deinen Rücken schrubben.«

Nun lachte ich über sie, zog meine Tunika aus und ging zum Wasser hinüber. Es war wundervoll, wieder sauber zu sein und da, wo die Sonne die Haut rissig und hart gemacht hatte, mit Öl eingerieben zu werden. Nanno schrubbte mich so gründlich, dass ich mich hinterher frisch wie ein kleiner Junge fühlte.

Als ich angekleidet und mein Haar ordentlich gekämmt war und mir Nanno die aus weißem, grobem Leintuch bestehende Tempeltunika glatt gestrichen hatte, schaute sie mich von Kopf bis Fuß an und schien befriedigt.

»Du kannst innerhalb des Tempelbezirks überall hingehen und niemand wird dich anhalten. Wirst du den Kochplatz wieder finden? Du musst eine Stunde vor dem Abendopfer dort sein.«

Es war nun fast Mittag und die Sonne stand über unseren Köpfen. Es war sehr still; das ununterbrochene leise Gemurmel an einem heiligen Ort, der leise Tritt der Sandalen, die gedämpften Stimmen – all das hatte aufgehört. Der ganze Tempelbezirk lag verlassen vor mir, doch ich fühlte mich von der langen Reise müde. Ich fand eine schattige Stelle und legte mich schlafen.

Ich wachte mit einem Ruck auf, voller Angst, zu lange geschlafen zu haben, und begab mich zum Kochplatz zurück. Die Sonne würde noch eine Stunde über den westlichen Felsen stehen, doch das Licht verwandelte sich schon in jene warme Glut, die ich gestern nach dem Sturm beobachtet hatte. Schließlich kam Nanno

herbei, und mit einem Satz war ich auf den Beinen, froh, ein vertrautes Gesicht zu sehen.
Fast gleichzeitig sah ich Argons schmale Gestalt durch den Bogengang kommen. Er war ein Mann mittleren Alters und hatte eine schlanke, stattliche Figur wie alle Priester und langes schwarzes Haar, das in Locken auf die Schultern fiel.
»Komm mit, Junge«, sagte er. »Silanos wartet auf dich.«
Ich folgte ihm an Nannos Seite. Wir gingen an den Schlafsälen und am Waschplatz vorbei und kamen zu einem anderen kleinen Hof. Ringsum standen kleine Häuser, die gestaffelt den Hügel hinanstiegen, wie eine Stadt in der Stadt. Aus einem Hauseingang kam Gesang, es waren klare, starke Männerstimmen, die eine heilige Hymne übten. Ich hörte die sanften, gezupften Töne einer Leier. Am einen Ende des Hofes warteten zu einem Chor gruppierte Mädchen. Sie saßen auf Bänken im Kreise vor der Mauer und hatten schon ihre karmesinroten Tempelgewänder an. Dies musste der Musikhof sein; nun begann ich mich zu fürchten. Ich war so erleichtert, dass sich meine unmittelbaren Probleme gelöst hatten, dass ich den ganzen Tag kaum einmal an Silanos dachte, doch was, wenn er mich nicht mögen würde und ich ihn nicht zufrieden stellen könnte? Ich spürte Nannos schlanke warme Hand in meiner eigenen, was mich sehr beruhigte.

In einer Ecke des Hofes wuchs ein alter, krummer Feigenbaum, unter dessen breiten, gezackten Blättern ein kleiner, alter Mann saß. Zunächst erinnerte er mich im Aussehen stark an meinen Großvater, doch als ich näher kam, sah ich, dass die beiden Männer sehr verschieden waren. Mein Großvater hatte etwas von einem Adler; das Gesicht von Silanos war dagegen runder und wie mit einem feinen Netz von kreuz und quer laufenden Falten durchzogen, doch die Augen waren die gleichen.
Sprachlos stand ich vor ihm, als er die Augen zusammenkniff und mich in der Abendröte betrachtete.
»Dies ist der Junge, Meister«, sagte Argon. »Gefällt er dir? Nanno spricht für ihn.«
Silanos machte eine Handbewegung, und ich ließ mich auf die Knie nieder, sodass unsere Augen auf derselben Höhe waren. Er schaute mich lange prüfend an, und ich hielt seinem Blick stand, obwohl ich fühlte, wie mir eine warme Röte vom Hals ins Gesicht stieg. Dann gönnte er mir ein mildes Lächeln, nahm meine rechte Hand und drehte sie um. Dann begann er zu sprechen und seine Worte überraschten mich.
»Du hast schöne Hände. Hast du je gelernt, ein Instrument zu spielen?«
Erstaunt blickte ich auf meine zerkratzten braunen Finger. Noch nie hatte ich sie als etwas Besonderes betrachtet. Ich besaß die Gestalt eines Wettläufers, einen schlanken Körper und lange Beine, und meine Hände

waren einfach ein Teil von mir, schmal und braun und normalerweise gehorsam.
»Nein, Herr«, sagte ich. »Ich liebe die Musik seit meiner Kindheit, doch ich habe nie gelernt, selber zu musizieren.«
»Seltsame Sache. Doch wir wollen später sehen, ob du Talent dazu hast. Argon sagt mir also, du seist gekommen, um mich zu pflegen, doch mir scheint, du bist auch nicht zum Diener ausgebildet worden. Aber ich will versuchen nicht mehr von dir zu verlangen, als du zu leisten vermagst.«
Wiederum machte er eine sparsame Handbewegung, die den Chorführer verriet, und ich rappelte mich auf. Nanno lächelte vor sich hin, doch der Priester schien mir ein ziemlich überraschtes Gesicht zu machen, als Silanos ihn ansprach.
»Hab Dank, Argon, für deine Rücksicht auf mich. Ich glaube, heute hat dich der Gott geleitet. Du darfst beruhigt sein, dass gut für mich gesorgt wird.«
Argon machte eine kleine Verbeugung und ging über den Hof zurück. Nanno drückte wieder meine Hand, beugte sich herüber und küsste mich vor dem Weggehen auf die Wange.
Neben mir lachte Silanos still vor sich hin. »An ihr hast du eine gute Freundin. Nanno wird in ganz Delphi respektiert. Wie soll ich dich denn nennen?«
»Ich heiße Phaedon.«
»Phaedon. Ist das alles?« Ich wusste, dass er auch

noch den Namen meines Vaters und meiner Stadt erwartete, aber ich senkte den Blick und schwieg.
»Ausgezeichnet, einfach Phaedon. Nun werde ich dir zeigen, wo ich schlafe.«
Er führte mich über den Hof zu einer der kleinen Behausungen, die ihn umstanden. Sie war ganz einfach eingerichtet: ein Bett, ein kleiner Schrank, ein niedriges Gestell, welches eine flache Schüssel trug, und ein zweites für die Lampe. An der dem Fußende des Bettes gegenüberliegenden Wand war eine Reihe von Haken befestigt, an welchen ein warmer Mantel und eine außerordentlich schöne Leier hingen. Das Holz der gebogenen Arme war mit einer leuchtenden Goldschicht überzogen und von der jahrelangen, sorgfältigen Pflege glatt poliert. Neben dem Bett stand ein geschnitzter Stuhl, dessen Beine die Form von Adlerklauen hatten. Silanos ließ sich behutsam auf ihn nieder. Ich schaute aufmerksam zu, um herauszufinden, wie stark ihn sein Alter schon behinderte. Er konnte zwar ohne fremde Hilfe gehen, doch alle seine Bewegungen waren langsam und bedächtig, was zeigt, dass sie ihn Mühe kosteten.
»Hole mir nun bitte mein Abendbrot und bring dein eigenes auch gleich mit«, sagte er.
Wir aßen schweigend und in aller Stille, denn die Sänger waren noch nicht vom Tempel zurückgekehrt. Silanos stellte seine leere Schale hin, erhob sich und ging langsam auf die offen stehende Wohnungstür

zu. Er lehnte sich mit einer Hand an den Türpfosten und ich vernahm ganz leise den Gesang des Mädchenchors. So blieb er regungslos stehen, und erst als der Gesang zu Ende war, stieß er einen langen Seufzer aus, ich wusste zunächst nicht, ob aus Erleichterung, ob aus Kummer, doch als er sich wieder umdrehte und auf mich zukam, merkte ich, dass er lächelte.

»Ich habe den Mädchenchor selber geführt, Phaedon. Es war meine letzte Arbeit. Ich habe so lange mit ihnen geübt, bis der Chor nur noch aus einer einzigen Stimme zu bestehen schien. Das ist nun zwei Jahre her und immer noch sind die Mädchen zusammen.«

Er streckte sich und kam dann mit langsamen, bedächtigen Schritten zum Bett zurück. »Nun ist es Zeit, dass ich mich zur Ruhe begebe. Bring die Schüsseln zur Küche und komme dann hierher zurück.«

Auf einmal empfand ich Scheu, mit dem privaten, alltäglichen Leben dieses alten, würdigen Mannes näher in Berührung zu kommen. Zum ersten Mal fragte ich mich, wie es wohl sein mochte, einen Körper zu pflegen, der alt und vielleicht auch hässlich war. Charilas hatte ich so gut gekannt wie mich selbst; doch dies war etwas ganz anderes.

Silanos machte mir jedoch alles sehr leicht. Als ich ihm beim Ausziehen seines langen Gewandes half, sah ich, dass er viel stärker behindert war, als ich zuerst angenommen hatte. Da er Mühe hatte, die Arme zu heben, zog ich ihm das Kleid über den gebückten

Oberkörper. Er hatte mich nicht gebeten, die Lampe anzuzünden, und so brachte ich ihm im Dämmerlicht Wasser und half ihm sich zu waschen. Als er schließlich unter einer dünnen Wolldecke im Bett lag, war es schon so dunkel geworden, dass ich sein Gesicht nicht mehr deutlich sehen konnte. Ich begann zu überlegen, wo ich selbst wohl schlafen sollte, und er spürte, was ich dachte.

»Das letzte Haus auf dieser Hofseite ist ein Lagerhaus. Dort wirst du eine Schlafmatte und Decken finden.«

Nachdem ich mich gewaschen hatte, legte ich die dünne Matratze neben dem Eingang auf den Boden. Ich war froh, mich endlich zur Ruhe legen zu können. Von meinem Platz aus war der Himmel von den Felsen verdeckt. Ich streckte mich auf dem Rücken aus, verschränkte die Arme unter dem Kopf und lauschte den sanften Atemzügen des alten Mannes. Nach einer Weile veränderten sie den Rhythmus und da wusste ich, dass er schlief. Ich drehte mich auf die Seite, fest überzeugt, dass ich nach den vielen Wochen Krankenwache an Charilas' Bett sofort aufwachen würde, wenn Silanos mich brauchte. Ich lauschte den ruhigen Stimmen der Sänger, die vom Gottesdienst im Tempel zurückkehrten, doch ihre Stimmen waren so leise, dass ich bald in Schlaf fiel.

Die Leier des Silanos

Schwere Wolken hingen über Delphi, als ich einen kleinen Kohlenbrenner in Silanos' Wohnung trug und neben das Bett stellte, damit er sich wärmen konnte. Graue Nebelschwaden hatten sich wie Schleier über dem Tempeldach zusammengezogen und verhüllten die »Leuchtenden Felsen«, während unten im Tal der Pleistos unter der dunklen Trübe, welche die ganze Schlucht erfüllte, verborgen lag.

Aus einem Raum am anderen Hofende drangen die Stimmen des Mädchenchors, welcher eine Hymne für das morgige Fest einübte.

Wir standen im Anfang des Winters, und nun war es Zeit für Apollo, Delphi zu verlassen und sein nördliches Volk aufzusuchen, die Hyperboräer, welche jenseits des Nordwindes lebten und jung waren und fröhlich, wie wir es nie lange sein konnten. Im Winter herrschte Dionysos in Delphi. Morgen würde Apollo sein Heiligtum verlassen, doch während der ganzen vier Monate, die ich nun schon am Hofe der Musik verbrachte, hatte ich dem Tempel noch keinen Besuch abgestattet.

Ich drehte mich zum Eingang und schaute in den Ne-

bel hinaus. »Glaubst du, dass es morgen klar sein wird?«, fragte ich.
Silanos wärmte seine Hände über dem korallenfarbenen Brenner. »Es wäre seltsam, wenn sich der Himmel nicht aufklären würde. Ich habe noch nie einen Festtag mit Regen erlebt.«
»Ich glaube, der Nebel lichtet sich schon, dort über dem Tal ist schon ein Loch entstanden.«
Ich trat in den Hof. Die Mädchen waren mit dem Üben fertig; sie kamen einzeln und zu zweien heraus und hoben die Röcke an, denn überall lagen Wasserpfützen. Ich kannte sie inzwischen alle beim Namen: die große Kallisto, die Anführerin, Philida und Arete, Hellike und Atthis, die Jüngste von ihnen, und schließlich Korinna, welche die süßeste Stimme von allen hatte.
Im Tal kam ein leichter Wind auf, er zog den Nebel in langen Schwaden in die Höhe. Ein plötzlicher Windstoß erfasste den Schleier von Korinna und trug ihn davon. Er verfing sich auf einem der mit rohen, irdenen Ziegeln gedeckten Dächer und flatterte vor den Steinen der Hausmauer hin und her. Korinna stieß einen entsetzten Schrei aus.
Da die Mauern so glatt verputzt waren, dass man nicht hinaufklettern konnte, rannte ich zum Feigenbaum, der in der Ecke des Hofes wuchs. Eigentlich war er nicht stark genug, um mein Gewicht auszuhalten, doch ich fand ein paar tragfähige Stellen in den Astgabeln. Dann kroch ich dem Dachrand entlang zu-

rück, sodass mein Gewicht die Hausmauern und nicht die großen, zerbrechlichen Dachziegel belastete. Der Schleier hatte sich fast ganz freigemacht; ich lehnte weit hinaus und löste den hängen gebliebenen Zipfel vom Dach, während er mir wild um die Arme flatterte und ins Gesicht schlug. Erst als ich ihn endlich sicher im Innern meiner Tunika verstaut hatte, konnte ich es wagen, zu den im Kreise stehenden Mädchen hinunterzuschauen.

Atthis sah erschrocken aus, Korinna fast etwas neidisch.

»Phaedon, pass auf die Ziegel über dem Eingang auf, sie sind locker«, rief sie.

Und noch während sie das sagte, löste sich der Ziegel, auf den sich meine Hand gerade stützte, und ich hätte beinahe das Gleichgewicht verloren. Ich verharrte ein paar Augenblicke völlig regungslos, und als ich wieder sicher auf den Beinen stand, kletterte ich ganz vorsichtig zum Feigenbaum zurück. Korinna wartete schon auf mich, als ich mit einem Schwung vor ihr auf dem Boden landete. Ich zog den zerknitterten Schleier hervor und gab ihn ihr.

»Phaedon, das war lieb von dir. Ich habe ihn eigens für das Fest gemacht. Das wird mir eine Lehre sein, nie mehr etwas einen Tag zu früh zu tragen.« Sie blickte auf und lächelte mir durch die dunklen Haarsträhnen zu, welche der Wind aus dem Scheitelknoten geblasen hatte.

»Korinna, woher wusstest du, dass diese Ziegel lose sind?«, fragte ich.
Sie senkte die Augen und lächelte in sich hinein. »Das ist nicht das erste Mal, dass etwas fortgeblasen wird; im Frühjahr haben wir hier immer einen sehr starken Wind. Wer ist wohl aufs Dach gestiegen, bevor du herkamst?«
»Daran habe ich nicht gedacht. Nächstes Mal lasse ich dich deinen Schleier selbst holen.«
»Weißt du, ich glaube nicht, dass ich jetzt noch dazu im Stande wäre. Das gehört zu den traurigen Seiten des Älterwerdens. Ich kann mir nämlich genau vorstellen, wie es wäre, wenn ich herunterfiele.«
»Wo lebtest du, bevor du zum Tempel kamst? Gab es dort Bäume zum Hinaufklettern?« Die anderen Mädchen waren inzwischen weggegangen, sodass wir nun allein im Hof waren.
»Meine Familie hat unten im Tal einen Bauernhof. Ich habe zwei ältere Brüder, mit denen ich spielte, bis sich meine Stimme zu entwickeln begann und Silanos mich entdeckte und hierher brachte. Am Anfang habe ich meine Brüder sehr vermisst.«
Wir waren langsam über den Hof geschritten. Nun blieb sie beim Wasserbehälter in der Hofmitte stehen; sie begann das Haar wieder hochzustecken und benutzte dabei das leicht gekräuselte Wasser als Spiegel.
»Seit wann bist du schon hier?«, fragte ich.
»Es müssen nun beinahe drei Jahre sein. Ich kam zu

Beginn des Frühlings an, als ich gerade zwölf Jahre alt wurde. In der ersten Zeit habe ich jede Nacht geweint. Heute kann ich mir nicht mehr vorstellen, je wieder nach Crissa zurückzukehren und zu Hause zu wohnen. Nicht nachdem ich Delphi kennen gelernt habe. Außerdem haben alle meine Freunde geheiratet und einige von ihnen haben schon Kinder.«

»Willst du selbst denn nie heiraten?«

»Oh, eines Tages vielleicht schon, wenn sich die Stimme wieder verändert. Doch es wird mir sehr schwer fallen, Abschied zu nehmen, wenn es so weit ist. Jetzt ist Kallisto die Älteste von uns, und ihre Stimme wird allmählich tiefer, doch sie ist so gut, dass man es noch nicht merkt. Ich weiß auch gar nicht, was wir ohne sie anfangen würden. Sie hat fast alles mit uns einstudiert, seit Silanos erkrankte.«

Die letzten Nebelschwaden lösten sich im Winde auf und zartes Sonnenlicht begann den Hof zu füllen. Als Korinna das Haar wieder in Ordnung gebracht hatte, wandte sie sich mir zu.

»Phaedon, ich möchte dich etwas fragen.«

»Was denn?«

»Ich will nicht neugierig sein, aber warum gehst du eigentlich nie in den Tempel, obwohl du doch hier lebst?«

Sie verlangte eine Antwort von mir. »Ich weiß nicht, Korinna. Ich glaube, ich habe Angst. Der Gott hat sich meiner Familie nicht wohlgesinnt gezeigt.«

Ich war überrascht, mit welcher Leichtigkeit ich zu ihr sprach, fast, wie wenn Charilas vor mir stünde. Vielleicht lag es daran, dass sie wie ein Junge direkt aussprach, was ihr auf der Zunge lag. Ehe ich aber viel sagen konnte, streckte sie mir einfach die Hand entgegen:
»Komm mit.«
Mein Gesicht muss meinen Schreck verraten haben. »Bitte, komm nun mit mir, Phaedon. Wenn dir irgendetwas Furcht einflößt, so ist es Zeit, dass du nicht davor davonläufst. Du kannst doch nicht monatelang in Delphi leben und dich immer noch fürchten.«
Ich atmete tief ein. »Gut, aber lass uns schnell hingehen.«
Wir gingen durch das Labyrinth der Gebäude zur Hauptmauer des Tempelbezirks zurück. Es war alles genau wie im Sommer, nur dass jetzt hier und da einige trockene Blätter über die Pflastersteine wehten und der Himmel seinen harten sommerlichen Glanz verloren hatte. Wir stiegen die niederen Stufen empor und traten in den Schatten der großen Säulen, bis wir vor dem Hauptportal standen. Ich hätte gerne etwas verweilt, doch Korinna fasste mich bei der Hand und zog mich in den Tempel hinein. Die Haupthalle war nicht groß, doch ihre Höhe sowie die vollkommenen Proportionen ließen sie im schwachen Licht viel größer erscheinen, als sie wirklich war. Es duftete nach parfümierten Ölen und poliertem Holz und es war ganz

still. Kein Mensch war zugegen, auch die Pythia war nicht in der Kammer unter dem Tempel, um auf Apollos Worte zu lauschen, denn die Zeit des Dionysos stand unmittelbar bevor, und so würde sie bis zum nächsten Frühling nicht mehr prophezeien.

Langsam hob ich die Augen zum Naos, dem zentralen, dem Gott geweihten Platz. Apollo stand in einem Lichtkreis, der von vier Leuchtern auf goldenen Ständern gebildet wurde. Das sanfte Licht flackerte im Luftzug, der vom Eingang kam, und warf sich verändernde Schatten auf das dunkle Holz seiner Beine und seines Körpers. Der Kopf dagegen verlor sich im schwachen Lichtschein über dem Körper, und ich war froh, dass ich sein Gesicht nicht sehen konnte.
Hinter mir befand sich eine Säule. Mit flachen Händen presste ich mich an sie und fühlte die vertraute Steinoberfläche, während unter mir der Boden des Tempels in Bewegung zu geraten schien. Ich blickte nicht mehr empor. Das war Phoebus Apollo, dem ich von Kindheit an gefolgt war, der Gott der Sonne, der uns Wärme spendet, aber auch die wütende Hitze, die brennt und versengt; der Gott des einsamen Hirten auf der Bergweide und des Sängers am Hof eines Königs, der Überbringer von Licht und Klarheit, welcher aus dem Innern der dunklen Erde spricht.
Ja, ich kannte ihn. Ich kannte ihn, seit ich im kleinen Heiligtum des Apollo, des Sohnes der Leto, gestanden

hatte, zusammen mit meinem Großvater. Nun war ich heimgekehrt, blind wie ein Kind, dem man die Augen verdeckt hat und das seine Freunde zu finden versucht. Apollo würde mich lehren, was ich zu tun hatte; lange genug hatte ich auf der Schwelle seines Tempels verweilt.

Ich weiß nicht, wie lange ich so dagestanden hatte, als Korinnas Hand die meine erfasste.

»Phaedon, komm dort hinüber.«

Sie führte mich zu einer Nische zwischen zwei Pfeilern; der Raum zwischen den Pfeilern war mit dickem Stoff abgeschirmt worden, der dicht bewoben war mit Menschen- und Tiergestalten. Der Wand entlang befanden sich Haken für die karmesinroten Gewänder der Chormädchen, und darunter standen Schränke, in denen gewiss der Goldschmuck aufbewahrt wurde, den sie beim Singen trugen. Es roch nach zartem, süßlichem Frauenparfüm, welches von Kräutern herrührte, die zwischen gefaltetes Linnen gelegt worden waren, sowie nach parfümiertem Öl. Ich bemerkte auf der gegenüberliegenden Tempelseite noch andere Vorhänge; es musste die Garderobe der Männer sein. Da sich meine Augen mittlerweile an das schwache Licht gewöhnt hatten, konnte ich in der Umgebung den matten Glanz von Gold und Silber erkennen. Die Wände und sogar die Säulen waren mit den Opfergaben ganzer Generationen von Pilgern behangen. Der Tempel glich der Schatzkammer eines Königs.

Endlich schien ich aus meinem Traume aufzuwachen. »Wie lange sind wir schon hier? Ich muss zu Silanos zurückkehren. Er fühlt sich nicht wohl.«
Wir gingen zum Haupteingang. Auf der Schwelle drehte ich mich noch einmal um und blickte zurück. Noch immer befand sich außer uns kein Mensch im Tempel, kein Andächtiger, kein Priester, und doch habe ich niemals so stark den Eindruck gehabt, nicht alleine zu sein.
»Woran hast du im Tempel gedacht? Du hast sehr sonderbar ausgesehen, wie wenn du innerlich weit, weit weg gewesen wärest«, sagte Korinna.
»Das war ich wahrscheinlich auch, nur war ich gleichzeitig auch weit, weit zurück.«
»Fürchtest du dich vor dem Gott?«
»Ja, jetzt schon; das war nicht immer so.«
»Das finde ich seltsam. Mir hat Apollo so viel gegeben: eine Stimme, mit der ich singen kann, Freunde, das Leben, das ich hier führen darf, selbst die Nahrung und das Dach, das mich beherbergt. Ich kann mir gar nicht vorstellen, mich vor ihm zu fürchten.«
»Ich vermute, Apollo hat mir mehr genommen, als er mir je gegeben hat, doch vielleicht gibt er mir dafür eines Tages etwas, obwohl wir die Götter ja nicht deswegen verehren sollten, weil wir Geschenke von ihnen wollen.«
Inzwischen hatten wir den kleinen Hof erreicht, in dem gekocht wurde. Korinna lächelte mir zu und trat

zur Gruppe der übrigen Mädchen. Ich eilte zu Silanos zurück. Er saß immer noch in derselben Haltung im Bett, mit einer warmen Decke um die Knie und einem pelzumfassten Mantel um die Schultern. Das Kohlenfeuer brannte hell und es war warm und gemütlich in dem kleinen Zimmer.

Als ich eintrat, schaute er mit seinen hellen, vogelähnlichen Augen auf. »Schön, dass du gekommen bist. Ich will mir etwas Appetit auf das Essen machen. Würdest du mir die Leier herunterholen?«

Ich nahm das an der Wand hängende, wunderbar polierte Instrument herunter. Silanos fuhr mit der Hand ganz zart über die sieben Saiten; sie hatten sich in der Feuchtigkeit etwas entspannt, und er schürzte die Lippen, als er den Missklang vernahm. Er spielte nicht mehr oft, und so war es jedes Mal eine Freude, ihm zuzuhören. Das Nachtessen konnte warten. Ich zog einen niedrigen Stuhl heran, setzte mich darauf und begann zu lauschen.

Silanos ließ die Hand über den gebogenen Holzrahmen der Leier gleiten und nahm sie zwischen die Knie. Seine Finger schwebten einen Augenblick unbewegt über den Saiten, dann schlug er einzelne Töne an, und einer nach dem anderen ließ er sie in die Stille tropfen. Sie flossen zu Läufen und Akkorden zusammen, doch ergab sich noch keine mir bekannte Melodie. Dann wurde der Rhythmus langsamer und die Folge der Töne verwandelte sich in lange, dahinfließende Sätze. Nun erkannte ich die Hymne an Apollo, welche die Mädchen am Nachmittag geübt hatten. Es war mir immer seltsam und unvollständig erschienen, die Worte von der Musik getrennt zu hören; sie wurden doch als Teile eines Ganzen geschrieben, und so begann ich ganz leise dazu zu singen. Silanos' Hand verharrte einen Augenblick auf den Saiten, dann blickte er auf.

»Sing lauter.«

Er fing wieder mit den Tönen der Einleitung an, und auch ich selbst begann den Anfang der Hymne zu singen, noch immer leise, doch deutlich genug, dass Stimme und Instrument sich im kleinen Zimmer ergänzen konnten. Als wir mit der Hymne fertig waren, ging Silanos fast ohne Pause zu etwas Neuem über, einem von der Dichterin Sappho geschriebenen Lied. Es klang so kühl und ruhig wie der darin beschriebene Garten, mit Apfelbäumen und Rosen, welche sich im Wasser spiegelten. Ich kannte es gut; Charilas und ich hatten es einst von einem Freund in Megara gelernt, und nun führte ihn mir dieses Lied so lebhaft vor Augen – wie wir an jenem Nachmittag zusammen im Schatten von vorüberwehenden Apfelblüten unter den alten Bäumen unseres Obstgartens saßen –, dass ich das Lied nicht beenden konnte. Silanos spielte bis zum Schluss weiter und ließ dann die Hand auf den Saiten ruhen.

»Das Lied weckt wohl Erinnerungen in dir?«

»Ja, ich habe es zu Hause gelernt.«
»In all diesen Monaten hast du mir nie etwas vorgesungen.«
»Meine Stimme beginnt sich zu verändern, und ich weiß nicht, wie ich sie kontrollieren soll. Außerdem habe ich in Delphi so wundervolle Musik gehört, dass ich mich seitdem schäme selbst etwas zu singen.«
»An dem Tag, als du zu mir kamst, sagtest du mir, du hättest dich nie mit Musik befasst. Wie kommt das?«
»Wahrscheinlich, weil ich als Waisenkind im Hause eines Verwandten aufgewachsen bin. Mein Onkel hatte mir schon so vieles gegeben, dass ich nicht wagte, ihn auch noch um andere Dinge zu bitten. Das Singen kostet niemanden etwas, doch eine Leier und Musikstunden wollen bezahlt sein.«
»Bring deinen Stuhl her und setz dich mir gegenüber«, befahl Silanos. Ich tat, wie er verlangte. Als ich mich gesetzt hatte, gab er mir die Leier in die Hände.
»Erst musst du sie einmal richtig halten. Stütze sie mit der linken Armbeuge. Nein, stärker gegen die Schulter. Schon besser.«
Das Holz und das Horn fühlten sich vertraut an, und so nahm ich das Instrument mit einem ähnlichen Instinkt an mich, wie ich ihn bei Müttern beobachtet habe, welche ein Neugeborenes in den Arm nehmen.
»Berühre nun ganz sanft die Saiten. Die Leier ist nicht eine Trommel, die geschlagen werden muss, und ich

weiß, dass du die Hände ganz zart bewegen kannst, wenn du willst.«

Während wir einander zulächelten, begann ich meine ersten Töne zu spielen. Einen um den anderen suchte ich nach seinen Anweisungen langsam heraus. Draußen wurde es rasch dunkel und bald wurde der Raum nur noch vom rötlichen Schein des Kohlenbrenners erleuchtet. Dann fiel das Kohlehäufchen plötzlich in sich zusammen. Graue Asche flog auf und wir hielten beide erschrocken inne.

Ich fühlte einen Krampf in den Beinen und die Kälte im Zimmer, aber in meinem Innern hallten die ersten Melodien immer noch nach. Da merkte ich, dass Silanos müde war und es nun Zeit für das Abendessen wäre. Widerstrebend stand ich auf und zündete die Lampe an.

»Soll ich sie nun weglegen?«, fragte ich und hatte die Leier wieder in die Hand genommen.

»Nein, lass sie noch eine Weile bei mir. Es ist gut, dass nach all den Monaten wieder Musik aus ihr erklingt. Ich glaube, sie hat mir Appetit gemacht. Wenn du gleich gehst, kriegst du vielleicht noch etwas Fleisch.«

Der folgende Tag war klar und sonnig, wie jedermann es erwartet hatte. Silanos sagte: »Ich glaube, ich bin heute kräftig genug, um mich in den Stuhl zu setzen. Du kannst mich ruhig eine Weile allein lassen.«

Es tat wohl, wieder frische Luft zu atmen. Ich trat durch den engen Torweg in den Tempelbezirk. Ob-

wohl es noch früher Morgen war, befanden sich schon jetzt weit mehr Menschen hier als gewöhnlich. Ich sah den Mädchenchor gerade in den Tempel treten, als mich Korinna erblickte und mir zuwinkte. Zwischen den Säulen hingen Kränze aus immergrünen Pflanzen. Ich bemerkte, dass man die großen goldenen und silbernen Schalen, die Weihegeschenke von Krösus aus Lydien, aus dem Tempel getragen und links und rechts neben dem Eingang hingestellt hatte. Obwohl das Morgenopfer schon lange vorüber war, stieg vom großen Altar immer noch Rauch in die Höhe, und auch die Tempeldiener waren noch damit beschäftigt, das Blut der vielen Opfergaben aufzuwischen.
Ich trat an die kleine Mauer, welche die Terrasse umlief, auf welche der Tempel gebaut war, und blickte auf die Heilige Straße hinunter, die sich zwischen den Säulen der Schatzhäuser emporwand. Irgendwo schien Unruhe ausgebrochen zu sein. Ich sah, wie sich eine Gruppe von Menschen dem Tempel näherte.
Neben mir sagte eine Stimme: »Cromis hätte letztes Jahr nie so etwas getan.« Es war Gorgias, einer der Jungen, die im Tempelbezirk arbeiteten.
»Wer ist es? Ich kann es von hier aus nicht sehen.«
»Der neue Priester des Dionysos. Er herrscht hier in der Winterzeit, während Apollo fern ist, dennoch steht es ihm nicht zu, in solcher Weise am letzten Herbsttag die Heilige Straße heraufzuziehen.«
Ich lehnte mich so weit über die Mauer, bis ich einen

großen Mann sah, der von mehreren, seltsam bekleideten Anhängern umgeben war. Er war ziemlich jung und trug eine kurze purpurrote Tunika und, nachlässig darüber geworfen, das zeremonielle Rehfell. Er hatte sehr dunkles Haar, welches kunstvoll gelockt war und von einem gold- und purpurfarbenen Haarband zusammengehalten wurde.

»Wie heißt er, Gorgias?«, fragte ich.

»Philoctetes. Er ist neu gewählt worden. Cromis, der alte Priester, war sein Onkel, doch die Priester des Dionysos halten ihr Amt nicht so lange wie andere Priester. Sie müssen jung und kräftig sein, um ihre Pflichten erfüllen zu können.«

Als die Männer direkt unter uns waren, blieb Philoctetes plötzlich stehen und blickte zur Stelle auf, wo wir standen. Für einen Augenblick sah ich ihm direkt ins Gesicht. Sein Blick maß unsere Tempelgewänder, und als er die Augen wieder wegwandte, lag der Anflug von leisem Spott in ihnen. Ich glaube, ich habe nie einen Menschen gesehen, der majestätischer oder gefährlicher aussah. Dann schritt er unter uns weiter und stieg die Stufen zur Tempelterrasse hoch. Nun blieb er stehen und betrachtete die große goldene Schale und die im scharfen Wind flatternden frischen grünen Zweige. Er blieb jedoch nicht lange stehen, sondern wandte sich bald ab, um zwischen den Pinien, welche auf der Westseite bis nahe an die große Mauer reichten, zu verschwinden.

»Was soll das bedeuten?«, fragte ich Gorgias.
»Ich weiß auch nicht, doch etwas bedeutet es sicher. Das wird kein gewöhnlicher Winter werden. Doch lassen wir uns nicht stören – heute ist Festtag. Braucht dich Silanos heute Morgen oder kannst du mit mir in die Stadt hinunterkommen?«
Ich verbrachte den Morgen in Gorgias' Gesellschaft. Schließlich betraten wir den Torweg, welcher unterhalb der großen Straße und ganz in der Nähe der Kastalischen Quellen über mehrere Terrassen zum Sportplatz hinunterführte. Ich schaute durch das offene Tor; hinter den Umkleideräumen lag der Sand des Übungsgeländes. Im Sande war Gras gewachsen und auf den Steinstufen lagen vom Winde verwehte Blätter.
»Kommt nun niemand mehr hierher?«, fragte ich.
»Nicht sehr oft zu dieser Jahreszeit. Der Sportplatz wurde für die Spiele angelegt. Du hättest es sehen müssen, als er mit Männern aus ganz Hellas angefüllt war.«
»Hast du letztes Jahr die Spiele gesehen?«
»Ja, zwar nicht alle Wettläufe, doch ich sah alle Wagen- und Pferderennen und auch die Ringkämpfe.« Gorgias strahlte, als er sich wieder daran erinnerte.
Wir verließen den Sportplatz und begaben uns wieder in den Tempelbezirk. Gorgias zeigte auf die Pinien, welche wie in einem Gürtel über dem Tempel wuchsen.
»Bist du schon einmal im Stadion oben gewesen?«

»Nein, noch nie«, antwortete ich.
»Dann lass uns jetzt hinaufgehen.«
Wir gingen die Heilige Straße hoch, die von Menschen wimmelte, welche zum Fest gekommen waren. Die Straße führte eine Weile den Abhang hinauf, bis wir plötzlich hoch über der Stadt, auf einer Felsplatte ankamen. Am Fuße der gegenüberliegenden Felswand waren die Steingewölbe, welche die Startlinie für die Wettläufe bezeichneten, und zu beiden Seiten wölbten sich Böschungen hoch, mit trockenem Gras und Unkraut bedeckt, auf welchen die Zuschauer zu sitzen pflegten.
Ich hatte mir nicht vorgestellt, wie das Stadion aussehen würde, wenn es verlassen ist: hoch gelegen und still, mit einem einsamen Adler hoch oben in der Luft und einigen Schafen, welche am anderen Ende weideten. Ich versuchte mir meinen Vater hier oben vorzustellen, doch es wollte mir nicht gelingen. Hier in Delphi schien er meiner Erinnerung ferner zu sein, als er es jemals zu Hause in Megara gewesen war. Wahrscheinlich, weil Delphi inzwischen so viel und so Verschiedenes für mich bedeutete.
»Ich muss gehen«, sagte ich. »Im Sommer muss es sehr schön sein hier oben. Doch jetzt sieht es aus, als ob seit Jahren kein Mensch mehr hier gewesen wäre.«
»Warte bis heute Abend. Die Prozession für Apollo zieht auf dem Wege zum Berg hinauf hier vorüber. Das Stadion sieht dann ganz anders aus!«

Doch ich sah die Prozession in jener Nacht nicht. Silanos' Zustand hatte sich verschlimmert, als ich wieder zurückkehrte. Er war neben dem Bett gestürzt, als er aufstehen wollte, und beim Versuch, wieder auf die Beine zu kommen, hatte er das ganze Bettzeug auf den Boden gezogen. Immerhin hatte es ihn davor geschützt, sich eine Erkältung zuzuziehen, während er auf dem Boden saß. Er wurde schließlich von zwei Mädchen entdeckt und wieder ins Bett gehoben. Als ich eintrat, lag er da und ruhte sich aus, und vor den hohen Kissen wirkte er sehr gebrechlich und alt. Ich wusste auf den ersten Blick, dass das Fieber nun wieder zurückkehren würde, denn die Haut hatte ein durchscheinendes rötliches Aussehen bekommen, wie wenn sie zu straff über die Gesichtsknochen gespannt worden wäre.

Ich brachte ihm Brot und warme Milch und dann blieb mir nichts anderes übrig, als zu warten. Am späten Nachmittag kehrten die Mädchen in den Singgewändern zurück und erbaten seinen Segen für ihre Teilnahme am Fest. Ich wusste, dass es ihn anstrengte, zu ihnen zu sprechen, doch seit jeher waren sie vor dem Singen zu ihm gekommen, und er hätte auch nicht gewollt, dass es anders wäre. Ich stand in einer Ecke und schaute in die Farbenpracht, die sein Bett umflutete, als ich plötzlich merkte, dass Korinna neben mir stand. In ihrem langen roten Kleid mit der zeremoniellen Haartracht und dem schweren Gold-

schmuck auf Brust und Armen sah sie auf einmal ziemlich erwachsen aus.
»Es geht ihm wieder schlechter, nicht wahr?«
»Ich glaube ja. Nach jedem neuen Fieber ist er etwas schwächer als vorher.«
Die Gruppe der Mädchen begann sich aufzulösen und Silanos schaute ihnen mit einem zufriedenen Lächeln nach.
»Mein letztes Werk«, sprach er ganz still zu sich selbst, »und ich glaube, mein bestes.«

Der Dichter von Delphi

In der Frühe des folgenden Tages dachte ich, Silanos würde sterben, und es war mir, als hätte ich in der vergangenen Nacht nochmals die ersten Stunden von Charilas' Krankheit durchlebt. Silanos schien zusehends schwächer zu werden: Ich glaube nicht, dass er unglücklich war, doch er wusste nicht, wo er sich befand und wer bei ihm war. Von Zeit zu Zeit schien er einem längst vergangenen Festtage nachzusinnen, und einmal richtete er sich sogar in den Kissen hoch und sang einen Homerischen Vers, mit einer solchen Kraft, wie ich sie ihm bei seinem jetzigen Zustand nicht mehr zugetraut hätte.

Ich sah keine Möglichkeit, Hilfe zu holen, ohne ihn zu verlassen, und das wagte ich im jetzigen Augenblick nicht. Mitternacht war vorüber, der ganze Tempelbezirk lag in tiefer Stille. Da bewegte sich der Vorhang über dem Eingang und Nanno trat ein.

»Ein Gott muss mich gehört haben. Ich betete, dass jemand kommen möge«, gestand ich.

Nanno trat schnell zum Bett und betrachtete den alten Mann. Dann legte sie die Hand auf seine heiße Stirn. Nach einer Weile setzte sie sich auf den Bettrand und

ergriff das dünne Handgelenk, um den Puls zu messen. Unter ihren Fingern bewegte sich die vom Alter braun gefleckte Haut über die hervortretenden Knochen.
»Genau wie im vergangenen Frühling, doch diesmal steht es schlimmer. Hast du ihm etwas gegeben?«
»Nur etwas Wasser, doch er braucht etwas, was das Fieber senkt.«
»Ich denke, in meinem Zimmer habe ich, was wir brauchen.« Sie kehrte mit einem kleinen, dampfenden Tonkrug zurück.
»Trinkt, Herr. Es wird das Fieber senken.« Silanos antwortete nicht, aber er trank die Arznei langsam, während ihm Nanno die Schale an die Lippen hielt. Noch bevor er ausgetrunken hatte, schlossen sich seine Augenlider, und er schien sogleich in einen leichten Schlaf zu sinken, der zusehends tiefer wurde.
»Nun sieht er ganz friedlich aus; beim Morgengrauen komme ich wieder.«
Am anderen Morgen war das Fieber beträchtlich gefallen, doch Silanos war sehr geschwächt und verwirrt. Er sah ganz klein aus, denn seine Arme und Beine waren inzwischen ganz dünn geworden, die Haut war runzlig wie die Schale einer Walnuss. Nachdem wir ihn gebadet hatten, sah er plötzlich auf und sagte: »Du bist ein guter Junge, Phaedon«, und fiel in Schlaf.
Später am Tage, nachdem ich ein paar Stunden geschlafen hatte, während Nanno für mich wachte, kam

Argon, der Priester, um nach Silanos zu sehen. Der alte Mann war wach, doch immer noch sehr geschwächt. Hinterher nahm mich Argon in den Hof hinaus.

»Du hast mehr getan, Phaedon, als wir von dir je erwartet haben«, sagte er. »Doch nun ist die Last zu schwer für dich allein. Nanno wird dir helfen, bis sich Silanos wieder erholt hat.«

Als ich ihm dankte, merkte er, dass mich noch immer etwas beunruhigte, und so fuhr er fort.

»Die Zeit naht, wo Silanos unserer Pflege nicht mehr bedarf. Mach dir keine Sorgen darüber, was dann mit dir geschehen wird. Delphi hat immer Platz für dich, solange du hier bleiben willst.«

Nun fiel mir alles leichter. Nanno und ich kümmerten uns gemeinsam um Silanos, der sich viel schneller wieder erholte, als wir zu hoffen wagten, trotz des Einbruchs winterlicher Witterung. Draußen herrschte ein bitterkalter Wind und von den hoch gelegenen Hängen des Parnass wehte wirbelnder Schnee herunter. Drinnen im kleinen Zimmer war es hell und warm, manchmal zu warm für mich, sodass ich öfters hinausging und auf den Felsen herumkletterte.

Doch meine einsamen Spaziergänge sollten auch noch einen anderen Sinn bekommen. Etwas ganz Neues war in meinem Innern im Entstehen begriffen. Meine Seele war voller Worte, welche danach verlangten, rhythmisch geordnet und dann laut gesprochen zu werden. Das hatte ich früher nie erlebt. Ich hatte mich beim Singen der Worte der anderen bedient und jetzt formten sich mir im Innern zum ersten Mal eigene Worte. Ich musste allein sein, um diese neue Kraft auszuprobieren und zu prüfen, ob das, was ich hervorbrachte, wahr war.

So vergingen drei Wochen, und allmählich verstand ich, was Dichter wohl meinen, wenn sie sagen, dass der Gott durch sie spricht. Die Worte, die sich nun bildeten, schienen nicht meine eigenen zu sein, und manchmal ergriffen sie fast gegen meinen Willen von mir Besitz, und so schnell, dass ich sie kaum festhalten konnte. Es war, wie wenn meine Stimme zur Stimme Apollos geworden wäre. Sobald sich Silanos wieder erholt hatte, gab er mir täglich eine Leierstunde, und als es mir immer besser gelang, die Musik, die ich im Innern trug, in meine Finger fließen zu lassen, merkte ich plötzlich, dass die Worte, die mir auf meinen einsamen Streifzügen einfielen, anfingen sich in Melodien umzusetzen.

Eines Abends übte ich leise für mich selbst, um Silanos nicht zu wecken, als ich unversehens ein Lied zu spielen begann, welches ich am Tag zuvor gemacht hatte. Ich war so sehr in mein Spiel vertieft, dass ich gar nicht bemerkte, dass Silanos aufgewacht war und mir mit einem nachdenklichen Gesicht zuschaute.

»Von wem ist dieses Lied, Phaedon?«, fragte er. »Ich kann mich nicht erinnern, es jemals zuvor gehört zu haben.«

Ich antwortete nicht sogleich und sagte dann stammelnd, ich hätte es wohl als Kind einmal gehört.
Ein kurzes Schweigen trat ein. Dann sagte Silanos: »Wenn das Lied von jemandem anderen stammt, warum hast du es dann verändert? Ich hörte, wie du einen bestimmten Satz immer wieder neu probiert hast, bis du zufrieden warst. Spiel mir nun das Lied nochmals von Anfang an.«
In seiner Stimme lag ein gewisser Nachdruck, der alle Ausreden, welche ich vorbringen wollte, zunichte machte. So begann ich das Lied nochmals von vorne zu spielen, zwar unzufrieden mit der noch unsicheren Leierbegleitung, doch die Zuversicht wuchs, je länger ich spielte.
Als ich fertig war, sagte Silanos: »Du hast dieses Lied selbst gemacht, Phaedon.« Das war keine Frage, sondern eine Feststellung.
Ich nickte mit dem Kopf.
»Hast du schon früher Lieder gemacht?«
»Erst in den letzten paar Wochen.«
»Du spürst selbst, dass es noch nicht ganz stimmt. Der Rhythmus am Versende ist plump, und doch ist etwas an dem Lied, etwas, was wir wohl weiterentwickeln können.« Ich glühte förmlich vor Entzücken, denn das war ein hohes Lob für mich, gespendet von einem Manne, der viele Chöre geleitet und viele Schüler unterrichtet hat.
Plötzlich lächelte er, so wie er es bei unserem ersten

Zusammentreffen getan hatte. »Ich glaube, wir werden noch niemandem etwas davon erzählen. Wenn es dann so weit ist, werden wir sie überraschen. Delphi hat immer Platz für einen neuen Dichter.«
Am nächsten Tag setzte Silanos den Musikunterricht mit doppeltem Eifer fort. Ich hätte mir niemals träumen lassen, wie anstrengend es sein konnte, bei einem Meister in die Lehre zu gehen. Bisher hatte Silanos gelegentlich in freundlicher Art auf die Fortschritte hingewiesen, die ich im Leierspiel machte. Nun waren diese Tage vorbei. Er war nun zu gebrechlich, um mich für eine unbegrenzte Zeitspanne unterrichten zu können, doch war er andererseits ein viel zu erfahrener Lehrer, um das Tempo, das er sich für den Unterricht vorgenommen hatte, durch die eigene Schwäche langsamer werden zu lassen. Mehrere Stunden hintereinander musste ich in einem Übungsraum am anderen Ende des Hofes zubringen, um mir ein bestimmtes Stück zu erarbeiten, und erst, wenn ich das erreicht hatte, durfte ich wieder zurückkehren. Wenn ich schließlich kalt und mit starren Gliedern zu Silanos zurückkam, traf ich ihn ausgeruht und wie immer kritisch an.
Nachdem ich eine ganze Woche in dieser Weise weiterübte, wurde mein Schlaf so tief, wie er es seit Monaten nicht mehr gewesen war, und gleichzeitig stand ich vor einem neuen Problem. Es war meine Aufgabe, für Silanos zu sorgen, und das erforderte Zeit. Sie be-

schränkte sich nicht nur darauf, sein Bett zu machen und seine Mahlzeiten zu holen. Wie alle alten Menschen ließ auch er sich nicht zur Eile treiben und so nahm die mühsame Pflege seines versagenden Körpers einen großen Teil meines Tages in Anspruch. Entweder musste ich Silanos' Wohl vernachlässigen oder ich konnte nicht genug üben, um ihn zufrieden zu stellen. Ich beschloss Nanno aufzusuchen.

»Nun sag mir, was dich plagt. Ist es die Musik?«

»Ja. Silanos erwartet so viel von mir, und ich kann nicht alles, worum ich mich kümmern muss, sorgfältig erledigen.«

»Das habe ich erwartet. Ich glaube, es war höchste Zeit, dass ich wieder in den Hof der Musik zog.«

»Aber Nanno, es ist doch meine Aufgabe, für Silanos zu sorgen. Wenn ich es nicht tue, habe ich keinen Grund, hier zu sein.«

»Phaedon, red doch kein dummes Zeug. Siehst du nicht, dass du Silanos eine größere Wohltat erweist, wenn du seinem Leben wieder neues Interesse und neuen Sinn verleihst, als wenn du dich bloß um seinen Körper kümmerst?«

»Aber was wird Argon dazu sagen?«

»Argon weiß bereits Bescheid. Ich habe mich vor einer Woche mit ihm über dich unterhalten.«

Dazu hatte ich natürlich nichts zu sagen. Nanno schlief noch immer im Hofe der Frauen, doch Silanos brauchte nachts nur noch selten etwas. Ich half ihr

weiterhin, ihn zu baden und herumzuführen, doch für die restliche Zeit war ich nun frei.
Silanos schien hocherfreut und keineswegs überrascht zu sein. »Ich glaube, wir kommen mit der Leier allmählich etwas voran«, sagte er, »doch das wird vor allem durch die Worte bewirkt, denn in Bezug auf Rhythmus und Metrum sind deine Kenntnisse immer noch ziemlich mager. Ich muss einmal mit Xenocles darüber sprechen.«
Er ließ den berühmten Dichter und gegenwärtigen Leiter des Knabenchors in sein Zimmer rufen, als ob es sich um einen herumschweifenden Jungen handelte, und die beiden verbrachten eine ganze Stunde zusammen, während ich zum Üben geschickt wurde. Schließlich erschien Nanno und holte mich.
»Komm mit, sie wollen mit dir sprechen. Du würdest staunen, wenn du wüsstest, was sich unterdessen abgespielt hat. Wenn du Silanos nun enttäuschst, dann wirst du in ganz Phokis keinen Ort finden, um dich zu verkriechen.«
»Nanno, wovon sprichst du?« Ich stand auf, die Leier im Arm und merkte plötzlich, dass meine Knie zitterten und mir übel wurde. Auf einmal war ich überzeugt, dass ich etwas begonnen hatte, was viel zu groß für mich war und was ich nie würde vollenden können, und ich wollte fliehen und mich irgendwo verstecken. Aber die beiden Männer warteten auf mich und so folgte ich Nanno bescheiden über den Hof zurück.

Xenocles wird damals wohl kaum mehr als die Hälfte von Silanos' Jahren erreicht haben. Er war bereits in jungen Jahren zu Ruhm gekommen und nun näherte er sich dem Gipfel seiner Kräfte. In jenem Jahr, als mein Vater an den Wettläufen teilgenommen hatte, hatte er dem Sieger des Wagenrennens eine Ode gedichtet, und seit diesem Zeitpunkt war er in ganz Hellas und in Ionien bei Volksfesten und Festspielen überall ein gefragter Mann. Zurzeit lebte er in Delphi und seine Musik fand immer häufigere Verwendung für den Tempeldienst.

Ich hatte ihn im Tempelbezirk schon öfter angetroffen, doch aus solcher Nähe sah ich ihn zum ersten Mal. Als ich den Kopf aus einer ehrerbietigen Verbeugung wieder hob, stand ich vor einem kleinen, schmächtigen Mann. Er saß in Silanos' geschnitztem Stuhl neben dem Bett, im leuchtend gelben Gewand der Dichter, dessen Saum kunstvoll bestickt war. Darüber trug er einen dunkelroten Mantel, von dem sich sein schmales bleiches Gesicht umso stärker abhob. Hätte er einfachere Kleider getragen, so wäre er außer durch das ungewöhnlich lebhafte Gesicht und besonders die Augen kaum aufgefallen. Als er zu sprechen begann, wusste ich, dass ich noch niemals eine so schöne Stimme gehört hatte. Sie war klar und völlig kontrolliert, und doch schwangen bestimmte Untertöne mit, die mich an die Echos erinnerten, welche von Glockenschlägen ausgelöst werden.

»Komm her, Phaedon, und lass dich einmal betrachten.«
Ich durchquerte das Zimmer und blieb vor ihm stehen. Er schaute mich so lange an, dass ich den Blick senken musste.
»Silanos meint, ich könne einen Dichter aus dir machen. Was hältst du davon?«
»Ich weiß nicht, Herr, denn ich weiß nicht, was es heißt, ein Dichter zu sein. Ich glaube aber, dass es etwas Ungeheures sein muss, und schon der bloße Gedanke daran flößt mir Furcht ein.«
Xenocles' Blick blitzte über mein Gesicht, dann lachte er laut auf.
»Einen merkwürdigen Schüler hast du mir da gefunden, Silanos. Trotzdem ist es erfrischend zu vernehmen, dass das, was man selbst bieten kann, vielleicht nicht einmal angenommen wird. Hör zu, Phaedon, du magst noch so begabt sein, ohne die Gunst des Gottes kann ich aus dir keinen Dichter machen, und ich kann auch nicht versprechen, dass dich der Ruhm glücklich machen wird.«
»Herr«, brachte ich stotternd und hastig hervor, »ich wollte nicht undankbar sein, doch all das ist völlig neu für mich.«
»Phaedon, ich kann das sehr gut verstehen. Wenn der Wind des Gottes uns zu durchwehen beginnt, ist es genauso schwierig und mühsam, ihn zu besänftigen, wie wenn man versucht, ein ungezähmtes Pferd an-

zuhalten. Aber wie ich von Silanos erfuhr, hast du ein Lied vorbereitet. Lass es hören.«

Ich nahm die Leier und wartete, bis sich meine Gedanken geklärt hatten und ich bereit war. Als ich das Lied beendet hatte, wusste ich, dass ich mein Bestes geleistet hatte, denn ich war wieder ganz in die Empfindungen eingetaucht, die damals in mir aufstiegen, als mir die Worte zum ersten Mal kamen, und alles stand wieder ebenso wirklich wie damals vor meiner Seele. Während des folgenden Schweigens, das mehrere Pulsschläge dauerte, wartete ich ruhig, bis Xenocles zu sprechen anfing. Entweder war der Gott mit mir oder nicht. Es konnte jedenfalls nichts schaden, zu erfahren, welche der beiden Möglichkeiten zutraf.

Die beiden Männer tauschten einen Blick und da war mir die Antwort sofort klar. In diesem Blick lag ein leises Erinnern, wie wenn sie etwas wieder erkennen würden, was vor langer, langer Zeit einst auch ihnen passiert war, und nun schienen sie zu sagen: »Ja, da ist es wieder. Erinnerst du dich?«

Silanos brach das Schweigen als Erster. »Phaedon, du hast den letzten Vers inzwischen verändert. Wann hast du das getan?«

»Jetzt gerade, als ich wartete. Ich wusste, dass er nicht stimmt.«

»Nun, ich habe in deinem Alter manchmal wohl auch schlechtere Sachen produziert«, sagte Xenocles schließlich. »Weißt du, wo ich wohne, Phaedon?« Ich

nickte. »Dann suche mich heute Abend nach dem Opfer auf und wir werden nochmals über die ganze Sache sprechen.«
Er stand auf, verabschiedete sich von Silanos und verließ das Zimmer, während er sich den großen Mantel um die Schultern warf, dessen Falten aussahen, als wären sie geschnitzt.
Dann trat Nanno ein. Ich hatte vermutet, dass sie sich nicht weit entfernt hatte, doch sie schien ganz in Gedanken versunken. Doch schnell fasste sie sich und lächelte mir ziemlich traurig zu, was ich von ihr gar nicht gewohnt war, und sagte mit ruhiger Stimme: »Das war sehr schön, Phaedon. Kannst du mir nun mit den Leintüchern behilflich sein.«
In dieser Nacht ging ich in die Stadt hinunter, in einem Mantel von Silanos, der besser war als alle meine eigenen Kleider, und in seinen Falten sicher verstaut trug ich die kostbare Leier. Xenocles lebte in einem kleinen Haus, welches über die Schlucht hinauszuhängen schien. Er begrüßte mich freundlich und führte mich durch den Eingangshof in einen kleinen Raum mit bemalten Wänden und einem erhöhten, offenen Kamin in der Mitte. Ich setzte mich auf den Stuhl, der seinem eigenen Sessel gegenüberstand, und legte die Leier neben mich auf den Boden.
Der Dichter machte es sich bequem und hielt die Hände über die glühende Asche im bronzenen Feuerkessel. Mit einem Schlage hatte ich alle Furcht vor ihm

verloren. Plötzlich hatte ich das unerwartete Gefühl, dass ich nicht einen unerbittlichen Meister vor mir hatte, den ich zu fürchten lernen würde, sondern einen Reisegefährten auf demselben Pfad, auf den ich selbst gerade gestoßen war, und der sich nun umdrehte, um mich während der ganzen Strecke zu begleiten, die er selbst schon zurückgelegt hatte. Xenocles sprach in einer freundlichen und sachlichen Art.

»Phaedon, ein Dichter zu sein ist in gewisser Hinsicht ziemlich das Gleiche wie irgendetwas anderes zu sein: Es gibt bestimmte Regeln, die man lernen muss, und bestimmte Methoden, die man so vollkommen beherrschen muss, dass sie einem in Fleisch und Blut übergehen. Nur dann kann der Geist zu uns sprechen. Ohne unser Können wird die Botschaft des Gottes brüchig und verzerrt, denn wir werden bemerken, dass unsere Werkzeuge nicht hinreichen, mit der vor uns liegenden Aufgabe fertig zu werden. Nun sage mir aber, wie weit du in der Dichtkunst unterwiesen worden bist.«

»Ich besuchte, zusammen mit den gleichaltrigen Jungen, den üblichen Unterricht. Mein Lehrer war selbst zwar kein Dichter, doch er liebte die Werke Homers und der anderen Meister, und diese Liebe hat er auch auf uns übertragen.«

»Ich nehme an, dass du lesen und schreiben kannst und dass du auch, zumindest über die hauptsächlich verwendeten Metren der Dichtkunst und über die verschiedenen Tonarten beim Singen etwas Bescheid weißt?«

»Ja, all das habe ich einmal gelernt, doch seit vielen Monaten habe ich keine Gelegenheit mehr gehabt, mich in diesen Dingen wieder zu üben.«

»Bevor du den Ort, den du als deine Heimat betrachtest, verließest?«, fragte er, wobei er mich scharf ins Auge fasste.

»Ja, Herr.« Ich bemühte mich, meiner Stimme einen möglichst neutralen Klang zu geben.

Xenocles lehnte sich in seinem Sessel zurück. »Hör zu, Phaedon. Ich glaube, bevor wir mit unserem Gespräch weiterfahren können, muss ich dir etwas sagen. Ich glaube, ich kenne den Namen sowohl deines Vaters als auch deiner Vaterstadt. Soll ich ihn hier offen aussprechen oder soll er weiterhin verschwiegen werden?«

Ich war weder im Stande, ihm zu antworten noch das plötzlich auftretende Zucken, das meinen ganzen Körper durchlief, zu beherrschen. Ich krampfte die Hände zusammen, bis die Knöchel, vor lauter Anstrengung, sie ruhig auf den Knien zu halten, ganz weiß wurden.

»Hättest du einen Namen, dessen du dich zu schämen brauchtest, so hätte ich geschwiegen, doch das ist nicht der Fall. Ich sehe, dass dich das überrascht, doch nicht alle urteilen wir nach dem äußeren Schein, Sohn von Orsippios.«

Ich war unwillkürlich aufgesprungen, und auch Xenocles hatte sich erhoben und stand nun vor mir und legte mir die Hände auf die Schultern, bis ich nach einer langen Pause den Kopf hob und ihm in die Augen schaute. Xenocles begann zu lächeln und schob mich sanft zu meinem Stuhl zurück und goss mir aus der Schale, die neben ihm auf dem Tisch stand, etwas Wein ein, welcher bereits gemischt war. Ich trank und spürte, wie mich ein Schwindelgefühl durchwogte. Dann beruhigte ich mich wieder.

»Wie hast du das herausgefunden?«, fragte ich.

»Ich hielt mich damals, als auch dein Vater hierher kam, um sich an den Wettläufen der Pythischen Spiele zu beteiligen, ebenfalls in Delphi auf. Bestimmt hat man dir gesagt, wie sehr du deinem Vater gleichst; der Eindruck dieser Ähnlichkeit verfolgt mich nun schon den ganzen Tag. Als ich dich heute Abend wieder sah, wusste ich, wer du sein musstest. Du hast wohl nur noch schwache Erinnerungen an deinen Vater. Wahrscheinlich ist er in der Zwischenzeit gestorben, sonst wärst du wohl nicht hierher gekommen. Wann geschah es?«

»Vor vielen Jahren, als ich noch ein Säugling war. Ich habe meinen Vater nicht mehr erlebt und bin im Hause seines Bruders in Megara aufgewachsen.«

»Möchtest du mir erzählen, was dich dazu trieb, Megara zu verlassen?«

Ich erzählte es ihm. Als ich nach all den Monaten anfing, von Megara zu erzählen, kam mir meine eigene Stimme wie fremd vor, und es war mir, als wären die Ereignisse, die ich beschrieb, jemandem anderen zugestoßen. Ich bemerkte jedoch, dass es mir immer noch fast unerträglich war, von Charilas zu sprechen, und als ich meine Erzählung schließlich beendet hatte, war mein Gesicht ganz feucht von Tränen.

»Ich kannte deinen Vater, Phaedon«, sagte Xenocles, als ich fertig war. »Wenn sich ganz Hellas in Olympia, Korinth oder Delphi trifft, ist der Anblick von so vielen Männern, die – jeder in seiner Art – die begabtesten sind, welche von den verschiedenen Städten hergesandt werden, etwas Überwältigendes. Es ist, wie wenn die Götter die Erde in dieser Zeit mit einer jüngeren und vollkommeneren Menschenrasse bevölkert hätten. Doch es gibt immer einige Männer, die aus den übrigen hervorragen, und so einer war für mich dein Vater. Obwohl es unter den vielen Männern manche gab, die ebenso gut aussahen wie er, und er eine viel ruhigere Erscheinung war als viele andere, habe ich nie einen anderen Menschen gesehen, dem der Gott ein so deutliches Zeichen aufgeprägt hatte. Man konnte es ihm ansehen, dass allein schon die delphische Erde, über die er schritt, etwas Wunderbares und Vielversprechendes für ihn war. Wir glauben, dass der Gott demjenigen den Sieg verleiht, der seiner am würdigsten ist. Ich schrieb eine Ode auf seinen Sieg, noch bevor der Wettlauf überhaupt angefangen hatte. Ich glaube, ich habe niemals eine bessere Ode gedichtet, und doch ist sie nie gesungen worden.«

»Herr«, sagte ich schüchtern, »ich weiß so wenig über meinen Vater. Was hat man in Delphi über ihn gesagt, als der Wettlauf vorüber war und Apollo ihn gebrandmarkt hatte?«

»Dasselbe, was auch du gerade sagtest: dass es ein vom Gott gesandtes Zeichen war. Natürlich gibt es immer Leute, die einen vom Unglück Betroffenen durch übles Gerede noch weiter herabsetzen wollen. Doch ich glaube, wenn dein Vater hier geblieben wäre, hätte er solche Stimmen bald zum Schweigen gebracht. Doch er ist ja nicht geblieben, und es scheint, dass der Gott die nächste Generation abwarten musste, um seine Absicht verwirklichen zu können.«

»Glaubst du also, dass der Gott eine klare Absicht hat?«

»Das lässt sich noch nicht sicher sagen. Sie mag noch nicht völlig enthüllt sein, aber du bist schließlich doch unter schwierigen Umständen zur Stätte Apollos geführt worden, sodass er sich vielleicht dir offenbaren will. Nun, damit wollen wir es für heute bewenden lassen, morgen wollen wir uns ernsthaft an die Arbeit machen.«

»Wirst du es Silanos sagen?«, fragte ich.

»Noch nicht, vielleicht auch nie. Doch mache dir keine Sorgen darüber: Ich werde keiner Seele in Delphi ohne deine Einwilligung etwas erzählen. Aber nun musst du gehen, Phaedon, es wird spät.«

Als ich mich gerade bei ihm bedanken wollte, hörten wir auf der Straße rennende Schritte und wilde Schreie, aus denen ich auch die Stimmen von Frauen herauszuhören glaubte.

»Was ist das?«, fragte ich erschrocken und etwas ängstlich.

»Warte eine Weile. Es wäre gefährlich, wenn man dich nun in einem Tempelgewand auf den Straßen antreffen würde. Dies sind die Mänaden des Dionysos. Sie haben in der Luft Schnee gerochen, und nun werden sie die Hänge des Parnass hinaufrennen, bis sie die hoch gelegene Tenne erreicht haben. Es ist ratsam, ihnen aus dem Wege zu gehen, solange der panische Schrecken sie in Bann hält. An einem Tag mitten im Winter, wenn Apollo bereits zu anderen Orten unterwegs ist, hat Delphi ein ganz anderes Gesicht als an einem ruhigen Sommertag.«

Wir setzten uns wieder, und während wir warteten, erzählte mir Xenocles mit ruhiger Stimme von Delphi. Dann begleitete er mich selbst zur Tür und schaute in die leere Straße hinaus.

»Alles wieder in Ordnung; sie sind in weiter Ferne. Schau.«

Er zeigte auf eine Stelle hoch oben in den steilen Felsen, die von weitem einer Wand glichen, die noch dunkler war als die Nacht. Hier und da leuchteten Lichter auf, und bald sah es aus, als ob die Hänge selbst zu tanzen anfingen, während die Mänaden den gewundenen Felspfad hinaufzogen. Ich war froh, dass sie sich entfernten. Mein Gott war Apollo und das wilde, überbordende Gebaren des Dionysos verursachte mir Unbehagen. Es war wohltuend, wieder in das vertraute Zimmer im Tempelbezirk zurückzukehren und Wind, Schnee und Dunkelheit auszusperren und den unermüdlichen Tänzern zu überlassen – ein anderer Gott hat von ihnen Besitz ergriffen.

Das Opfer für Dionysos

Während der Winter mit eisigem Griff Delphi umschlossen hielt, tauchte ich in eine ganz neue Welt ein, sodass die kurzen Tage während meiner Arbeit mit Silanos und Xenocles wie im Fluge vergingen, und die dunklen Abende waren kaum lang genug, um mich auf die Unterrichtsstunden des nächsten Tages vorzubereiten. Ich musste mein Gedächtnis schulen, um die vielen tausend Verszeilen aufzunehmen, ohne die kein Sänger auskommt. Es genügte nicht, nur eigene Lieder und Verse zu komponieren; ich musste auch die Lieder und Dichtungen anderer und größerer Meister vortragen können.

Schon bevor ich Megara verließ, hatte ich den Stimmbruch gehabt, und als sich die neue Stimmlage genügend gefestigt hatte, begann Silanos ernsthaft damit, meine Stimme auszubilden und mir zu zeigen, wie man neue Musikstücke auswendig lernt. Ich kam mir vor wie ein Pferd, welches gleichzeitig von verschiedenen Reitknechten auf ein Rennen vorbereitet wird, denn ich hatte auf einmal so viel zu lernen und ja erst spät damit begonnen.

Eines Tages kam Korinna in großer Aufregung zu

mir. Es dauerte mehrere Minuten, bis ich verstand, was sie mir sagte.

»Phaedon, hör zu. Es handelt sich um den Männerchor. Theron, der große, schlanke mit dem lockigen Haar, ist krank geworden, und eben habe ich gehört, wie Xenocles mit dem Chorführer darüber sprach, dass du ihn ersetzen könntest.«

»Was?«

»Mach kein solch überraschtes Gesicht. Du hast im Singen in letzter Zeit wirklich Fortschritte gemacht!«

»Aber ich kenne ihre Musik doch gar nicht. Es braucht Jahre, bis man gut genug für den Chor der Männer ist.«

»Ich weiß nicht, was ich machen soll, wenn ich einen Fehler begangen habe und Xenocles dich vielleicht doch nicht fragt. Ich wollte, ich hätte dir gar nichts gesagt.«

»Ich bin sehr froh, dass du es getan hast. So habe ich Zeit genug, mich an die Vorstellung zu gewöhnen.«

Ich hörte nichts mehr bis zum folgenden Tag und ging wie gewöhnlich zum Haus von Xenocles, wo mein Unterricht stattfand. Bei meinem Eintritt fand ich ihn in ein warmes, schweres Wollgewand gehüllt und mit einem dampfenden Becher Kräutertee in den Händen.

»Es scheint, dass ich mir in der Zugluft unseres Tempels eine Erkältung zugezogen habe«, sagte er, »doch heute möchte ich aus einem besonderen Grund mit

dir sprechen. Ich denke, der Zeitpunkt ist gekommen, wo dich die praktische Erfahrung mit anderen Sängern mehr als irgendetwas anderes fördern kann, und gleichzeitig kannst du uns dadurch aus einer Schwierigkeit helfen. Vorläufig wirst du die durch Therons Krankheit entstandene Lücke im Männerchor füllen.«
»Glaubst du, dass ich dazu im Stande bin?«, fragte ich und freute mich im Innern, dass er mich nicht gefragt hatte, ob ich dazu bereit wäre, sondern einfach bestimmte, was geschehen soll.
»Natürlich glaube ich das«, fiel er mir ziemlich ärgerlich ins Wort. »Ich bin sowohl für den Männerchor wie auch für dich als meinen Schüler verantwortlich, und ich hätte dich niemals vorgeschlagen, wenn ich nicht der Ansicht wäre, dass du der Sache gewachsen bist.«
Am anderen Tag traf ich mit den Männern zusammen, mit denen ich von nun an den größten Teil meiner Zeit verbrachte. Sie waren alle älter als ich, einige hätten sogar mein eigener Vater sein können. Während der ersten Proben verhielt ich mich ganz ruhig und schaute bloß aufmerksam zu, doch es wurde mir von allen Seiten geholfen, denn die Männer wollten verhindern, dass die Harmonie des Chors durch meine Unerfahrenheit gestört würde!
Ich schlief weiterhin im Zimmer von Silanos, obwohl ich nun nicht mehr für ihn zu sorgen brauchte. Nanno hielt sich nun die ganze Zeit im Hof der Musiker auf,

und so hatte sie auch begonnen, zugleich für mich zu sorgen.
Ich war so sehr in meine Chorarbeit vertieft, dass einige Zeit verging, bis ich merkte, dass im Tempelbezirk etwas nicht ganz in Ordnung war. Natürlich hatte ich Philoctetes, den Dionysos-Priester, nach der ersten Begegnung im Anfang des Winters, noch öfters gesehen, und auch die seltsame Gruppe seiner Anhänger war mir inzwischen vertraut geworden. Einige von ihnen waren junge Männer wie er selbst, doch die meisten waren wilde Frauen, die mit rohen Tierfellen bekleidet waren – die Mänaden. Die Mädchen hatten alle Angst vor ihnen, denn selbst, wenn das, was man von ihren heiligen Riten erzählte, nur zu einem Bruchteil stimmte, waren sie in der Tat gefährliche Wesen. Doch sie kamen nie zu den Tempelgebäuden, in denen wir wohnten, herab.
Von Gorgias erfuhr ich, wie sehr sich die Beziehung zwischen Philoctetes und den Apollopriestern verschlechtert hatte. Ich traf ihn eines Abends auf dem Waschplatz.
»Wo hast du dich denn den ganzen Tag herumgetrieben? Du siehst ja furchtbar aus!«, sagte ich, denn seine Schultern waren wund gerieben, wie wenn er etwas sehr Schweres getragen hätte, und an einem Bein hatte er eine lange Schramme.
»Du hast gut fragen. Auf den Parnass habe ich Holz hinaufgetragen – für meinen Herrn Philoctetes.«

»Aber warum lassen unsere Priester das zu?«, fragte ich. »Komm, dreh dich um, dann kann ich etwas Öl auf die wunde Stelle reiben.«
»Danke, Phaedon. Ich komme mit der eigenen Hand nicht ganz hin. Doch was die Priester angeht, das Schlimme ist, dass sie Angst haben.«
»Vor Philoctetes! Was kann er ihnen denn antun?«
»Ich weiß nicht genau, aber ich glaube, er beneidet sie um die Macht, die sie während des restlichen Jahres hier ausüben. Er hätte Delphi am liebsten für sich selbst.«
»Er muss ja verrückt sein; niemand könnte Apollo aus Delphi vertreiben, und das würde es doch heißen. Außerdem ist die Verehrung von Dionysos neu hier. Erst zu meines Großvaters Zeit hat sie sich hier auf dem Festland eingebürgert.«
»Ich weiß nicht, was er im Schilde führt, wahrscheinlich ist er verrückt, doch wenn er uns auf irgendeine Weise in Schwierigkeiten bringen oder unsere Macht verringern kann, wird er es tun.«
»Er hat nicht mehr viel Zeit, es zu versuchen.«
»Ich weiß, das ist es ja eben. Nächste Woche haben wir das Frühlingsfest, und das ist seine letzte Chance, wenn er nicht neun Monate lang warten will.«
»Aber was kann er denn tun?«, fragte ich wieder.
»Ich weiß, dass die Priester befürchten, er werde wegen unserer mangelnden Zusammenarbeit mit seinen Anhängern einen Aufruhr provozieren. Deshalb wur-

den wir heute Morgen auch auf den Berg hinaufgeschickt, als Philoctetes verlangte, dass Holz hinaufgeschafft werde. Er hat morgen Abend nämlich etwas Besonderes vor dort oben, und Argon wagt nicht, ihm irgendetwas abzuschlagen.«

»Es sieht aus, als ob er umso mehr verlangt, je mehr Zugeständnisse man ihm macht.«

»Ganz deiner Meinung«, sagte Gorgias, der seine Tunika nun wieder anzog.

»An deiner Stelle, Phaedon, würde ich ihm bis zur nächsten Woche aus dem Wege gehen.«

Am folgenden Tag ging ich gegen Abend zum Raum der Näherinnen, um mein Chorgewand abzuholen. Die Gewänder der Männer waren weiß, während die der Frauen karmesinrot waren, sodass sich eine prächtige Wirkung ergab, wenn wir gemeinsam am Gottesdienst teilnahmen. Ich war schon einige Male hingegangen, um mir die Maße nehmen zu lassen, doch ahnte ich nicht, wie mir zu Mute sein würde, als ich das fertige Gewand zum ersten Mal tragen durfte. Es fiel in einer ungebrochenen Linie vom Hals bis zu den Knöcheln. Das Gewand wurde an den Schultern festgemacht und war am Halsausschnitt und am Saum mit Goldfäden bestickt. Ich hatte noch nie ein Gewand getragen, das bis zum Boden reichte, und die Frauen schauten mit einiger Belustigung zu, als ich die ersten Probeschritte darin unternahm.

»Nein, nicht so, Phaedon«, sagte eine von ihnen. »Du

musst darin Treppenstufen hinauf- und hinunterstei- gen und auch am Ritual teilnehmen können. Du musst jetzt zur Übung darin zum Tempel hinaufgehen und es dann bei den übrigen Männergewändern oben lassen.«

»Aber es könnte mich ja jemand sehen«, entgegnete ich.

»Was wäre schon dabei? Jedermann weiß doch, wer du bist.«

Über den Hof und bis zum Tempelbezirk schien es ein langer Weg zu sein. Erst als ich den Bogengang hinter mir hatte, sah ich einige von Philoctetes' Männern am Ende des südlichen Säulengangs gegen die Säulen gelehnt. Ich bemerkte, dass sie schon für den Tanz, der am Abend stattfinden sollte, gekleidet waren: Sie trugen kurze Tuniken, welche eine Schulter freiließen, und die zeremoniellen Ziegenfelle. Sie hatten die Miene von jungen Männern, die eben aus einer Kneipe getrieben worden waren und nun nach einer Rauferei Ausschau hielten. Ich blickte geradeaus und bemühte mich, im gleichen Tempo weiterzugehen: Ich war ja schon beinahe an meinem Ziel.

Noch ehe ich merkte, dass sie sich bewegten, waren sie über mich hergefallen; zwei große, blonde, junge Männer, beide älter und stärker als ich. Sie führten mich triumphierend um die Ecke des Tempels, wo Philoctetes stand. In der Hand balancierte er den langen goldenen Priesterstab, dessen Spitze mit einem vergoldeten Kiefernzapfen versehen war.

»Schau, was wir dir gebracht haben. Passt er dir?«, fragte einer von ihnen, während die übrigen Männer, welche auf den Stufen herumsaßen, lachten. Philoctetes betrachtete mich von Kopf bis Fuß. »Hast du einen Namen?«, fragte er schließlich. Ich hatte kaum jemals ein so unangenehmes Lächeln gesehen.

»Ich heiße Phaedon.«

»Nun, Phaedon, kannst du singen oder hast du dieses Gewand gestohlen?«

»Ich gehöre zum Männerchor.«

»Das habe ich mir doch gleich gedacht. Wie hübsch du in diesem Kleid aussiehst, genau wie eine alte Frau im Nachthemd.« Seine Anhänger schauten selbstgefällig auf ihre langen braunen Beine und kicherten.

»Wie wäre es, wenn du nun für Dionysos singen würdest?«, fuhr Philoctetes fort.

Ich antwortete nicht sogleich, und einer der Männer, die mich immer noch festhielten, verdrehte mir den Arm auf dem Rücken. Das war sehr schlau von ihnen: Aus einiger Entfernung hätte niemand vermuten können, dass diese paar Männer etwas anderes mit mir taten, als sich einfach mit mir zu unterhalten. Plötzlich bekam ich eine Mordswut, denn ich stand ja schließlich im Schatten von Apollos eigenem Tempel.

»Ich diene Apollo«, sagte ich. »Er wurde an diesem Ort schon zu einer Zeit verehrt, als Dionysos irgendwo im Osten auf einem Misthaufen am Daumen lutschte.« Das war ein Fehler, wie ich noch während

des Sprechens merkte, denn Philoctetes versetzte mir einen harten Schlag ins Gesicht, wobei ein Ring seiner Hand meinen Mund traf, der zu bluten anfing.
»Ich denke, Phaedon weiß wohl nicht, was er sagt«, bemerkte Philoctetes. »Wir wollen sehen, ob er vielleicht besser singt als spricht; das ist er Dionysos zum Mindesten schuldig. Bringt ihn hinauf, ich werde bald nachfolgen.«
Die beiden Männer fassten mich bei den Armen und zogen mich auf die andere Seite des Tempels und auf den Weg, der die Felsen hochführte. Die Dämmerung war schon hereingebrochen und weit und breit war kein Mensch zu sehen. Ich sog an meiner Unterlippe, die schon angeschwollen war, und hoffte, dass das Blut mein Gewand nicht befleckt hatte. Dann erreichten wir den Wald, und da mich meine Kleider behinderten, konnte ich nur mühsam Schritt halten. Es ging einen steilen Hang hinauf. Einer der Männer blieb etwas zurück.
»Geh nun zwischen uns weiter«, sagte der Mann hinter mir. »Nun brauchst du deine Hände. Vergiss nicht, dass ich dicht hinter dir bin und dass der Pfad sehr eng ist.«
Ich rappelte mich auf und folgte den dunklen Umrissen des vorderen Mannes. Ich wusste, wohin wir gingen. Wir kamen auf einen Mauleselpfad, welcher quer durch den Felshang in einer Zickzackkurve zur Westseite des Tempels führte. Nach einer guten halben Stunde machte der Pfad eine Biegung und führte ein

kleines Stück zurück, sodass wir tief unter uns die Lichter sehen konnten. Schließlich kamen wir zu einer flachen Platte am Hang. Mit einiger Anstrengung konnte ich im Dämmerlicht gerade noch erkennen, dass sich bereits andere Menschen hier eingefunden hatten. Dann ließ ich mich, zitternd vor Erschöpfung, auf den Pfad fallen.

Wir warteten stumm, bis nach einer Weile von etwas weiter unten auf dem Wege lauter Gesang heraufschallte; bald tauchte die Horde des Dionysos zwischen den letzten Felsen auf und überflutete die Felsbank mit Getöse und Lichtern.

Blendende Fackeln strömten zinnoberrote Flammen aus, als sie in den Händen der tanzenden Mänaden hin- und hergeschwenkt wurden. Philoctetes war der einzige Mann unter ihnen, er war von einem purpurnen Glanz überstrahlt, stieß immer wieder seinen Stab in die Höhe. Sie hielten nicht an, als sie die wartenden Männer erreicht hatten, sondern drängten unermüdlich weiter, den Pfad hinauf, während wir ihnen nachfolgten. Manche sangen wilde Lieder, andere stießen grelle Schreie aus.

Wir erreichten bald den Schnee, er lag in Verwehungen zu beiden Seiten des Weges, der nun auf ein offenes Plateau führte. Drohende Finsternis umgab uns, während die Anführerin der Mänaden ihre Fackel in einen großen Scheiterhaufen steckte. Er war trocken und gut aufgeschichtet, denn sofort schoss ein großer

Flammenkegel empor und in seinem hellen Schein erblassten die ersten Sterne. Das Licht überzog alles mit einem rötlichen Schimmer und da hörte ich neue Laute. Es war das wilde Meckern einer jungen Ziege. Die Männer, die mich auf dem letzten Wegstück halb getragen hatten, ließen mich am Rande des Lichtkreises zu Boden fallen und stürmten mit den anderen vorwärts. Ich sah nicht, was sich weiter vorne abspielte, doch das Meckern steigerte sich zu einem Schrei und hörte dann mit einem Schlage auf. Auch der Gesang hatte aufgehört, für einen Augenblick war alles still, dann folgte ein lautes Geschrei.

Niemand schaute in meine Richtung. Ich kroch aus dem Halbschatten in die volle Dunkelheit zurück und rutschte in eine tiefe Furche im Fels, die mit Schnee gefüllt war. Ich war froh, dass mein Gewand so dick war. Kalte Schneeklumpen glitten mir am Hals hinunter. Der Schnee, durch den ich heruntergefallen war, war so aufgewühlt, dass er mir eine gute Deckung gab, und außerdem war ich in meinem weißen Kleid kaum von ihm zu unterscheiden. Ich barg meine Hände in den Falten des Gewandes und zog mein Gesicht noch weiter in die tiefen Schatten zurück.

Nun kamen die ersten Dionysos-Verehrer vom Feuer zurück, mit blutbefleckten Händen und Armen. Weinschläuche wurden herumgereicht und der Lärm wurde immer lauter. Dann hörte ich einen alles übertönenden Schrei.

»Wo ist unser Sänger? Musik für Dionysos!« Es folgte ein wirres Gemurmel und dann hörte ich laute Rufe und Flüche. »Er kann nicht weit gekommen sein; schnell, den Pfad hinunter.«

Ich sah, wie Philoctetes im Zorn einen meiner Entführer schlug, so wie er mich geschlagen hatte. Der Mann taumelte rückwärts in den Schnee, nur wenige Meter von meinem Versteck entfernt, doch er fing sich sofort wieder auf und rannte den Weg hinunter, an mir vorbei und ohne in meine Richtung zu schauen. Drei andere Männer rannten ihm nach und dann ging Philoctetes wieder auf das Feuer zu. Ich wartete, ohne mich zu rühren, frierend und doch froh, dass ich nicht sogleich denselben Weg zurückgerannt war, auf dem ich hergekommen war. Ich beobachtete ununterbrochen das Anfangsstück des Weges. Drei der Männer kehrten ziemlich bald zurück, aber es waren insgesamt vier gewesen; der vierte hatte sich wohl irgendwo versteckt, und wenn ich jetzt aufgebrochen wäre, hätte er mich bestimmt gefangen. Es war fast eine Stunde vergangen, als er endlich zurückkehrte. Inzwischen war ich so gefühllos vor Kälte, dass ich mich kaum rühren konnte. Das Feuer war am Erlöschen; hier und dort hatte der Boden dunkle Buckel bekommen: Es waren Frauen, welche erschöpft oder betrunken umgesunken waren. Langsam und vorsichtig richtete ich mich auf und begann Arme und Beine zu reiben. Da ich eine Sandale verloren hatte und der Boden ziemlich rau war, kam ich nur mühsam voran; ich entfernte mich immer mehr vom Licht, bis ich auf den Weg stieß und rasch um die erste Biegung rannte. Da ich keine Verfolger hinter mir hörte, suchte ich nun in aller Ruhe den Weg den Hang hinunter.

Nach zwei Stunden kam ich endlich zum Rand des Tempelgeländes, denn der ziemlich unebene Weg war in der Dunkelheit fast unbegehbar, sodass ich immer wieder über hervorstehende Steine und scharfkantige Felsen stürzte. Mein Gewand war verschmutzt und mein bloßer linker Fuß war geschwollen und blutete.

In einem Ring über dem Torweg brannte noch eine Fackel, doch sonst lag der ganze Tempelbezirk in tiefer Dunkelheit. Ich taumelte weiter, denn ich wollte noch den Waschplatz erreichen, doch ich schaffte es nur noch bis zum Hof der Musik, wie ein erschöpftes Tier, das nach Hause will.

Ich sah Nanno erst, als sie mich bei den Schultern fasste. »Phaedon, bist du es? Barmherzige Götter, was haben sie bloß mit dir angestellt?« Sie rief leise über die Schulter zurück: »Er ist da!«

Ich hörte Schritte, und dann erschien Argon, der Priester, und zwei Männer vom Tempel. Nanno sagte: »Wir können ihn in diesem Zustand nicht zu Silanos bringen.«

»Wir nehmen ihn in meinen Schlafraum«, sagte einer der Männer.

Ich folgte dem Mann blind nach, bis er merkte, dass meine Füße auf den Pflastersteinen Blutflecken hinterließen. Da nahm er mich auf die Schulter, bis er mich in einem kleinen Zimmer wieder absetzte. Vor der einen Wand stand eine Reihe von Strohbetten. Jemand gab mir ein Glas Wein in die Hand und dann wusch Nanno mein Gesicht. Mit einem Mal fühlte ich mich warm und sicher und zufrieden, obwohl mein ganzer Körper schmerzte.

»War es Philoctetes?«, fragte Argon. »Man hat dich gesehen, als du mit einigen seiner Gefolgsleute sprachst.«

»Ja, es war Philoctetes. Er brachte mich zum Platz des Dionysos hinauf.«

»Nun erzähle mir von Anfang an und der Reihe nach.«

Ich erzählte ihm alles, auch den Grund, weshalb ich mein Tempelgewand anhatte. Als ich fertig war, sagte Nanno: »Lieber Himmel, das ist sogar noch schlimmer, als wir gedacht hatten. Phaedon wurde also entführt, weil er ein Tempeldiener ist.«

»Dieser Punkt muss ganz klar sein. Phaedon, bist du ganz sicher, dass du dir in keiner Weise die Feindschaft des Dionysos-Priesters zugezogen hast?«

»Ganz sicher. Ich habe bis gestern nie mit ihm gesprochen und ihn höchstens aus weiter Ferne einmal gesehen.«

»Nun, er hat dich nun gesehen und kennt dich jetzt, und nachdem du gestern Nacht geflohen bist, muss er damit rechnen, dass wir erfahren, was passiert ist. Weißt du eigentlich, was für ein Glück du gehabt hast? Ich bin sicher, dass du nicht mit heiler Haut davongekommen wärst, hättest du nicht im rechten Moment die Flucht ergriffen. Es hat schon andere Fälle gegeben, ohne dass wir etwas beweisen konnten. Deine zukünftige Sicherheit ist wichtig; du musst im Hof der Musik bleiben. Wenn du ihn verlässt, können wir keine Verantwortung für dein Leben übernehmen, und dein Leben ist wichtig, nicht nur um deinetwillen, sondern auch, weil du ein Zeuge dieser Befleckung unserer Tempelehre bist.«

Die folgende Woche verging rasch, bis der Tag vor dem Frühjahrsfest kam und wir zum letzten Mal die alte Apollo-Hymne übten, die wir am Abend des Festtages singen sollten.

Ich machte mir Sorgen über mein Tempelgewand, doch Nanno sagte mit fester Stimme, dass wir schon eine Lösung finden würden, und so wagte ich nicht, ihr weitere Fragen zu stellen. Im Laufe des Nachmittages kam sie mit dem Gewand über dem Arm zu mir.

»Glaubst du mir nun, dass es mir ernst war, als ich dir sagte, dass du für das Fest anständig gekleidet sein wirst?«, fragte sie triumphierend und breitete das Gewand über die Füße von Silanos, der sich im Bett aufrichtete.

»Aber wie konnten die Frauen in so kurzer Zeit ein neues machen?«, fragte ich.

»Sie haben kein neues gemacht, es ist das alte. Es war zwar sehr schmutzig, doch kaum irgendwo zerrissen. Ich weiß auch nicht, was wir sonst gemacht hätten, denn eine neue Stickerei hätte zu lange gedauert. Wir haben es geflickt, der Rest war eine Sache für den Wäscher. Die Tempelgewänder müssen ja gelegentlich gewaschen werden.«
Ich betastete den Stoff sorgfältig; die geflickten Stellen waren fast unsichtbar, und ich war froh, dass es dasselbe Gewand war, über das ich mich so gefreut hatte, als ich es zum ersten Mal sah.
»Zieh es nun an«, sagte Nanno, »wir haben dich noch gar nicht darin gesehen.«
»Ach nein, nicht noch einmal. Ich ziehe es morgen an und nicht früher.«

Der Brand

Am Abend des Frühlingsfestes fühlte ich mich vollkommen glücklich. Da ich immer im Hof der Musik bleiben musste, hatte ich von den ganzen Vorbereitungen nichts gesehen. Nun waren die Säulen und die vielen Altäre mit großen Bündeln grüner Pflanzen behangen. Ich sang die feierlichen Melodien, mit denen ich inzwischen so vertraut worden war, und ich strömte über vor Freude, mit den anderen singen zu dürfen. Bis zum Schluss hielt ich meinen Blick auf Xenocles gerichtet, der vor uns stand, doch ich war mir auch der schlanken, weiß gekleideten Gestalten bewusst, die mich umgaben.

Nun war die Feier zu Ende und im letzten Schein des goldenen Lichtes kehrten wir von unseren Plätzen auf den Stufen in einer langen Reihe in den Tempel zurück. Aus den Augenwinkeln sah ich ein karmesinrotes goldenes Leuchten, und da wusste ich, dass die Mädchen, die ihre Chorreigen beendet hatten, gleichzeitig mit uns auf den Eingang zugingen. Als wir in das Dämmerlicht des Bogengangs traten, sah ich den Gott, der wie immer in einem Meer von Licht stand, und zum ersten Mal hatte dieser Anblick nichts Schreckliches für mich.

»Großer Apollo«, betete ich in meinem Herzen. »Du hast mich heimgeführt. Du hast mich mir selbst gezeigt, und nun ist deine Absicht endlich klar. Gewähre, dass ich dir allezeit diene.« Ich fühlte mich meinem Vater ganz nah und hatte zum ersten Mal das Gefühl, dass ich ohne Bedauern an ihn denken konnte.

Wir bogen zwischen den hohen Säulen ab und gingen zu dem mit einem Vorhang abgeschirmten Platz hinüber, wo wir früher am Abend unsere Gewänder hingehängt hatten. Noch hatte keiner von uns ein Wort gesprochen, wir waren alle noch in uns gekehrt und sannen nach über das, was wir gesehen und erlebt hatten. Ich hing mein Gewand auf und entfernte das goldene Band, das ich mir um die Haare gebunden hatte. Nanno hatte es für mich gemacht und es um das verblasste purpurne Lederband geflochten, welches mein Vater vor achtzehn Jahren getragen hatte.

Plötzlich fiel mir neben den Vorhängen auf der anderen Seite des Tempels eine rasche, heimliche Bewegung ins Auge. Ein Mann stand im tiefen Schatten. Aus irgendeinem Grunde schaute ich genauer hin; da wusste ich, was nicht stimmte. Wer auch immer der Mann war, er befand sich in einem Tempelteil, der gewöhnlich nur von Priestern oder Tempeldienern betreten wurde, und doch trug er nicht das übliche lange Gewand, sondern eine kurze dunkelfarbene Tunika. Noch während ich das bemerkte, rannte die Gestalt blitzschnell nach vorne und ergriff einen Leuchter vom großen, schmalen Ständer und warf ihn gegen die Vorhänge. Das Öl der Lampe spritzte auf den dicken, staubigen Stoff und plötzlich schoss eine Stichflamme hoch. Im hellen Licht erkannte ich den Mann: Es war Philoctetes. Er war wieder in den Schatten zurückgesprungen, als die goldene Lampenschale mit lautem Getöse am Boden aufschlug. Dann drehte er sich schnell um, zuerst zum Haupteingang, durch den immer noch Licht hereinfiel, und dann zu der bewegungslosen Gestalt des Gottes – winzig und frech vor ihrer erhabenen Größe.

All das hatte sich mit einer solchen Geschwindigkeit abgespielt, dass ich erst die Mitte des Tempels erreicht hatte, als er durch den Rauch der brennenden Vorhänge im Dunkel der hinteren Tempelseite verschwand. Da kümmerte ich mich nicht mehr um ihn. Die Vorhänge waren trocken wie Zunder und sehr alt, und so loderten sie in einer einzigen Feuerwand empor, hinter der sich die Mädchen des Chors befanden. Ich hörte Rufe hinter mir und plötzlich wurden sie von einem schrecklichen, gellenden Schrei übertönt. Über mir züngelten die Flammen immer weiter in die Höhe, sodass mir nur noch eines zu tun blieb: Ich ergriff den Stoff an einem Zipfel, welchen die Flammen noch nicht erreicht hatten, zog mit meinem ganzen Gewicht an dem Vorhang. Ich wäre beinahe im Rauch erstickt, er drang mir in die Augen, sodass ich nichts sehen konnte. Dann gab der ganze Vorhang längs dem brennenden Teil fast ganz oben nach. Ich sprang zurück, doch die weiter entfernte Ecke hielt, sodass die Hauptmasse des brennenden Vorhangs von mir weg fiel. Ich sah die weißen, vor Schreck erstarrten Gesichter der Mädchen, die sich verängstigt an die Tempelwand zurückdrängten. In dem Augenblick löste sich oben ein großer, brennender Fetzen Stoff, fiel über mich und warf mich rückwärts zu Boden.

Während ich mich auf dem Boden wand und mich aus den brennenden Falten zu befreien suchte und vor Schmerz schrie, hörte ich die schnellen Schritte der an mir vorbeifliehenden Mädchen.

»Phaedon, Phaedon! Oh Apollo, lass ihn nicht sterben!«

Es war die Stimme von Korinna.

Ich kämpfte mich auf die Knie und wurde von irgendwelchen Händen hochgezogen. Das Rauschen der Flammen war zu einem großen Lärm angeschwollen. Die Vorhänge waren völlig verbrannt und die Flammen hatten inzwischen schon die hölzernen Dachbalken erreicht. Doch das Schlimmste war die Statue des Gottes; obwohl ich vor Rauch und Schmerz fast nichts sehen konnte, prägte sich mir der Anblick der Statue für den Rest meines Lebens tief in die Seele. Die fallenden Vorhänge hatten die übrigen Lampen, welche um die Statue standen, sowie die Ölkrüge umgeworfen, sodass Apollo in einem Flammenmeer zu schwimmen und selbst zu brennen schien. Die heilige Statue des Gottes war aus Holz. Und nun brannten ihre Beine lichterloh.

In meiner Umgebung war alles in hektischer Aktivität: Einige Männer rissen die an den Mauern hängenden Weihgaben herunter, während andere die großen Truhen, welche darunter standen, zu heben versuchten. Ich stand da, ohne mich zu rühren oder auf Korinna zu achten, welche an meinem Gewand zerrte und mir zurief, ich solle mitkommen. Die Flammen hatten Apollo inzwischen ganz eingehüllt. Er war im Mittelpunkt einer Feuersäule, und als ein Teil der Säulenplatte einstürzte, neigte sich die Statue langsam zur Seite und fiel in einem Funkenregen zu Boden.

Nun konnte ich weggehen, im Tempel war nichts mehr für mich übrig geblieben. Korinna musste mich halb tragen, bis ihr jemand zu Hilfe kam, und dann befanden wir uns plötzlich draußen in der rasch hereinbrechenden Dämmerung Delphis, welche der brennende Tempel auf furchtbare Weise erleuchtete. Eine große Menschenmenge hatte sich laut klagend versammelt, und eine Reihe von Männern, welche einander bei den Armen hielten, stemmten sich mit aller Kraft gegen die Menge, damit niemand die Stufen hinaufrennen konnte. Mehr konnten sie nicht tun, als so viel wie möglich von den Schätzen zu retten und zu verhindern, dass sich das Feuer noch weiter ausbreitete. Nur ein Fluss hätte den Brand nun noch ersticken

können. Dann dehnte sich der Schmerz in meinen Händen durch den ganzen Körper aus, bis ich schließlich, schon halb betäubt vom Rauch, in Ohnmacht fiel. Lange bevor ich wieder bei vollem Bewusstsein war, hörte ich murmelnde Stimmen, während ich selbst von Wogen des Schmerzes hin- und hergetragen wurde. Ich hörte leises Schluchzen und dann eine Männerstimme. »Schau, schau seine Hände an.« Dann hörte ich Nanno sagen: »Kann denn Apollo mit den Seinen so zornig sein?« Da wurde ich mit einem Ruck wach, obwohl ich die Augen kaum öffnen konnte.
»Nicht Apollo«, brachte ich mühsam hervor, »Philoctetes!«
Ich spürte, wie mich Nanno in die Arme nahm, und ich empfand eine plötzliche Kälte und einen stechenden Schmerz, als sie mein Gesicht wusch. Da öffnete ich mühsam die Augen.
»Phaedon, was hast du gesagt?«
»Lass ihn, Nanno. Frage ihn nicht jetzt.« Das war Korinna.
»Nein, ich muss es jemandem erzählen. Es war Philoctetes. Ich habe gesehen, wie er den Leuchter in den Vorhang warf.« Ich schloss die Augen wieder.
»Korinna, suche Argon. Erzähle ihm, was Phaedon gesagt hat, und sag ihm, er solle herkommen. Beeil dich, Kind, es ist furchtbar wichtig. Phaedon wird schon nicht sterben, wenn du ihn für ein paar Minuten verlässt.«

Es schien lange zu dauern, bis Korinna wieder zurückkehrte, und der Schmerz wurde wieder stärker. Nanno beugte sich über mich und strich mir das feuchte Haar aus den Augen.
»Ist es schlimm?«
»Ich muss wach bleiben, bis Argon da ist«, flüsterte ich.
»Ich weiß. Dann kann ich dir etwas zum Schlafen geben. Es dauert jetzt nicht mehr lange.«
Dann hörte ich andere Stimmen. »Ist er hier? Du sagst, dass er von Philoctetes sprach?«
Ich schlug die Augen wieder auf und nahm all meine Kraft zusammen.
»Es war Philoctetes. Ich bin ganz sicher. Er kam von der Rückseite des Tempels, steckte die Vorhänge in Brand und ergriff dann die Flucht. Ich konnte ihm nicht zuvorkommen.«
Argon beugte sich ganz nahe über mich. »Nein, Phaedon, das konntest du nicht, aber Apollo konnte es. Unter den Resten der Apollostatue fanden wir den zerstückelten und verbrannten Leichnam eines Mannes. Er verfing sich im Feuer, das er selbst gelegt hatte, und Apollo bestrafte ihn dafür. Wir wussten nicht, wer der Mann war oder wie das Feuer ausgebrochen war. Aber nun brauchst du Ruhe, denn du hast Apollo gut gedient.«
Ich wurde in einem der großen Männerschlafsäle zusammen mit anderen, die ebenfalls verletzt worden

waren, gepflegt. Nanno schien mich während der ersten Tage nie zu verlassen, denn wann immer ich die Augen aufschlug, war sie an meiner Seite, obwohl ich nicht oft längere Zeit wach war. Wenn die Schmerzen zu groß wurden, gab sie mir etwas von dem bitteren Kräutertrank, welcher mich einschläferte, und während ich schlief, behandelte sie meine wunden Hände, sodass ich erst nach beinahe zwei Wochen das Ausmaß meiner Verletzung erkannte.

Die leichten Brandwunden an der Seite, wo die Tunika zu schwelen begonnen hatte, heilten bald, doch mit den Händen war es eine andere Sache. Sie lagen hilflos vor mir auf der Decke, und ich, der ich Charilas und Silanos gepflegt hatte, musste mich nun selbst von Nanno wie ein Kleinkind waschen und füttern lassen. Ich fühlte, dass die linke Hand nicht so schlimm verbrannt war wie die rechte, doch da sie beide in ölgetränkte Umschläge gewickelt waren, konnte ich nicht mehr sagen.

Eines Tages fragte ich Korinna: »Warum lässt mich niemand meine Hände sehen? Sie gehören doch immer noch mir, auch wenn sie verbrannt sind, und ich will wissen, wie schlimm verbrannt sie sind.«

Korinna machte ein überraschtes Gesicht. »Ich werde Nanno fragen.«

Nanno sagte kein Wort zu mir, als sie am Abend zurückkehrte, aber ich war sicher, dass ihr Korinna die Sache erzählt hatte. Dann sagte sie, als sie die kleine

Lampe über meinem Bett ausblies. »Ich glaube, wir müssen morgen deine Umschläge wieder wechseln, Phaedon.«

Ich lag bis nach Mitternacht wach. Ich war der Müdigkeit überdrüssig, die einen nicht schlafen lässt, und zum ersten Mal seit dem Tag des Frühjahrsfestes dachte ich wieder an Charilas.

Am Morgen brachte Nanno einen Mann mit, den ich als den Stadtarzt wieder erkannte. Sie entfernten zuerst den Umschlag von meiner linken Hand und legten ihn auf ein sauberes, auf dem Bett ausgebreitetes Stück Leintuch. Neugierig betrachtete ich meine Hand und bewegte die Finger. Die Verbrennung befand sich hauptsächlich am unteren Teil des Handrückens und am Handgelenk; das Gelenk war noch steif, doch ich würde es bald wieder gebrauchen können.

»Diesmal werden wir die Umschläge etwas lockerer machen«, sagte der Arzt, »und nun musst du deine Hand so oft wie möglich bewegen, damit die sich bildenden Narben nicht schrumpfen können.«

»Wie lange brauchen sie, um zu verheilen?«, fragte ich und blickte neugierig auf die hässliche, junge Haut mit Schorf an den Rändern.

»Das ist schwer zu sagen. Du bist jung und gesund und die Verbrennung ist gut gepflegt und sauber gehalten worden. Vielleicht noch einen Monat.«

Nanno machte einen neuen Umschlag; dann hob sie meine rechte Hand sorgfältig in die Höhe und begann den Verband zu lösen. Ich begriff bald, warum sie das bisher immer gemacht hatte, nachdem mich der Trank schon eingeschläfert hatte, denn der Schmerz in der Hand wurde immer unerträglicher. Ich biss die Zähne zusammen und schaute zur Decke, bis ich spürte, wie sie auch diese Hand wieder aufs Bett legte. Ich beobachtete die beiden Gesichter, die sich über mich beugten, und wusste, dass meine Hand einen grässlichen Anblick bieten musste. Doch es war immer noch meine Hand und irgendwann musste ich sie sehen.

Ich stützte mich auf den linken Ellbogen und schaute hin. Ich kann mich nicht mehr erinnern, was ich zu sehen erwartet hatte, doch zuerst empfand ich nichts anderes als eine Art Bestürzung, denn das, was nun so ruhig vor mir lag, hatte nichts mit meiner Hand zu tun, wie ich sie in Erinnerung hatte. Ich versuchte meine verkrüppelten Finger zu bewegen, und als ich sah, wie wenig sie mir gehorchten, legte ich den Kopf auf das Kissen zurück und spürte, wie zwei Tränen aus den Augenwinkeln traten und die Wangen hinunterliefen.

»Tut es sehr weh, Phaedon?«, fragte Nanno.

Ich rümpfte verächtlich die Nase. »Nein, das ist es nicht. Es ist einfach zum Heulen, nachdem ich so viel Zeit verwendet habe, um meinen Händen alle möglichen Bewegungen beizubringen.«

Als sie fort waren, lag ich da und versuchte, das, was

ich eben gesehen hatte, in seiner vollen Tragweite zu erfassen. Irgendwann musste ich das ja tun und warum sollte ich es denn hinausschieben? Ich wusste, ohne dass es mir jemand sagen musste, dass ich nie mehr würde Leier spielen können, und dann fielen mir mit einem Schlage alle anderen Dinge ein, die ich nicht mehr tun konnte. Ich konnte nicht mehr schreiben oder eine Waffe halten, um mich zu verteidigen, oder meine Hände dazu gebrauchen, jemanden zu pflegen.

Dann hob ich die linke Hand hoch und hielt sie mir vors Gesicht. Ein stechender Schmerz durchzuckte mich, doch ich versuchte ihn nicht zu beachten. Vielleicht würde ich nie wieder ein Instrument spielen – denn das erforderte die volle Zusammenarbeit beider Hände –, aber wenn die rechte Hand in der Kindheit gelernt hatte, mich zu ernähren und zu kleiden, dann konnte ich jetzt diese Dinge auch meiner linken beibringen. Mit alldem wollte ich beginnen, sobald die Haut verheilt war und auch die Narben nicht mehr so empfindlich waren, dass sie geschützt werden mussten; doch schon jetzt gab es Dinge, die ich tun musste. Ich begann die Finger beider Hände im Innern der Verbände zu bewegen. Nach einigen Minuten musste ich aufhören, doch am späteren Vormittag machte ich einen neuen Versuch.

Es dauerte nochmals eine Woche, bis ich mich kräftig genug fühlte, um in den Hof der Musik zurückzukeh-

ren, und nun schrumpfte die Brandwunde auf der linken Hand rasch zusammen, sodass ich die Finger fast normal bewegen konnte. Ich hatte erwartet, gleich in die Wohnung von Silanos gebracht zu werden, doch Nanno führte mich in einen größeren Raum, der auf der gegenüberliegenden Hofseite lag und von drei unverheirateten Männern aus dem Chor bewohnt wurde. Ihre Betten wurden näher aneinander gerückt, sodass noch ein viertes hineinpasste. Ich setzte mich auf mein Bett, müder, als ich zugeben wollte.
»Es tut mir Leid, dass dies nicht die Rückkehr ist, die du erwartet hast, Phaedon«, sagte sie, »aber Silanos ist es in den letzten Wochen sehr schlecht gegangen, und so hielt ich es für besser, nicht gleich zwei Genesende im selben Zimmer zu haben.«
»Das hättest du mir sagen sollen. Ist es wieder das Fieber?«
»Nein, mehr der Schrecken über die Zerstörung des Tempels und über deine Verletzungen.«
»Kann ich jetzt zu ihm? Dann weiß er wenigstens, dass es mir wieder gut geht.«
Nanno betrachtete mich von Kopf bis Fuß. »Ja, du wirst ihn wohl besuchen können. Du machst zwar noch keinen sehr zuversichtlichen Eindruck.«
»Wieso, was fehlt mir denn?«
»Nun, ich glaube, du bist mindestens drei Zentimeter größer geworden, doch du hast zugleich viel Gewicht verloren. Außerdem bist du sehr bleich und

deine Augen sind zwei Nummern zu groß für dein Gesicht.«

»Oh Nanno!« Ich trat in den Hof und ging zum Wassertank in der Mitte. Lange saß ich da und versuchte zu verstehen, dass der ernste junge Mann, den ich im Wasser sah, ich selbst war, Phaedon, und kein Fremder, der mir über die Schulter schaute. Es schien, als ob sich alles, was mir im letzten halben Jahr zugestoßen war, in den vergangenen zwei Wochen der Krankheit in meinem Gesicht eingeprägt hätte.

Nannos Gesicht erschien über meiner Schulter. »So komm nun; Silanos ist wach und will dich sehen.«

Es dauerte einige Tage, bis ich weit genug gehen konnte, um mir den Tempel mit eigenen Augen anzusehen. Korinna begleitete mich. Die große Mauer, welche unseren Teil des Tempelbezirks von der eigentlichen Tempelumfriedung trennte, war sehr hoch, doch wenn man sich auf dem Torweg dem Tempel näherte, ragte das Tempeldach über die Mauer empor. Diesmal jedoch ließ ich den Blick nicht in die Höhe schweifen, denn ich wollte die Ruinen mit einem Male sehen.

Korinna führte mich durch den Torweg, die Hand auf meinem Arm, und dann blieben wir schweigend stehen. Die ganze Vorderwand lag in einem Trümmerhaufen, sodass man direkt bis zur Stelle sehen konnte, an der die Statue des Gottes gestanden hatte. Die Außenwände und die meisten Säulen standen noch, doch nach oben hin war der ganze Tempel offen und die hintere Wand war mitsamt dem Giebel nach außen gefallen. Die übrig gebliebenen Steinblöcke waren versengt und vom Feuer geschwärzt und die Mitte des Tempels war vom Schutt des eingestürzten Dachs verstopft.

Schweigend bahnten wir uns einen Weg. Unter den Füßen knirschten die Bruchstücke der zerschlagenen Dachfliesen, und in der vorderen Eingangshalle lagen Steinzylinder von den Säulen herum, welche vom einstürzenden Holzwerk heruntergeschlagen worden waren. Weiter innen waren die Steine je nach Größe sauber zu verschiedenen Haufen aufgeschichtet worden. Das hatten die Männer getan, die nun daran waren, im Tempelinneren Ordnung zu schaffen. Eine seltsame Stille schwebte über dem Heiligen Bezirk. Die fröhlichen Pilgergruppen hatten sich zerstreut, dafür standen überall kleine Menschengrüppchen herum, sprachlos wie wir, und blickten auf die Ruinen des Tempels, der der Stolz von ganz Hellas gewesen war.

»Phaedon, setz dich hierher«, sagte Korinna. »So weit bist du noch nie gegangen; du bist sicher müde.«

»Was geschieht nun mit dem Tempelgottesdienst und mit dem Orakel?«, fragte ich sie.

»Im Moment ist alles eingestellt. Die Priester haben Boten zum Apolloheiligtum auf Delos geschickt, um zu erfahren, was zu tun ist. Vielleicht ist dieser Ort von nun an verflucht. Dann wäre es sinnlos, hier wieder zu bauen. Doch das dauert ohnehin noch lange. Es wird wohl einige Jahre brauchen, bis genügend Geld gesammelt ist und die Arbeit weitergehen kann.«

»Ich wusste nicht, dass das so lange dauern würde.«

»Vielleicht können sie innerhalb der Grenzen des alten Gebäudes ein kleines hölzernes Heiligtum errichten und den Altar neu weihen.«

Ich schaute in den tiefblauen Himmel über unseren Köpfen, wo sich bisher das Dach in unergründlichen Schatten verloren hatte. »Wie lange wird es wohl dauern, bis einer von uns begreifen kann, dass dies alles wirklich geschehen ist?«

Der Athlet aus Megara

Korinna wiederholte die Eingangsmelodie, während ich aufmerksam zuhörte.
»Ist es nun richtig?«
»Ja, ich glaube. Wirst du die Melodie behalten können?«
»Zu Beginn ist sie ziemlich vertrackt, aber dann ist es nicht mehr schwer. Ist dir auch aufgefallen, dass es viel leichter ist, wirklich gute Musik zu behalten?«
»Es freut mich, dass dir meine Ode gefällt; hoffentlich gefällt sie auch anderen Leuten. – Ich finde, es wird allmählich zu heiß, um mittags hier heraufzusteigen.«
Korinna lehnte sich gegen einen von der Sonne erhitzten Felsen. »Ich weiß, aber es ist aufregend, ganz Delphi überschauen zu können, jetzt, wo da unten so viel geschieht.«
Wir saßen auf einem Felsvorsprung in der Nähe des Pfades, der zu den Leuchtenden Felsen hinaufführte. Unter uns sahen wir Männer, welche im Stadion das Gras entfernten, denn in einem Monat würden die Spiele beginnen. Die Seite, wo die Wendepfähle hinkommen sollten, war schon ausgeebnet und nun wurde der Boden mit einer dicken Schicht Sand bedeckt.

Zwei Jahre waren seit dem Brand verstrichen. Links unter uns sahen wir die Ruine des Tempels und davor den neuen Altar.

»Ich erinnere mich daran, dass die Spiele kurz nach meiner Ankunft in Delphi stattfanden«, sagte Korinna. »Ich hatte mir vorher niemals gewünscht, ein Junge zu sein, aber damals wäre ich es gerne gewesen. Kannst du dir vorstellen, wie es ist, wenn man hier im Tempelbezirk lebt, in unmittelbarer Nähe der Spiele mit all ihren Ereignissen, und doch vom meisten ausgeschlossen bleibt?«

»Hast du auch jetzt dieses Gefühl?«

»Ja, aber jetzt ist es sogar noch schlimmer. Wir werden vor dem Beginn der Spiele im großen Einweihungsgottesdienst singen. Ich werde die verschiedenen Athleten betrachten und mich fragen, welcher von ihnen wohl gewinnen wird, und dann werde ich in den Hof der Musik zurückkehren und warten müssen, bis uns jemand sagt, was sich droben im Stadion abgespielt hat. Man kann hier unten das Getöse der Menge hören, wenn etwas Aufregendes geschieht, aber man weiß nicht, was es ist. – Wirst du dich am Wettstreit der Dichter beteiligen, Phaedon?«

»Ich weiß noch nicht. Ich habe noch nichts geschrieben; ich fühle, wie sich in meinem Innern etwas gestalten will, doch ich weiß nicht, ob es der Gott noch rechtzeitig zur vollen Klarheit heranreifen lässt. Habe ich dir schon erzählt, dass ich als kleiner Junge dachte, ich würde eines Tages an den Wettläufen in Delphi teilnehmen? Ich glaube, ich bin jetzt beinahe froh darüber, dass ich es nicht kann. Man isst so leicht ein paar Feigen zu viel oder schläft schlecht und damit sind ganze Jahre des Trainings dahin. Ich hatte mir nicht vorgestellt, wie stark hier die Spannung steigt, wenn die Zeit der Spiele näher rückt. Obwohl die Spiele erst in vier Wochen anfangen, summt es in Delphi wie in einem Bienenschwarm.«

»Bist du gestern zum Trainingsplatz hinuntergegangen?«

»Ja, aber es war schon ziemlich spät und die meisten Athleten waren schon weg. Trotzdem weiß ich nicht, weshalb ich mir einmal einbildete, mit solchen Menschen konkurrieren zu können.«

»Wann hast du aufgehört zu trainieren?«

»Im Jahr, bevor ich nach Delphi kam. Ich bin froh, dass ich damals aufgehört habe. Es wäre ziemlich schlimm für mich gewesen, wenn ich noch im Training gestanden hätte, als ich mir die Hände verbrannte.«

»Ich glaube, es wäre ungerecht gewesen, wenn man dich deswegen disqualifiziert hätte. Schließlich läuft man ja nicht mit den Händen. Wenn du ein Ringkämpfer gewesen wärest, könnte ich das eher verstehen.«

»Das stimmt schon, aber die Regeln verlangen, dass die Wettkämpfer vollkommen gesund sind, und ich kann mir nicht vorstellen, wie ich mit diesen Händen dastehe und mit Lorbeer gekrönt werde. Denke nur, wie schwer es nachher der Bildhauer hätte.«

Ich schaute auf meine verkrümmte rechte Hand, die ruhig in meinem Schoße lag.

Die Sonne stand nun über unseren Köpfen und brannte unbarmherzig auf uns nieder. »Komm, wir gehen hinunter. Ich muss am Nachmittag üben, und ich werde nicht durchhalten, wenn ich mich nicht zuerst ausruhe. Es ist so heiß, dass man nachts nicht mehr gut schläft.« Korinna stand auf, schüttelte ein paar Ameisen von ihrem Rock und nahm die Leier vom Boden auf.

Es war das schön polierte Instrument, das Silanos gehört hatte. Der alte Mann war im ersten Winter nach der Zerstörung des Tempels friedlich gestorben. Er hatte mir die Leier und alles Übrige in seinem Zimmer überlassen. Nun lebte ich alleine in diesem Zimmer, doch es hatte lange gedauert, bis ich mich daran gewöhnt hatte, in seinem Bett zu schlafen und aus seinem silbernen Becher zu trinken.

Es war ganz zufällig gekommen, dass Korinna anfing die Begleitmelodien für mich zu spielen. Sie trat eines Tages in mein Zimmer, als ich gerade mühsam versuchte eine Melodie zu spielen, denn die Narben an den Fingern waren ziemlich unempfindlich, und so war es schwer, die Saiten richtig anzuschlagen. Sie hörte zu, wie ich meinen Gesang mit einer bestimm-

ten Melodie zu begleiten versuchte, und wiederholte sie dann auf den ersten Anhieb fast fehlerfrei. Sie spielte für ein Mädchen außerordentlich gut und von diesem Zeitpunkt an arbeiteten wir zusammen. Ich habe mich oft gefragt, wem die Melodien meiner Lieder mehr zu verdanken waren, ihr oder mir selbst.
Abends suchte ich das Haus von Xenocles auf. Er war immer noch mein Lehrmeister und nun wollte ich ihm wieder einige neue Verse zeigen. Wir besprachen sie in der einbrechenden Dämmerung, dann legte er sie weg, rief seinen jungen Sklaven herbei und trug ihm auf, uns eine Schale Wein zu bringen. »Nun, was hältst du denn selbst von dieser Siegerode?«, fragte er mich.
»Ich weiß nicht recht; deshalb habe ich sie dir mitgebracht. Zuerst mochte ich sie, doch jetzt bin ich unsicher.«
»Nein, ich glaube nicht, dass sie zu deinen besten gehört.«
»Ich weiß, was du nun sagen willst. Du willst mich fragen, wieso ich glaube, eine wirklich gute Ode schreiben zu können, ohne darin den Triumph eines ganz bestimmten Siegers zu besingen. Ich weiß, dass hier das Problem steckt.«
»Ich bin froh, dass du das selbst einsiehst. Nun lernst du die harte Lektion, die keinem Dichter erspart bleibt, nämlich, dass wir manchmal Verse machen müssen, wenn der Gott meilenweit entfernt zu sein scheint, während zu anderen Zeiten die Inspiration

zwar da ist, aber niemand sich für die Verse interessiert.«

»Du hast doch selbst einmal eine Ode gedichtet, bevor sie verlangt wurde«, rief ich ihm in Erinnerung.

»Jawohl, für deinen Vater. Ich habe es nicht vergessen. Ich habe mir gedacht, dass du das im Sinn hattest. Aber vergiss nicht, dass ich ihn gesehen hatte. Hast du auf dem Trainingsplatz unten einen Wettläufer gesehen, der dich zu dieser Ode inspiriert hat?«

»Nein, noch nicht. Der Platz war voll von Ringkämpfern und Speerwerfern, als ich gestern unten war. Ich wollte, ich könnte den Ringkampf ebenso bewundern wie den Wettlauf, aber ich kann es nicht.«

»Ich glaube, dass das niemand kann, und doch, wenn du an die ersten Spiele zurückdenkst, die Homer schildert, war nicht der Wettlauf das Wichtigste. Im Gegenteil, die Athleten haben damals ihre Kräfte durch Übung gesteigert, um nachher bessere und ausdauerndere Krieger zu werden.«

»Nun, hier in Delphi haben wir eine Tradition, die sogar noch älter ist als die der Athleten. Dieses Jahr finden erst die zehnten Pythischen Spiele mit den athletischen Wettkämpfen statt. Vorher gab es nur Musik und Dichtung. Aber für deine Kritik, Meister, bin ich dir doch dankbar. Ich wollte zur Übung vor dem Beginn der Spiele eine Ode schreiben, falls irgend ein Sieger eine von mir haben wollte. Die Zeit muss nachher so kurz sein.«

»Warte noch einen Moment, Phaedon«, sagte Xenocles, und legte eine Hand auf meinen Arm, als ich gerade gehen wollte. »Ich wollte dich noch etwas fragen.«
»Was denn?«
»Weiß außer mir noch jemand in Delphi, wer du bist und woher du kommst?«
»Nein.«
»Ich fragte dich, weil gestern die Athleten aus Megara hier eintrafen und ich nicht wollte, dass dich plötzlich jemand, der dich noch als Junge gekannt hatte, auf der Straße trifft.«
»Daran habe ich überhaupt nie gedacht. Es müssen doch in den vergangenen drei Jahren schon viele Menschen aus meiner Stadt hier gewesen sein, wenn auch nie so viele auf einmal. Doch jetzt kann mir niemand mehr etwas antun. Ich würde mich sehr freuen den Dichter Theognis zu sehen, und sei es nur, um zu sehen, was für ein Gesicht er macht, wenn er mich in diesem Gewand erblickt.«
»Das kann ich gut verstehen. Hast du je Nachricht von deiner Familie oder von deinem Vetter erhalten?«
»Nein, kein Wort. Ich hätte Charilas so gerne gesagt, dass es mir gut geht und dass ich glücklich bin. Doch der Orakelspruch sagte nur, dass wir uns trennen müssen, aber er sagte nicht, für wie lange. Ich habe immer befürchtet, dass es Unglück bringen würde, wenn ich versuchte ihn wieder zu sehen.«
»Du glaubst also, dass er immer noch lebt?«

»Oh, ganz gewiss. Der Gott hat ihm Erfolg, sogar Ruhm verheißen. Außerdem hätte ich es gewiss gespürt, wenn er gestorben wäre. Manche Dinge weiß man, ohne zu wissen, wie man zu dieser Gewissheit kommt. Wir waren während unserer ersten fünfzehn Jahre immer zusammen.«

»Vermisst du Charilas immer noch so sehr wie am Anfang?«

Ich antwortete nicht sogleich und blickte auf die Wunde tief in meinem Innern, die ich drei Jahre lang verborgen gehalten hatte.

»Nein, nicht mehr so sehr wie in den ersten Wochen. Wir sind inzwischen beide älter geworden. Wenn ich ihn immer noch in derselben Art vermisste, hätte ich Sehnsucht nach einem Jungen, der gar nicht mehr existiert. Dieser besondere Schmerz hat sich aufgelöst, doch ein Rest ist immer noch da, und der verringert sich nicht. Weißt du, wenn man einmal jemandem so nahe gewesen ist, wie ich es Charilas war, dann scheint das Leben etwas Gemeinsames und nicht bloß etwas für einen allein zu werden. Wenn ich glücklich bin, möchte ich, dass er da ist und mein Glück mit mir teilt, und ebenso ist es, wenn etwas schief geht. Fast jeden Tag denke ich einmal ›Das hätte Charilas gefallen‹ oder ›Ich möchte, dass er mir jetzt sagen könnte, was ich seiner Ansicht nach tun sollte‹.«

»Du würdest ihn also gerne wieder sehen? Ihr werdet euch beide stark verändert haben.«

»Oh ja, wenn ich sicher wäre, dass sich das Orakel schon ganz erfüllt hätte, gäbe es nichts in der Welt, das mir mehr bedeuten würde als ein Wiedersehen mit Charilas. Doch hab Dank für deine Warnung. Ich bin froh, dass ich noch etwas Zeit habe, um mir zu überlegen, was ich sagen soll, falls mich jemand wieder erkennt.«

»Wirst du morgen zum Trainingsplatz hinuntergehen?«, fragte Xenocles.

»Ich glaube nicht. Der Chor wird den ganzen Morgen üben, und am Nachmittag wird es zu heiß, um herumzustreifen.«

»Besuche mich morgen Abend wieder. Ich arbeite gerade an etwas Neuem. Ich werde es dir dann zeigen. Komme früh, wir brauchen vielleicht etwas Zeit.«

Es schmeichelte mir, dass Xenocles seine Arbeit mit mir besprechen wollte, obwohl das auch schon vorgekommen war, und so dachte ich nicht weiter darüber nach.

Den größten Teil des nächsten Tages war ich vollauf beschäftigt, und sobald die Hitze etwas nachgelassen hatte, ging ich durch die schattigen Straßen zum Haus von Xenocles. Er öffnete selbst die Tür, und ich wollte gerade fragen, ob sein Junge krank sei, als ich bemerkte, dass er vor Freude strahlte.

»Allem Anschein nach hast du einen sehr erfolgreichen Tag hinter dir«, sagte ich. »Der Gott muss dir zugelächelt haben.«

»Der Gott hat in der Tat eine Gunst erwiesen, aber nicht mir, sondern dir. Tritt herein, Phaedon, ich möchte dich mit jemandem bekannt machen.«
Etwas überrascht folgte ich ihm in den bemalten Raum, dessen kleiner Balkon über die Schlucht hinaushing. Auf dem Balkon stand ein junger Mann, der zu mir herschaute, doch da er mit dem Rücken zum Licht stand, konnte ich sein Gesicht nicht erkennen. Er machte einen Schritt auf mich zu und seine Haltung schien mir etwas Angespanntes zu haben. Er war ungefähr gleich groß wie ich, hatte dunkles Haar und ungewöhnlich kräftige Schultern. Ich dachte, es handle sich wohl um einen jungen Athleten, den mir Xenocles vorstellen wollte, in der Hoffnung, dass er mich, falls er siegte, vielleicht bitten würde, eine Ode für ihn zu schreiben. Ich wusste, dass ich ihn in aller Form begrüßen musste, obwohl er einen eher schüchternen Eindruck machte.
»Sei gegrüßt, Freund«, sagte ich. »Bist du zum ersten Mal in Delphi?«
Er sagte ein einziges Wort, meinen Namen, »Phaedon«, und wandte sich zur Seite, sodass der Widerschein der untergehenden Sonne voll auf sein Gesicht fiel.
Ein Schauder erfasste mich wie ein plötzliches Fieber; mein Kopf war kühl, doch das Herz sprengte mir beinahe die Brust. Ich streckte ihm die Hände entgegen und dann gingen wir aufeinander zu. Da erinnerte ich

mich, wie vernarbt meine Hände waren, und so ließ ich sie heruntersinken, während er mich bei den Schultern nahm und mir ins Gesicht schaute.
»Charilas«, flüsterte ich und vergrub meinen Kopf in seiner Tunika.
Ich weiß nicht, wie lange wir so dastanden. Ich wollte mich nie wieder von der Stelle rühren. Dann hörte ich, wie Xenocles den Jungen herbeirief und ihm befahl, Wein zu bringen. Wir lösten die Umarmung und betrachteten uns mit einem langen, suchenden Blick. Ein Lächeln huschte über das Gesicht von Charilas, und dann schüttelte er mich verzweifelt, wie jemand, der etwas erlebt, wofür alle Worte zu klein sind. Dann begann er plötzlich laut zu lachen. Ich weiß nicht, ob auch ich lachte oder ob ich weinte, auf jeden Fall machten wir einen ziemlichen Lärm, denn es dauerte eine ganze Weile, bis Xenocles meine Aufmerksamkeit gewinnen konnte.
»Es steht Wein auf dem Tisch«, sagte er. »Ich werde euch nun allein lassen. Phaedon kann mir die ganze Geschichte dann später erzählen. Dieses Haus steht solange du möchtest zu deiner Verfügung.«
Dann waren wir allein. »Charilas, deine Beine. Wie lange bist du schon wieder gesund?«
»Phaedon, du siehst so alt aus in diesem Gewand, ich hätte dich nicht wieder erkannt.«
»Moment«, sagte ich. »Sag mir erst, ob dir Xenocles erzählt hat, was mir in Delphi passiert ist.«

»Ja, er hat mir alles, was er wusste, erzählt, heute Abend, bevor du kamst, doch seine Erzählung wies große Lücken auf.«

»Nun, da du über mich ja schon etwas weißt, bist du jetzt an der Reihe. Komm her und setz dich, ich will dich einmal genau anschauen.«

Wir traten auf den kleinen Balkon hinaus und ich setzte mich auf den kleinen Steinsitz unter dem Geländer. »Setz dich da drüben hin, sodass ich dich sehen kann, und erzähl mir, was alles passiert ist, nachdem ich Megara verlassen hatte. Und zwar von Anfang an.«

Es war eine lange Geschichte. Es war draußen inzwischen so dunkel geworden, dass ich sein Gesicht nicht mehr sehen konnte, und noch bevor er mit seiner Erzählung zu Ende war, flogen die Fledermäuse unter der Dachtraufe vorbei. Charilas sprach mit keinem Wort von jenen Tagen, die unmittelbar auf unsere Trennung folgten, und ich wusste, dass weder er noch ich von jener schmerzlichen Zeit zu sprechen vermochte. Dazu mussten wir uns erst an die Wirklichkeit unserer jetzigen Begegnung gewöhnen. Charilas hatte damals sterben wollen, doch er ist nicht gestorben, und nach einiger Zeit stellte er fest, dass er, gleichsam gegen seinen eigenen Willen, wieder stärker wurde. Dann hatte er begonnen mutig der Zukunft entgegenzublicken, und dann war ihm klar geworden, dass unsere Trennung sinnlos bleiben würde, solange er den Spruch des Gottes nicht akzeptierte. Er beschloss, den Gott beim Wort zu nehmen und die Erfüllung seines Versprechens zu erhoffen. Seine Beine ließen sich noch immer nicht bewegen, doch die Arme wurden immer stärker, als er lernte, den übrigen Körper zu bewegen. Inzwischen hatte er in dem jungen Asklepios-Priester einen festen Freund gefunden und auf dessen Rat hin wurde Charilas zum Strand hinunter und ins Wasser getragen. Langsam lernte er wieder schwimmen.

Dann machte er täglich regelmäßig bestimmte Übungen, gleichgültig, wie wenig sie zu helfen schienen. Außerdem massierte er seine Beine, um sie warm und gesund zu erhalten. Schließlich kam der Zeitpunkt, wo sie zu reagieren anfingen, zunächst unendlich langsam und mit großen Schmerzen. Allmählich lernte er, aus der geringsten Erhöhung seiner Beweglichkeit immer größeren Nutzen zu ziehen, und eines Tages konnte er stehen und dann mit Hilfe von Krücken gehen. Ein Jahr nach dem Ausbruch der Krankheit konnte er sich langsam, aber ohne fremde Hilfe im Haus und auf den Straßen der Nachbarschaft bewegen.

Seine Mutter dachte, nun hätte er genug erreicht, doch mein Onkel nahm ihn wieder zum Trainingsplatz mit, wo wir unseren ersten athletischen Unterricht erhalten hatten. Der Trainer untersuchte ihn sorgfältig und war zuversichtlich; er sagte, er hätte schon schlimmere Fälle behandelt und durch Wunden oder Verletzungen behinderte Männer zu fast vollkommener physischer Leistungsfähigkeit zurückgeführt. Nun strengte sich Charilas noch stärker an als bisher. Er sprach nicht vom Einsamkeitsgefühl, das ihn manchmal befiel, wenn er oft der Erschöpfung nahe war, doch nach einem weiteren Jahr gewann er den Diskus-Wettkampf der Knaben. Es war der weiteste Diskus-Wurf gewesen, der in seiner Altersgruppe jemals verzeichnet wurde.

Ich betrachtete den kräftigen Wuchs seines Rückens und seiner Schultern. »Was hat dich so stark gemacht?«

»Mehr als alles andere das Schwimmen. Die anderen Übungen waren manchmal beschwerlich, doch das Schwimmen war immer eine Art Erholung. Ich fühlte mich im Wasser so frei.«

»Und jetzt sind die Beine wieder völlig geheilt?«

»Gut genug für den Test, den die Teilnehmer an den Spielen bestehen müssen.«

»Oh nein, Charilas, bist du deswegen hergekommen?«

»Natürlich. Hast du es nicht gemerkt? Ich vertrete Megara im Fünfkampf der Jungen. Ich habe keine Aussicht, im Wettlauf oder im Weitsprung zu gewinnen, aber der Lehrer meinte, ich sei im Diskus- und Speerwerfen gut genug, um in die engere Auswahl zu kommen.«

»Nun verstehe ich, worüber Xenocles gestern gesprochen hat. Er hat dich wahrscheinlich auf dem Übungsplatz getroffen und dich erkannt und wollte dann herausfinden, ob eine Begegnung zwischen uns gut wäre. Und ich glaubte, er hätte mich hergerufen, um sich mit mir über Dichtung zu unterhalten!«

»Komm, wir gehen hinein; es ist dunkel, und ich möchte dein Gesicht sehen können. Außerdem haben wir den Wein vergessen.« Er legte seinen Arm um meine Schultern, wie damals, als wir noch kleine Jungen waren, und so gingen wir ins Zimmer zurück, in dem eine Lampe brannte. Charilas füllte zwei Schalen mit Wein, hob die seine empor und verschüttete dabei ein paar Tropfen auf den Boden.

»Auf Apollo«, sagte er. Ich hob meine Schale mit beiden Händen in die Höhe, wie ich es gelernt hatte, und wiederholte den Trinkspruch.

Charilas schien zum ersten Mal meine Hände zu sehen. Er setzte seine Schale nieder und sagte: »Zeig her.«

Ich hielt sie mit nach oben gekehrter Handfläche hin und er nahm zuerst die eine, dann die andere zwischen seine starken braunen Finger. Dann blickte er auf.

»Xenocles hat mich gewarnt. Ich bin froh darüber, sonst hätte ich vielleicht mit Apollo gehadert, wie sehr hat er dich leiden lassen!«

Dann senkte er rasch den Kopf und legte die Wange an die Narben.

»Es ist alles gut, es ist alles wirklich gut. Ich möchte

nichts tun, was ich nicht tun kann. Denk daran, wie es mit deinen Beinen war.«

Er ließ meine Hand los und begann meinen übrigen Körper zu betrachten. »Ich bin sicher, dass du älter aussiehst als ich. Das liegt zum Teil an deinem Gewand, doch auch dein Gesicht hat sich verändert. Es ist viel schlanker geworden und dann siehst du auch so ernst aus. Bist du mit deinem neuen Leben zufrieden?«

»Oh ja, ich bin zufrieden. Glücklicher als ich es für möglich gehalten hätte. Hierhin hat mich der Gott bringen wollen. Hier hat er mir gezeigt, wodurch ich ihm dienen kann, und hier will ich nun leben. Ich war bisher nur zu blind, um zu sehen, dass er mich in eine unerwartete Richtung führen wollte. Ich will Delphi nie mehr verlassen. Ich werde hier bleiben, bis ich mein Handwerk beherrsche, und wenn ich eines Tages genug gelernt habe, dann kann ich hingehen, wohin ich will.«

»Wird dir ein solches Leben gefallen?«

»Jawohl. Du hast dein Heim und deine Familie in Megara, Charilas. Eines Tages wirst du den Besitz deines Vaters erben und vielleicht wirst du reich. Ich habe weder Vater noch Erbteil, außer der Gabe, die ich von Apollo erhalten habe, und nun habe ich endlich von ihm gelernt, dafür dankbar zu sein, dass es nicht anders gekommen ist. Aber erzähle noch etwas weiter. Leben deine Eltern noch?«

Ich sah, wie sich sein Gesicht verdüsterte. »Mein Vater, ja. Zurzeit ist er noch in Megara, doch er wird noch vor dem Beginn der Spiele nach Delphi kommen. Meine Mutter ist vor einem Jahr gestorben. Es klingt vielleicht furchtbar, aber ich war beinahe froh darüber. Nachdem du fort warst, wurde sie immer seltsamer und seltsamer, Phaedon. Ich glaube, sie hatte schon eine ganze Weile versucht mich mit allen möglichen Ränken für sich allein zu haben, doch als sie dich endlich los war, stellte sie fest, dass ich ihr noch fremder war als zuvor.«

»Wo wohnst du in Delphi?«

»Im Schlafsaal mit den anderen Männern aus Megara. Wir werden streng beaufsichtigt. Eigentlich müsste ich sofort gehen, denn ich kriege Schwierigkeiten, wenn ich mich verspäte.«

»Wie wollen wir uns wieder treffen?«

»Tagsüber wird es ziemlich schwierig sein. Ich muss trainieren und werde mir eine gute Ausrede ausdenken müssen, wenn ich öfters allein weggehen will.«

»Wir werden schon etwas finden. Ich muss Xenocles fragen. Ich bin sicher, dass er uns sein Haus überlassen würde, aber ich hoffe, du kannst mich morgen im Tempelbezirk besuchen. Sag, glaubst du, dass mich irgendjemand aus Megara erkennen könnte?«

Charilas schaute mich nachdenklich an. »Ich glaube nicht. Noch nicht. Du hast dich sehr verändert, außerdem sind die meisten viel älter als wir, sodass sie dich damals kaum gekannt haben.«

»Dann können wir es also versuchen. Ich werde morgen Früh zum Übungsplatz hinunterkommen.«
Wir gingen langsam zur Tür, denn eigentlich wollten wir uns noch gar nicht voneinander verabschieden. Plötzlich lachte Charilas laut heraus. Wie gut hatte ich sein Lachen in Erinnerung!
»Was ist denn los?«, fragte ich.
»Weißt du, wer mit meinem Vater nach Delphi kommt? Theognis. Er will eine Ode für mich schreiben, wenn ich gewinne. Wie gefällt dir der Gedanke, ihn wieder zu sehen?«
»Ihn in diesem Gewand und auf meinem eigenen Boden wiederzusehen, würde den Schmerz, den er mir zugefügt hat, beinahe aufwiegen. Aber Charilas, wenn du gewinnst, werde auch ich eine Ode für dich schreiben. Ich bin gespannt, welche dein Vater dann vortragen lassen wird.«
»Ja, das wird ein Problem sein, aber warte erst einmal ab, ob ich überhaupt gewinne. Es macht mich ganz verlegen, wenn du so sprichst.«
»Mach dir nichts daraus. Weißt du, ich glaube, ich werde in jedem Fall ein Gedicht über dich schreiben, und es wird das beste sein, das ich je gemacht habe.«
Charilas sah immer noch etwas überrascht aus; dann verschwand er in der Dunkelheit. Ich selbst trat wieder in das erleuchtete Zimmer und stieß auf Xenocles, der über das ganze Gesicht strahlte.

»Es scheint überflüssig zu sein zu fragen, ob die Zusammenkunft erfolgreich war, doch ich sehe, dass ich bis morgen warten muss, um Genaueres zu erfahren. Es wäre zu anstrengend für dich, jetzt einen zusammenhängenden Bericht zu geben.«

Ich ging durch die dunklen Straßen zum Tempel zurück und fühlte mich etwas betäubt und benommen. Ich rechnete nicht damit, leicht einzuschlafen, und täuschte mich nicht darin. Ich musste mir alles, was sich an diesem Abend ereignet hatte, noch mehrere Male durch den Kopf gehen lassen, um etwas Ordnung in die Ereignisse zu bringen und mich zu beruhigen. Jetzt konnte ich mir Charilas endlich einmal gesund und groß und stark vorstellen, und das Bild des gequälten, weinenden Jungen, welches ich so lange mit mir herumgetragen hatte, endgültig vernichten. Als ich endlich einzuschlafen begann, fielen mir Anfänge und unvollständige Zeilen von Gedichten ein. Doch sie waren noch nicht ausgereift genug, als dass ich sie hätte niederschreiben mögen.

In der Frühe des anderen Tages suchte mich Korinna auf. »Phaedon, bist du mit den Versen, die du gestern begonnen hast, fertig geworden?«, fragte sie. »Nanu, was ist denn mit dir passiert? Du siehst ja aus, als hätte dir das Orakel soeben verheißen, du würdest berühmter als Homer.« Ich hatte mir nicht klar gemacht, dass meine Gefühle meinem Gesicht so deutlich anzumerken waren, und ich wusste nicht, wie ich erklären

sollte, weshalb ich so glücklich war, denn ich hatte ihr nie etwas von Charilas erzählt.
Korinna rief Nanno herbei, die gerade mit einem Bündel Leintücher auf den Armen erschienen war.
»Komm und schau dir einmal Phaedon an. Es ist ihm irgendetwas zugestoßen.«
»Korinna, hör auf damit«, sagte ich. »Es handelt sich um etwas, was ich nicht ganz Delphi ins Ohr schreien möchte. Kommt her und setzt euch.«
Ich erzählte ihnen so schlicht wie möglich, was vor drei Jahren in Megara geschehen war und wer Charilas war, sodass sie verstehen konnten, dass mich das Wiedersehen mit ihm so glücklich machte. Nanno, die eine sehr mitfühlende Seele war, hatte zu weinen angefangen, noch bevor ich zu Ende war.
»Wann kannst du ihn wieder sehen?«, fragte Korinna.
»So leicht wird es nicht sein«, sagte Nanno. »Ich weiß, wie gewissenhaft für die Teilnehmer an den Wettkämpfen gesorgt wird. Hast du dir schon etwas ausgedacht, Phaedon?«
»Nein, aber heute Morgen habe ich Zeit dazu. Ich werde ihn aufsuchen und sehen, was passiert.«
Der Übungsplatz war überfüllt. Da in ganz Delphi kaum irgendwo ebenes Gelände war, hatte man ihn terrassenförmig am Hang angelegt. Es gab eine Rennbahn in der Länge des Stadions, aber weniger breit, darunter befand sich ein Platz für die Ringkämpfer und Gebäude mit den üblichen Bädern und

Umkleideräumen. Die Wettläufer mussten sich in der Benutzung des Übungsgeländes mit den Diskus- und Speerwerfern abwechseln. Die Rennstrecke für die Wagenrennen befand sich weit unten im Tal.

Als ich durch die überfüllten Umkleideräume auf die Rennbahn hinaustrat, war gerade ein Wettlauf im Gange, und so ging ich zuerst zum Platz der Ringkämpfer. Ich brauchte eine Weile, bis ich Charilas inmitten der anderen trainierenden Männer und Jungen erkannte. Als ich ihn schließlich entdeckte, kämpfte er gerade mit einem ungefähr gleichaltrigen Jungen. Ich setzte mich in einiger Entfernung auf eine Bank und schaute ihm zu. Ich konnte es immer noch nicht fassen, dass er gesund war und gehen konnte. Ihn hier und jetzt unter den pythischen Athleten zu finden war mir im Augenblick vollkommen genug, sodass ich gar kein Verlangen hatte, mit ihm zu sprechen.

Ich blickte überrascht auf, als sich Xenocles neben mich setzte. »Wo ist er? Oh, ich habe ihn gefunden. Nun, wie sollen wir die Sache anpacken? Wir müssen seinem Trainer schon einen stichhaltigen Grund angeben können, sonst wird er ihn keinen Augenblick aus den Augen lassen. Das Training für den Fünfkampf ist besonders tückisch; es muss ganz ausgeglichen sein. Moment, ich glaube, ich hab's. Bleib hier, ich will nicht, dass jemand aus Megara uns zusammen sieht.«

Ich war überrascht, ihn in der entgegengesetzten

Richtung weggehen und mit einem Manne sprechen zu sehen, der Hipponax hieß und von dem ich wusste, dass er Bildhauer war. Die beiden Männer schienen sich über irgendetwas zu verständigen, und ich sah, wie Hipponax verständnisvoll lächelte. Dann gingen sie zusammen zur Rennbahn hinauf.

Die Sache schien nun klar zu sein. Da ich ganz langsam ging, erreichte ich die Rennbahn erst, als die Diskuswerfer schon zu üben begonnen hatten. Auf der gegenüberliegenden Seite sah ich Hipponax, der die verschiedenen Athleten sorgfältig musterte. Dann trat er zum Trainer aus Megara und begann sich mit ihm zu unterhalten. Etwas später wurde Charilas herbeigerufen. Er machte ein ziemlich überraschtes Gesicht und balancierte seinen bronzenen Diskus in der einen Hand, bis Hipponax und der Trainer eine Vereinbarung trafen und sich die kleine Gruppe wieder auflöste.

»Ach, da bist du ja. Ich habe mir schon gedacht, du würdest dir nichts entgehen lassen. Nun musst du aber Hipponax danken, denn er macht sich ziemlich viel Mühe, damit du deinen Vetter unter vier Augen treffen kannst.«

»Hipponax, ich möchte dir danken, aber ich weiß immer noch nicht, was Xenocles für einen Plan hat.«

»Oh, ich finde, einen ziemlich schlauen«, sagte Hipponax. »Ich sagte dem Trainer aus Megara, wer ich bin und erklärte ihm, dass ich die Statue eines Diskuswerfers hätte, welche man vor vielen Jahren in Auftrag gegeben hatte, die ich aber nie vollenden konnte, weil der Athlet an Fieber erkrankte und starb. Ich sagte ihm, ich würde sie gerne vollenden und dass mir aufgefallen sei, dass Charilas jenem anderen Manne an Gestalt und Haltung ziemlich gliche. So schlug ich ihm vor, Charilas in heiliger Pflicht in mein Atelier kommen und für mich Modell stehen zu lassen, zu einer Zeit, die außerhalb der Trainingszeit liege. Der Trainer war von der Geschichte ziemlich beeindruckt, besonders als ich noch anfing, sie mit kleinen Einzelheiten von den Erfolgen jenes Mannes auszuschmücken. Er glaubte wahrscheinlich, auf diese Weise würden Charilas' eigene Chancen in den Spielen erhöht. Ich muss sagen, dass dein Vetter ziemlich rasch begriff, worum es ging, als ich im Gespräch den Namen von Xenocles erwähnte. Er sieht sehr hübsch aus; es wäre mir ein Vergnügen gewesen, wirklich mit ihm zu arbeiten!«

»Mehr konntest du wirklich nicht verlangen, nicht wahr?«, sagte Xenocles. »Wann kommt er, Hipponax?«

»Heute, am späten Nachmittag. Ich sagte ihm schon, wo ich zu finden bin. Ist er einmal im Tempelbezirk drinnen, dann kann er mühelos zum Hof der Musik kommen, ohne dass jemand von außen ihn beobachten könnte. Komm am Nachmittag in mein Atelier, Phaedon, dann kannst du ihm den Weg zeigen.«

Ich hatte bis jetzt kaum Gelegenheit gehabt, den Hof

der Bildhauer etwas weiter unten am Hang aufzusuchen. Im Haupthof, wo die einfacheren Reparaturarbeiten gemacht wurden, war es heiß und staubig, und überall standen unbehauene Steinblöcke und halbfertige Werke herum. Steinsplitter flogen umher, und es war nicht leicht, den Lärm, den die Hämmer auf den Meißeln und die Meißel auf den Steinen machten, mit der eigenen Stimme zu übertönen. Ich fragte einen Lehrling, der die schwere Arbeit übernommen hatte, aus einem Marmorblock eine Rohform zu hauen, wo Hipponax zu finden sei.

Er hielt einen Augenblick inne und zeigte auf eine Tür am anderen Ende des Hofes. »Dort hinein; nicht anklopfen, er hört dich nicht.«

Ich stieß die abgenutzte Tür auf und hinter mir fiel sie wieder zu. Der kleine Hof, den ich eben betreten hatte, war, verglichen mit dem großen draußen, beinahe friedlich. In einer Ecke war Hipponax an der Arbeit, aber sie war schon so weit fortgeschritten, dass immer weniger Hammerschläge fielen. Ich schaute auf eine liebliche und doch ernste, überlebensgroße Demeterstatue, die fast vollendet war.

Hier drinnen war es kühl und schattig, denn über einem Spalier war eine Art Rebendach gewachsen. Ich bemerkte Charilas erst, als er sich zwischen den Statuen erhob. Wir begrüßten uns diesmal etwas ruhiger und setzten uns Seite an Seite auf einen Platz, von dem aus wir Hipponax bei der Arbeit zuschauen konnten. Nach einer Weile schien er fertig zu sein und trat auf uns zu. »Glaubst du, dein Trainer wird unsere Phantasie-Statue, wenn sie fertig ist, sehen wollen, Charilas?«, fragte er.

»Ich glaube nicht. Sobald die Spiele beginnen, wird er alles vergessen haben, und nachher wird er alle Hände voll zu tun haben. Sollte er aber Schwierigkeiten machen, so kann ich ja sagen, ein Arm sei abgebrochen oder etwas Ähnliches.«

»Von meinen Statuen brechen keine Arme ab«, sagte Hipponax ziemlich streng. »Ich bin aber trotzdem froh, dass ich innerhalb von drei Wochen kein größeres Werk vollenden muss. Das hieße entschieden, die Freundschaft zu weit zu treiben. Nun lasst mich wieder in Frieden. Ihr könnt herkommen, wann ihr wollt. Ihr könnt auch einfach diesen Eingang benützen, um in den Tempelbezirk zu gelangen, ohne von mir Notiz zu nehmen.«

Wir bedankten uns und kehrten in den Lärm zurück. Als ich Charilas durch das Labyrinth von Höfen, Lagerräumen und Wohnquartieren führte, bemerkte ich seine wachsende Verwunderung, die mich an meine eigene erinnerte, als ich vor drei Jahren wie ein ausgehungertes Hündchen von Nanno zum ersten Mal durch den Tempelbezirk geführt worden war.

»Das ist ja wie eine Stadt in der Stadt«, sagte er.

Ich machte im Eingang zum Hof der Musik Halt. »Hier wohne ich.«

»Kann ich wirklich hereinkommen?«, fragte Charilas.

»Oh ja, die Leute vom Tempelbezirk verbreiten keinen Klatsch über das, was hier vorgeht. Zu vieles geschieht hier, was von den Außenstehenden nicht verstanden würde.« Wir betraten meine Behausung, und ich zeigte Charilas die Dinge, welche mir Silanos hinterlassen hatte. Er setzte sich in den geschnitzten Stuhl und nahm die silberne Schale zwischen die Finger. Wir unterhielten uns, bis der letzte Lichtstreifen auf dem Boden erlosch, als die Sonne hinter dem Berghang verschwand.

»Ich muss nun gehen, sonst schöpft mein Trainer noch Verdacht«, sagte Charilas schließlich.

»Ich zeige dir den Weg zum unteren Eingang«, sagte ich.

»Ich glaube, allmählich verstehe ich, was es heißt, hier zu leben. Wirst du mir nächstes Mal den Tempel zeigen?«

»Was davon übrig ist! Wann wird das sein?«

»Morgen, wenn ich kann. Aber warte nicht zu lange auf mich. Wenn ich bis zur vierten Nachmittagsstunde noch nicht eingetroffen bin, ist irgendetwas dazwischengekommen, und ich werde erst übermorgen kommen.«

»Viel Glück beim Training«, sagte ich und umarmte ihn schnell. Dann trat Charilas auf die Straße.

Ich ging zu meinem Zimmer zurück. Ich fühlte, wie das Gedicht, das ich zu schreiben hoffte, beinahe schneller in mir Gestalt annahm, als mir lieb war, sodass ich es unverzüglich niederschreiben musste. Es war abzusehen, dass ich auch in dieser Nacht kaum zum Schlafen kommen würde.

Der Diskus und die Leier

In den folgenden zwei Wochen kam Charilas beinahe täglich in den Tempelbezirk. Zusammen erforschten wir das ganze Gelände, angefangen bei der geschnitzten Sphinx aus Naxos und dem kleinsten Schatzhaus bis zu den größeren Heiligtümern der Städte von Siphnos und Sikyon, und natürlich auch die Ruinen des Tempels. Wir kletterten auf die großen Felsen oberhalb von Delphi und saßen stundenlang beisammen und berichteten uns nach und nach auch die kleineren Ereignisse der zurückliegenden Jahre. So knüpften wir das Band unserer Freundschaft wieder neu.

Die langen, heißen Hochsommertage gingen dahin und die Zeit der Pythischen Spiele kam immer näher. Unten auf dem Übungsgelände ergaben sich die üblichen Schwierigkeiten: gebrochene Glieder, Verrenkungen, plötzlich auftretende Magenverstimmungen, die zuerst große Befürchtungen weckten, jedoch bald wieder vorbei waren. Dann kam der Abend, an welchem die mit den Festlichkeiten verbundenen Rituale begannen.

Obwohl es beinahe dunkel geworden war, war Charilas immer noch bei mir, denn das Training war nun im Großen und Ganzen abgeschlossen und alle Athleten hatten die Erlaubnis erhalten, in den Tempelbezirk zu kommen und sich an den Feierlichkeiten zu beteiligen. Wir standen zwischen den Säulen des südlichen Säulengangs und schauten auf das letzte Stück der Heiligen Straße hinunter, welche unter uns vorbeiführte. Alles war dunkel und von jener knisternden Spannung erfüllt, die entsteht, wenn in einer großen Menschenmenge Stille eintritt. Weder auf der Heiligen Straße noch sonst wo innerhalb des Tempelbezirkes brannten Lampen und der sommerliche Mond war noch nicht über den Bergen aufgegangen.

Charilas rührte sich neben mir; ich fühlte seine kühle Schulter an meiner eigenen, als wir eng beisammen in der Menge der Tempeldiener standen.

»Nun kann es nicht mehr lange dauern«, flüsterte er.

»Still«, sagte ich ihm ins Ohr, »wir werden sie sehen, bevor wir sie hören.«

In diesem Augenblick leuchteten weit unten in der Stadt Fackeln auf. Charilas zeigte in die Richtung des Lichtscheins und packte mich beim Arm. Das Licht erlosch wieder, dann erschien es von neuem in einem Haufen von Fackeln, die von vielen Händen getragen wurden. Sie verschwanden, doch bald stiegen die Lichter eine Treppe hoch, welche direkt zum Platz unter uns führte, während die Heilige Straße viele Windungen beschrieb. Nun verteilten sie sich auf dem gepflasterten Platz. Ein Seufzer der Erleichterung löste sich aus der Menschenmenge, die wie ein Haferfeld, durch das der Wind streicht, von einer wogenden Bewegung erfasst wurde.

Die Schatten tanzten und sprangen und dehnten sich, als sich unter uns die Gruppe der Knaben mit den Fackeln im Kreise drehten. Noch immer war außer ihren leisen Schritten nichts zu hören, bis plötzlich ein lautes Krachen die Stille zerriss. Da der Platz erleuchtet war, konnten wir genau sehen, was geschehen war. Einer der Jungen, welcher der Anführer zu sein schien und keine Fackel trug, war aus der Gruppe der anderen Jungen herausgerannt und hatte einen Tisch umgestoßen, der vor einer leicht zusammengefügten Holzhütte aufgestellt worden war. Sonst gab es nichts: kein Altar oder Opfergaben, kein Wächter in der Hütte; nur der leere Tisch und der dachähnliche Schutz von Zweigen. Die Jungen waren nun ganz still und standen um ihren Anführer, einen großen, dunkelhaarigen Knaben, herum. Dann nahm er einem der Jungen die brennende Fackel aus der Hand und warf sie in die Zweige. Während das Geäst in Flammen aufging, rannten auch die übrigen Knaben hervor und warfen der Reihe nach ihre Fackeln in die brennende Hütte.

Sie blieben einige Augenblicke stehen, atmeten tief und betrachteten die brennende Hütte. Dann drehte sich der Anführer um, mit ihm die ganze Gruppe, und dann rannten sie, so schnell sie konnten und immer noch schweigend, wieder die Heilige Straße hinunter. Das Geräusch ihrer Sandalen wurde immer leiser, und in der nun eintretenden Stille, die einzig vom Prasseln des Feuers unter uns gestört wurde, hörten wir die Hufschläge von Pferden, die die Straße hinuntergaloppierten, welche nach Thessalien führte.

Charilas löste den Griff von meinem Arm, schüttelte sich, und dann wandten wir uns ab. Andere Lichter erschienen, das Feuer war schon fast abgebrannt. Die Menge verteilte sich ruhig. Charilas begann erst zu sprechen, als wir durch den Bogengang den Tempelbezirk wieder verlassen hatten.

»Eigenartig, dass einen das derart packt, wo alles doch so schwer zu verstehen ist. Sag mir, was es bedeuten soll, Phaedon.«

»Ich weiß es selbst nicht recht, aber das Ganze geht auf alte Zeiten zurück. Vielleicht soll das Ritual daran erinnern, wie Apollo den Drachen Python tötete, als er nach Delphi kam und in der Stadt Ordnung schuf.«

»War Python ein Mensch oder ein Untier?«

»Vielleicht ein Mensch, manche sagen auch eine große Schlange, und so wird er von Künstlern oft dargestellt. Doch er war ein übles Wesen, und das Tal von Delphi war vergiftet wie von einer Schlange, bis Apollo kam. Ich glaube, der Knabe stellt Apollo dar, welcher kommt und die Behausung des Ungeheuers zerstört und den Ort alle vier Jahre von neuem reinigt.«

»Und nun werden sie ohne Halt bis zum Tal der Tempel reiten, und nachdem sie sich dort gereinigt und Opfer dargebracht haben, werden sie den heiligen wilden Lorbeer sammeln, den manche von uns tragen dürfen, wenn sie in den Spielen zum Sieger gekrönt werden«, sann Charilas laut vor sich hin.
»Ich frage mich, was es wohl für die Knaben bedeutet, die ihn einsammeln?«
»Eine große Ehre, denn sie wurden aus allen Knaben in Delphi ausgewählt. Der Anführer ist der Sohn des Mannes, der meine Hände geheilt hat. Es muss ein schönes Erlebnis sein, im Tempeltal zu feiern und dann im Triumphzug die Pythische Straße hinaufzureiten.«
Charilas gähnte. »Nun muss ich aber zurückkehren. Es ist schon spät und außerdem bin ich müde. Ich habe heute auf dem Übungsplatz einen schlechten Tag gehabt und möchte morgen wieder frisch sein.« Ich ließ ihn gehen, obwohl ich gerne erfahren hätte, was ihm misslungen war. Und doch wusste ich es irgendwie. Im Diskuswerfen hatte Charilas die größten Chancen auf einen klaren Sieg, doch gerade wenn ein Diskuswerfer in Hochform kommt, passiert es sehr leicht, dass er die Markierung übertritt, bevor er den Diskus losgelassen hat. Das war, wie ich beobachtet hatte, Charilas schon ein paar Mal passiert, und ich wusste, wie sehr er sich deswegen Sorgen machte.
Als ich am folgenden Morgen aufwachte, fühlte ich

mich müde und schwer. Es war nicht leicht, in den heißen, stickigen Sommernächten durchzuschlafen, und außerdem bedrängten mich manche Fragen. Die erste überschwängliche Freude über unser Wiedersehen war inzwischen abgeklungen, und obwohl der Kern unserer Freundschaft unzerstörbar war, wusste ich, dass keine Beziehung, und sei sie noch so herzlich, ewig blühen kann. Nach den Spielen würde Charilas wieder nach Megara zurückkehren, und ich wusste nicht, wann ich ihn wieder sehen würde.

Ich denke, die Wurzel all meiner Sorgen war, dass mir das Gedicht, das ich in einem enthusiastischen Drang geschrieben hatte, nun nicht mehr gefiel, und der Gedanke daran nagte innerlich dauernd an mir, wenn ich nicht gerade mit etwas anderem beschäftigt war. Noch zwei Tage hatte ich Zeit, mich zu entscheiden, ob ich mich am Wettstreit der Dichter beteiligen wollte, und ich wusste immer noch nicht, was ich tun sollte.

Ich stand auf, wusch mein gerötetes Gesicht und lief dann unruhig in meinem Zimmer umher, unfähig, etwas Bestimmtes in Angriff zu nehmen, bis Nanno schließlich eintrat. Sie brachte mein Chorgewand mit, das gewaschen und geglättet worden war.

»Was ist denn mit dir los? Du siehst ja wie ein nervöses Rennpferd aus«, sagte sie.

»So fühle ich mich auch. Nanno, soll ich mich zum Dichter-Wettstreit anmelden? Mein Gedicht gefällt mir nicht mehr, und wenn ich mich damit lächerlich mache, wird jedermann sagen, ich hätte mich eben nicht in meinem Alter beteiligen sollen.«

»Das plagt dich also. Gut, dann erzähl mir alles. Du hast nämlich noch etwas anderes auf dem Herzen.«

Ich betrachtete sie und war erbittert und gerührt zugleich. »Na schön, das andere ist das Folgende. Du weißt doch, dass Gedichte zu einer Leierbegleitung gesungen werden müssen. Auch andere Dichter haben manchmal wie ich jemanden, der für sie spielt, doch mussten es bisher immer Knaben sein. Ich könnte außer Korinna niemanden als Begleiter haben, und ich weiß nicht, ob das gestattet würde. Ich möchte nicht fragen und abgewiesen werden.«

»Dummes Zeug, Phaedon. Du willst es wissen, also musst du eben fragen. Du bist zu überarbeitet, um einen klaren Gedanken fassen zu können. Übrigens, hast du Korinna schon gefragt, ob sie für dich spielen will?«

»Nein, noch nicht. Ich denke, das müsste ich als Erstes tun.«

»Wahrscheinlich wird sie es für dich tun, aber du musst sie fragen, und zwar auf behutsame Weise. Es wäre etwas Großes für sie, dir zuzusagen.«

»Nanno, du bist so feinfühlig. Was werde ich ohne dich je anfangen?« Ich gab ihr rasch einen Kuss und suchte Korinna auf. Sie war mit den anderen Mädchen beschäftigt und so winkte ich ihr nur über den Hof zu und ging zum Übungsplatz hinunter.

Ich spürte, dass etwas Bestimmtes im Gange war, sobald ich die Umkleideräume betreten hatte. Irgendetwas spielte sich auf der Rennbahn ab. Es schien, als wäre alle Arbeit für einen Augenblick eingestellt worden, denn eine große Menschenmenge schaute dem Diskuswerfen zu. Die Menge war so dicht, dass ich nicht sehen konnte, wer gerade übte, und so stieg ich auf einen der steinernen Sitze und schaute über das Meer von Köpfen hinweg. Kaum hatte ich mich auf meinem neuen Standort aufgerichtet, als Xenocles meinen Arm ergriff und sich neben mir emporschwang. Auch er war zu klein, um über die Köpfe sehen zu können.

»Hast du gehört, worum es sich handelt?«, fragte er.

»Nein, ich bin gerade erst gekommen.«

»Dann schau einmal dort hinüber. Charilas wirft gegen den spartanischen Kandidaten für den Männer-Fünfkampf. Sie haben heute Morgen beim Üben beide den Pythischen Rekord überboten und nun fechten sie die Sache aus.«

In diesem Moment ging ein Raunen der Enttäuschung durch die Menge, während der große blonde Spartaner die Rennbahn hinunterlief, bis zur Stelle, wo sein Diskus hinuntergefallen war, wie wenn er sich mit eigenen Augen überzeugen wollte, wo die Distanzmarke steckte. Es war, verglichen mit den Leistungen des Morgens, ein schlechter Wurf, obwohl er mir ziemlich weit erschien. Während der Spartaner langsam zu-

rückkehrte und sein Stirnrunzeln die buschigen Augenbrauen zusammenzog, sah ich, wie Charilas sich zum Wurf bereitmachte. Er wirkte inmitten der groß gewachsenen Männer, die um ihn herumstanden, ziemlich jung, als er mit gerötetem und angespanntem Gesicht den auf der Erde abgegrenzten Platz einnahm und versuchte mit dem Diskus in beiden Händen seinen Körper ins Gleichgewicht zu bringen. Er pendelte rückwärts und vorwärts und hatte dabei sein Körpergewicht unter vollkommener Kontrolle. Als er genügend Schwung gewonnen hatte, ließ er die bronzene Scheibe in die rechte Hand zurückgleiten, während die linke rasch in die Höhe schoss, um das Gegengewicht zu bilden. Der rechte Fuß machte einen Schritt vorwärts, der Arm schwang sich darüber und der Diskus löste sich von der Hand. Noch ehe Charilas wieder das Gleichgewicht gefunden hatte, brach die Menge in lautes Geschrei aus. Sein Wurf hatte den des Spartaners deutlich um etwa zwei Meter übertroffen.
Charilas stand atemlos und mit staunendem Gesicht da, und ich sah, wie seine Augen über die ihn umgebende Menschenmenge schweiften. Plötzlich hob er den Kopf etwas in die Höhe und bemerkte mich. Er lächelte schnell und wandte sich dann seinem Trainer zu. Nach einer kurzen Weile warf der Spartaner noch einmal und reichte beinahe an den Rekord von Charilas heran. Einige Stimmen verlangten, dass man mit dem Wettkampf fortfahre, doch der Trainer ent-

schied, dass er nun schon lange genug gedauert hatte, und so löste sich die Menge allmählich auf.

»Wenn er auch in den Spielen so werfen kann, wird Megara vielleicht doch noch einen Rekordhalter hervorbringen. Willst du zu ihm hinübergehen und mit ihm sprechen?«

»Noch nicht, ich werde ihn heute Abend sehen. Ich bin froh, dass er so gut geworfen hat; gestern machte er sich Sorgen. Er dachte, vielleicht hätte er den Gipfel seiner Leistungsfähigkeit schon überschritten.«

»Der Trainer täte gut daran, ihn jetzt ausruhen zu lassen, sonst wird er sich wirklich übernehmen. Schau, wer dort zu ihm tritt.« Mein Herz machte Sprünge, als ich in die Richtung schaute, in der sein Finger wies.

»Es ist Charilas' Vater, mein Onkel.«

Ich verabschiedete mich von Xenocles und ging zum Tempel hinauf; ich musste meiner Erregung Herr werden, denn der Anblick von Kyrnos hatte mich völlig aus der Fassung gebracht. Es war beinahe Mittag, als ich in mein Zimmer zurückkehrte, wo mich Korinna erwartete.

»Ich habe dich seit Tagen kaum gesehen«, sagte sie. »Hast du das Gedicht vollendet?«

»Ich weiß nicht, vielleicht kannst du es mir sagen.«

Ich nahm die zerknitterten Pergamentblätter in die Hand und sang ihr das Lied vor. Als ich fertig war, sagte sie nichts, sondern griff zur Harfe, stimmte sie schnell und spielte ein paar Einleitungstöne.

»Ja«, sagte ich, »so gefällt es mir. Du triffst doch immer das Richtige.«
Sie sah mir ernst ins Gesicht. »Der Gott hat dich inspiriert, Phaedon, nicht wahr? Was sagt Xenocles dazu?«
»Ich weiß nicht, ich habe ihn noch nicht gefragt. Diesmal wollte ich das Lied niemandem zeigen außer dir.«
»Wirst du dich damit für den Wettkampf bewerben?«
»Wenn du glaubst, dass es gut genug ist.«
»Phaedon, wie kannst du so etwas bloß fragen? Hat dich dein Selbstvertrauen denn völlig im Stich gelassen, dass du nicht weißt, dass es gut ist? Doch du brauchst jemanden, der mit dir spielt. Willst du mich nehmen?«
Das war viel leichter, als ich gedacht hatte. »Du weißt doch, außer dir könnte es niemand. Wenn die Kampfrichter nicht erlauben, dass mich ein Mädchen begleitet, kann ich nicht mitmachen!«
»Aber sie werden es erlauben«, sagte sie leise.
»Was?«
»Sie werden es erlauben. Ich habe vor zwei Wochen Argon gefragt. Ich hatte keine Lust, jeden Tag daran zu denken, falls es sich vielleicht doch als unmöglich herausstellte. Er sagte, es gäbe keine Regeln, die das verbieten würden, doch wäre es immerhin etwas Ungewöhnliches. Dann erinnerte ich ihn daran, dass du

nicht selber spielen kannst, und er versprach, sich bei den Kampfrichtern zu erkundigen, ob du mitmachen könntest. Letzte Woche sagte er mir, es wäre alles in Ordnung.«

Ich hatte ein Gefühl, wie wenn mir der Boden unter den Füßen weggezogen würde. »Kannst du die Begleitmelodie in dieser kurzen Zeit noch lernen?«, fragte ich sie.

»Ich kann es versuchen. Singst du mir das Lied nun nochmals vor?«

Den größten Teil des Nachmittags verbrachten wir damit, die Leier-Begleitung für meine Hymne auszuarbeiten. Wie alle anderen Eingaben für den Wettstreit der Dichter war zwar auch meine Hymne allein für den Gott Apollo bestimmt, doch hatte ich nicht im Sinne gehabt, eine der alten Geschichten über Apollo auf neue Art wieder zu erzählen, sondern etwas ganz anderes angestrebt. Die Idee war mir gekommen, als ich in meinem Herzen noch ganz erfüllt war von der Freude über das Wiedersehen mit Charilas und ich Apollo Danklieder sang – Apollo, dem großen Offenbarer, der den Menschen solche Augenblicke der Freude schenkt und der sich ihnen dann selber mit solcher Macht offenbart, dass sie ihre Freude verewigen können, indem sie sie in Worte umsetzen oder in den Stein einritzen.

Ich sah Charilas in der Woche vor dem Beginn der Spiele nur ein einziges Mal. Sein Trainer hatte ihm ge-

raten, mit dem Diskuswerfen aufzuhören, und nun bereitete er sich auf dem Übungsplatz in vielseitiger Art auf die anderen Disziplinen vor, und wenn er nicht gerade trainierte oder sich ausruhte, war sein Vater bei ihm. Am ersten Tag der Spiele wachte ich in aller Frühe auf. Die Sonne war noch nicht aufgegangen und der Berg auf der anderen Seite des Tals war noch grau und schattig. Es hätte keinen Sinn gehabt, mich wieder ins Bett zu legen, denn ich war vollständig wach, ohne erst wie gewöhnlich langsam zu Bewusstsein zu kommen, so wie es zuweilen geschieht, wenn einen in der Nacht etwas besonders Aufregendes oder Beunruhigendes bewegt hat. Ich zog mich schnell an und trat in das kühle, perlenreiche Licht hinaus.
Das Steingeländer auf der Tempelterrasse fühlte sich unter den Fingern kalt an. Ich war froh, dass ich mein langes Wollkleid anhatte, als ich mich auf die Ellbogen stützte und auf Delphi hinunterschaute. Schon waren hinter mir in der Morgendämmerung die Tempelgärtner an der Arbeit: Sie brachten die Girlanden des grünen Pflanzenschmucks in Ordnung, während von der Stadt die Geräusche des beginnenden Tages zu mir heraufdrangen. Die Sonne war noch nicht über die Berge am Taleingang gestiegen, obwohl sie ihre Strahlen schon wie einen Lichtfächer über die Wolkenstreifen am Horizont breitete. Über mir färbte sich der dünne Nebel rosa und dann golden, bis das graue Tal allmählich seine gewöhnlichen Tagesfarben an-

nahm: Blau, Lila und Goldbraun. Doch unmittelbar unter mir hatte die Landschaft ein ganz ungewöhnliches Aussehen. Überall, wo vorher die Olivenhaine und die Gärten zwischen den Häusern gewesen waren, standen nun die Zelte und die improvisierten Herbergen all derer, die zu den Spielen nach Delphi gekommen waren. Bis weit ins Tal hinunter sah es aus, als ob ein ganzes Heer die Nacht über kampiert hätte und nun das Heiligtum belagerte. Irgendwo in diesem Meer von Zelten mochte Charilas noch schlafen, und irgendwo in Delphi waren auch die Dichter, gegen die ich singen musste, noch ehe ich einen anderen Sonnenaufgang würde betrachten können.

Als die Sonne zwischen den Wolken hervorbrach und das Heiligtum beschien, verwandelte sich das Grau der Felsen in ein warmes Goldgelb. Mit einem Male wurde es warm und die Säulen des Tempels erhielten ihre gewohnten dunklen Schatten zurück. Es war Zeit umzukehren. Ich war froh darüber, dass ich gleich am ersten Tag in den Wettstreit treten musste, doch das war nur recht und billig: Waren doch Musik und Dichtung die ältesten Wettkämpfe, um die herum sich allmählich die Pythischen Spiele gebildet hatten. Charilas musste noch zwei Tage warten; die Knaben-Wettkämpfe fanden erst nach dem Männer-Fünfkampf und nach den Wagenrennen statt.

Als ich zwei Stunden später wieder vor dem Tempel stand, erglänzten seine zerstörten Mauern und die

Säulen im goldenen Sonnenschein und die Terrasse war mit Menschen überfüllt.

Das Fest des Apollo wurde mit einem besonders feierlichen Opfer eröffnet. Dann folgte die Begrüßung der Athleten durch die Kampfrichter, welche den Verlauf der Spiele überwachen mussten.

Die Feierlichkeit war um Mittag beendet. Ich wollte zurückkehren und wandte mich zum Torweg, immer noch in demselben schweren Gewand und mit dem goldenen Kranz, und dachte an nichts anderes als an einen langen, kühlen Trunk und hatte den Wunsch, mich vor der Feuerprobe, die ich am Nachmittag zu bestehen hatte, in einem schattigen Zimmer zu entspannen. Da fühlte ich plötzlich, wie jemand meinen Arm berührte. Ich wandte mich ziemlich gereizt um und spürte, wie mir unter der dicken Wolle der Schweiß den Rücken hinunterlief.

»Ja, was gibt's?«

Es war Gorgias. »Phaedon, dort drüben steht ein alter Mann, der mit dir sprechen möchte. Ich glaube, du solltest mitkommen, er sieht sehr würdevoll aus, vielleicht ist er ein Priester.«

Ich blickte in die Richtung, in die Gorgias deutete. Die Menschenmenge hatte sich inzwischen etwas aufgelöst, und nun erkannte ich einen Mann, der trotz seines Alters in aufrechter Haltung auf dem Sitz am Sockel einer Statue saß. Er schaute nicht zu mir her, und ich konnte mir nicht vorstellen, was er wohl von mir wollte. Ich bedankte mich bei Gorgias und näherte mich dem Fremden, doch noch ehe er sich mir zuwandte, wusste ich, wer es war.

Mein Großvater stand auf und streckte mir die Arme entgegen, doch ich fiel vor ihm auf die Knie und verbarg mein Gesicht in seinem Gewand. Seine Hände fuhren mit einer segnenden Gebärde durch mein Haar, dann richtete er mich auf, sodass er mir die Stirn küssen und mir in die Augen sehen konnte.

»Wie hast du es erfahren?«, fragte ich.

»Charilas sandte mir vor drei Wochen eine Botschaft, nachdem er dich wieder gefunden hatte. Er hat nichts zu dir gesagt, für den Fall, dass ich krank wäre oder nicht kommen könnte. Er hielt es nicht für richtig, dass der Sohn des Orsippios sich in Delphi am Wettstreit beteiligt, ohne dass seine nächsten Verwandten hier sind.«

»Aber vor drei Wochen habe ich ja noch gar nicht gewusst, ob ich singen werde. Meine Hymne war noch nicht geschrieben«, protestierte ich.

»Ich glaube, er erkundigte sich bei Xenocles, dem Dichter, der dich in mancher Hinsicht besser zu kennen scheint als du selbst. Er war sicher, dass du mitmachen würdest.« Mein Großvater lächelte in seiner gewohnten Art, wobei sich seine buschigen Augenbrauen zum silbergrauen Haar hinaufzogen. Vier Jahre lang hatte ich dieses Lächeln nicht mehr gesehen.

»Komm zu meinem Haus«, sagte ich. »Hier draußen ist es zu heiß. Ich möchte dich so vieles fragen, dass ich gar nicht weiß, wo ich anfangen soll.«

»Was ich dir zu sagen habe, ist nur ein kleiner Bruchteil von dem, was du mir erzählen musst. Ja, ich komme gerne mit dir zu deiner Behausung, es wird mir gut tun, wieder einmal im Tempelbezirk auszuruhen und zu wissen, dass ich wieder vom Leben Delphis umgeben bin. Doch heute ist dein Tag, und ich werde mich entfernen und mich dort oben zwischen die Pinien setzen, sobald ich das Gefühl habe, dass dich meine Anwesenheit vor dem Wettkampf stört.«

Ich schaute ihn an und war zugleich entrüstet und belustigt. »Meine Hymne ist geschrieben, Großvater. Die Worte sind alle da, und die Musik wartet nur darauf, von Korinnas Fingern der Leier entlockt zu werden. Aber wenn ich nun nicht bald etwas zu trinken bekomme, wird meine Kehle völlig austrocknen.«

Ich nahm ihn beim Arm und führte ihn durch die festliche Menge in den Hof der Musik, wo es verhältnismäßig still war.

Ein Adler schwingt sich in die Luft

Der lange bläuliche Schatten der Tempelruinen hatte sich bis auf die warmen Pflastersteine der oberen Terrasse vorgeschoben. Die Kampfrichter saßen in ihren geschnitzten Stühlen, und ich stand vor ihnen mit den anderen fünf Männern, welche gekommen waren, um am Dichter-Wettstreit teilzunehmen, der zu Ehren des Gottes der Dichtkunst veranstaltet wurde. Hinter mir in der Menge waren Charilas und mein Großvater, und an meiner Seite stand, ernst und von Ehrfurcht ergriffen, Korinna.

Ich war in den Tagen, die dem Fest vorangingen, viel zu beschäftigt gewesen, um mich unter die Leute zu mischen und selber herauszufinden, wer sich am Dichterwettstreit beteiligen wird, und ich war froh, dass mir nichts vom Marktgeschwätz über die Teilnehmer zu Ohren gekommen war. Bevor ich jedoch meinen Namen in die Liste eintrug, war ich zu Xenocles gegangen, um zu sehen, ob er selbst auch teilnehmen wollte; ich wäre nicht gegen ihn angetreten, und zwar nicht nur deshalb, weil ich glaubte, dass ihm in ganz Delphi niemand ebenbürtig war.

Argon, der als Priester das Weiheopfer dargebracht

hatte, trat vom Altar zurück, und nun stieg der Herold die Treppe hoch und erklärte, dass der Wettstreit hiermit eröffnet sei, und verlas die Namen der Teilnehmer. Ich hörte gespannt zu; wir hatten nämlich noch nicht erfahren, in welcher Reihenfolge wir singen mussten.

»Erstens: Dioscorides von Thessalien. Zweitens: Theognis von Megara«, rief der Herold und die beiden Männer begaben sich nach vorne und nahmen ihre Plätze in dieser Reihenfolge ein. Theognis sah älter aus, sein Haar war schütter geworden und sein Rücken war gebeugt. Ich beobachtete, wie er die Hand unruhig über die Leier gleiten ließ. Er hatte mich noch nicht gesehen.

»Kallimachos von Delos, Menander von Athen, Phaedon von Delphi.« Ich war also der Fünfte. Das war gut, denn so hatte ich genügend Zeit, den anderen zuzuhören und meine eigene Unruhe in den Griff zu bekommen.

»Zuletzt kommt Ibycos von Rhegium.« Er hatte einen langen Weg zurücklegen müssen, um aus der jenseits des Meeres gelegenen Kolonie herzukommen. Ich betrachtete ihn, als wir wieder zurücktraten und unsere alten Plätze einnahmen. Er war von mittelgroßer Gestalt, kräftig gebaut und hatte eine dunkel gebrannte Haut. Er musste meinen Blick gespürt haben, denn er drehte seinen Kopf und lächelte mir zu, und ich bemerkte, dass er im Kontrast zur dunklen Haut blaue Augen hatte.

Dioscorides wartete auf das Zeichen und hielt die Leier bereits gestimmt im Arm. Da hob der Hauptkampfrichter seinen Stab und ich fühlte, wie Korinna ihre kalte Hand in die meine legte.
Die ersten Töne erklangen und blieben in der warmen Luft hängen, als der Thessalier zu singen begann. Als die Worte seines Gesangs die lauschenden Zuhörer erreichten, entstand eine plötzliche Stille, wie wenn alle vor Überraschung mit einem Male den Atem angehalten hätten. Denn Dioscorides sang nicht, wie erwartet, zu Ehren Apollos, sondern für Artemis, die Zwillingsschwester des Gottes. Es war eine schöne Hymne und er trug sie mit klarer und kräftiger Stimme vor. Obgleich ich mit voller Aufmerksamkeit zuhörte, floss die Musik durch mich hindurch, wie Wasser aus einem zerbrochenen Krug fließt, und als sie zu Ende war, erinnerte ich mich nur noch daran, dass sie sehr harmonisch geklungen hatte und dass die Worte dazu gepasst hatten. Ich war völlig außer Stande, den Wert der Dichtung zu beurteilen.
Dioscorides ließ die letzten Töne verklingen, machte eine kleine Pause, verneigte sich vor den Kampfrichtern und begab sich wieder an seinen Platz. Unvermittelt und fast etwas hastig erhob sich Theognis von seinem Platz. Er hatte nie zu mir herübergeschaut und der Name Phaedon war ihm wohl nicht besonders aufgefallen. Korinna, welche wusste, wer er war, drückte meine Hand, und ich hatte das Gefühl, dass

sie innerlich über den seltsamen Anblick, den er bot, lächeln musste, wie er so dastand und wartete, bis er beginnen konnte.
Vielleicht hatte die Hymne von Theognis ihre Vorzüge, doch in einem Delphi, welches sich in so vieler Hinsicht verändert hatte, kam sie mir irgendwie veraltet vor. Mit einer Stimme, die schon etwas von ihrer Kraft eingebüßt hatte, sang er von der alten Ordnung von Göttern und Menschen, von Meistern und Dienern, doch der Apollo seines Liedes war nicht mein Gott. Ich glaube, er bemerkte selbst, noch bevor er fertig war, dass irgendetwas nicht stimmte. Sein Leierspiel dagegen war außerordentlich schön. Ich konnte mich nicht erinnern, ihn früher je spielen gehört zu haben, und ich freute mich darüber, dass der Gott ihm diese Gabe gelassen hatte.
Nachdem sich Theognis wieder gesetzt hatte, traten einer nach dem anderen die Dichter von Delos und Athen hervor. Der Krampf in meinem Innern hatte sich wieder gelöst, sodass ich zuhörte, so wie ich jedem Dichter mit einem neuen Lied zugehört hätte, und es war mir sofort klar, dass keiner von beiden an Dioscorides von Thessalien heranreichte. Kallimachos aus Delos trug in einer recht vollendeten Art vor, wie von einem Dichter zu erwarten war, der vom Geschwister-Heiligtum Apollos herkam.
Die Abenddämmerung brach schon herein, als sich der Athener wieder neben mich setzte und die Reihe

nun an mir war. Korinna saß wie mein eigener Schatten an meiner Seite, und ich pries die Tempelschulung, die ihr erlaubte, einer derartigen Feuerprobe mit solcher Fassung entgegenzusehen. Wiederum ging für einen Augenblick ein unruhiges Gemurmel durch die Menge, als ich mich im heiligen Bezirk des Apollo zusammen mit einem Mädchen erhob. Während der nun eintretenden Stille gab der Herold den Grund an, weshalb sich die Kampfrichter damit einverstanden erklärt hatten, dass andere als meine eigenen Hände mich auf der Leier begleiteten. Ich achtete kaum auf das, was er sagte, und redete mir ein, dass er wohl über jemanden anderen sprach, denn ich wollte einen klaren Kopf behalten und mich innerlich auf meinen Lobgesang auf Apollo vorbereiten. Dennoch musste ich unwillkürlich auf meine vernarbten Finger blicken.

Ich bemerkte, dass der Herold zu sprechen aufgehört hatte und Stille eingetreten war. Korinna war bereit. Wir schauten uns an und dann nickte ich leise. Sie senkte den Kopf über die schönen Wölbungen des Instrumentes, und die ersten Klänge, die ich in der Zeit der Wiederbegegnung mit Charilas gefunden hatte, vermischten sich mit den rosa und lila Farben dieses vollkommenen Sommerabends.

Ich bemerkte kaum, wie ich zu singen anfing; meine Stimme war ganz untergetaucht in den Rhythmus und die Harmonie, welche wie von selbst aus den

Worten hervorflossen. Ich bemerkte nicht einmal, wie mich der Gott ergriffen hatte, Xenocles und Charilas, alle meine Freunde hinter mir, selbst Krynos und Theognis, die meine Feinde gewesen waren – alle hatte ich vergessen. Es gab nur die strömenden Worte und Korinna neben mir, deren Spiel sich so wunderbar mit meiner Stimme verband, dass es mir vorkam, als müsste ich mich gar nicht anstrengen. Und so ging ich ganz auf in meiner Hymne, in der Anrufung Apollos – es war mir, als beflügle mich der Genius des Großvaters, der mir den Blick für die Größe des Gottes geöffnet hatte. Als ich zur letzten Verszeile kam, war ich selber überrascht, denn ich hatte das Gefühl, eben erst begonnen zu haben.
Ich verstummte, und Korinna ließ langsam die letzten Töne erklingen, wie Wassertropfen, die in einen Teich fallen. Dann war es vorüber, und nun gab es nichts mehr zu tun, was das Urteil unserer Richter hätte beeinflussen können. Ich stand wie im Traume da, bis mich Korinna schließlich beim Arm nahm und wir zu den Plätzen der anderen Dichter zurückkehrten. Da traf mich der Blick von Theognis.
Er war bleich im Gesicht und sein Unterkiefer schien wie herabgefallen. Ob er mich schon vor oder erst während dem Singen erkannt hatte, wusste ich nicht, doch jetzt sah er mich bestimmt, und er begriff, auf welch seltsame Weise das Orakel des Apollo in Erfüllung gegangen war. Vor drei Jahren hatte er von die-

sem Ort die Worte zurückgebracht, die mein Leben in Megara zerschlugen. Nun fürchtete er sich, als er sah, was für ein neues Leben ich mir inzwischen aufgebaut hatte.

Nun näherte sich der Wettstreit dem Ende. Ich setzte mich auf meinen Platz, während Ibycos von Rhegium aufstand, um die Schlusshymne zu singen. Ich wusste, dass ich gut gesungen hatte – vielleicht besser als alle übrigen Teilnehmer, mit Ausnahme vielleicht des Dichters aus Thessalien –, doch als Ibycos zu singen begann, war mir sofort klar, dass er gewinnen würde. Und vom ersten Moment an wurde die Enttäuschung, die eine solche Erkenntnis eigentlich hätte bringen müssen, von der Bewunderung über die Schönheit seiner Dichtung zunichte gemacht. Sein Lied stellte alle alten und neuen Dichtungen, die wir gehört hatten, in den Schatten. Es hatte die gleiche Kraft und Feierlichkeit, die den edlen Versen der Meister entströmt waren, welche wir vorher gehört hatten, doch war zugleich ein neuer Geist in ihm. So schien er in den Worten, die schon seit Generationen benutzt wurden, ein Leben zu besingen, das neu und frisch war wie der heutige Tag, ein Leben, das bald wieder verblühen würde und doch süß war, solange sein Lied ertönte. All dies brachte er Apollo dar, und es war mir, wie wenn er ihn als den Gott eines neuen Sonnenaufgangs pries.

Das letzte Dämmerlicht war beinahe verschwunden,

und die Gesichter waren kaum mehr erkennbar, als er geendet hatte und seine Stimme, die sich an Vollkommenheit mit derjenigen von Xenocles messen konnte, verklungen war. Dann atmeten die Zuschauer hörbar auf, als sie wieder zu sich kamen. Ibycos stand still und mit gesenktem Kopf da, und wir, die wir vor ihm gesungen hatten, nahmen unsere Plätze neben ihm ein. Doch nicht lange mussten wir warten.

Der Herold trat zu den Kampfrichtern, die sich einen Augenblick zusammen beraten hatten, dann wandte er sich wieder uns zu und sprach:

»Ibycos von Rhegium, tritt hervor und empfange die Lorbeerkrone, als Symbol von Apollos Gunst und zum Zeichen für alle, dass dir in diesem Wettkampf, welcher dem Inspirator der Dichtkunst am meisten am Herzen liegt, der Sieg verliehen wird.«

Ibycos schritt die niedrigen Stufen empor und ließ sich vor dem Altar vom Hohepriester den schlichten Kranz aus wildem Lorbeer aufsetzen, den die Knaben von Delphi im Tempeltal gesammelt hatten. Als er sich dann uns noch einmal zuwandte, ertönten laute Rufe, damit die ganze Stadt wisse, dass der erste Sieger der Pythischen Spiele gekrönt worden war. Darauf hob der Herold wieder den Arm und gebot Ruhe.

»Den zweiten Rang im Wettkampf haben die Kampfrichter Phaedon von Delphi verliehen und den dritten Dioscorides von Thessalien«, rief er. Wiederum schrie die Menge auf und ich stand inmitten der brandenden

Begeisterung da. Zweiter im Wettkampf! Zweiter bei meinem ersten Versuch! Als ich meine Hymne ankündigte, hatte ich im Grunde genommen keine Ahnung gehabt vom Range der Männer, gegen die ich antreten würde, und nun war ich einzig von Ibycos übertroffen worden, welcher für viele künftige Jahre mein Lehrmeister sein sollte. Noch während ich dastand, wusste ich, dass ich nicht zum letzten Male am Wettkampf teilgenommen hatte, und ich spürte, dass mir der Gott eines Tages den Sieg verleihen würde: Dann wird meine Stimme eins geworden sein mit der Stimme Apollos, und ich werde dastehen genauso wie Ibycos nun dastand, die Leier noch in der Hand und einen Lorbeerkranz auf dem Haupte.

Die Menge hinter mir begann sich zu zerstreuen, die Kampfrichter erhoben sich von ihren Sitzen und schritten die Heilige Straße hinunter. Ibycos drehte sich um und schritt alleine auf die dachlosen Ruinen des Apollotempels zu.

In jener Nacht schlief ich wieder auf der Strohmatte in meinem Zimmer, wie damals, als ich noch ein kleiner Junge und noch nicht Phaedon von Delphi war. Während ich auf der Matte lag und vergeblich Schlaf suchte, hörte ich von meinem Bett die regelmäßigen Atemzüge meines Großvaters. Alle waren sie nach dem Wettkampf zu mir gekommen: Charilas und mein Großvater, Kallisto und die übrigen Mädchen vom Chor, die Männer, mit denen ich gesungen hatte, Xenocles und Nanno, und es war fast, als hätte ich gewonnen – ja beinahe noch besser, denn ein Sieg hätte meine größten Hoffnungen so weit übertroffen, dass ich wohl eher Angst als Freude empfunden hätte. Die Nacht war schon lange hereingebrochen, als sie mein Zimmer alle wieder verließen und wir uns schlafen legten. Gewiss lag drüben im Haus der Mädchen, das sich auf der anderen Seite des Hofes befand, auch Korinna noch wach, wie sie es nach jedem großen Fest tat. Am Morgen würde ich sie aufsuchen, und ich hoffte, Apollo werde mir die rechten Worte verleihen, um ihr gebührend zu danken.

Schließlich fiel ich in Schlaf, doch als ich am Morgen erwachte, hatte sich die Freude der vergangenen Nacht fast völlig verflüchtigt. Vor lauter Aufregung hatte ich fast vergessen, dass Charilas seine Feuerprobe noch vor sich hatte und dass noch ein ganzer Tag bis dahin vergehen musste. Eine seltsame Stille lag über Delphi, denn es war der Tag, an dem die Wagenrennen abgehalten wurden, und alle Menschen, die nach Delphi gekommen waren, befanden sich auf dem Weg ins Tal hinunter, zur ebenen Rennstrecke am Ufer des Pleistos.

Ich hatte das Gefühl, als ziehe sich der Tag endlos in die Länge. Wie gerne wäre ich nun mit Charilas zusammen gewesen, doch ich war sicher, dass ihn sein Vater so kurz vor dem Wettkampf keinen Augenblick aus den Augen lassen würde. So schlenderte ich im

Hofe der Musik umher, zu müde, um etwas zu unternehmen und zu unruhig, um mich hinzulegen und zu schlafen, was ich dringend nötig gehabt hätte. Meinen Großvater bekam ich nicht mehr zu Gesicht; er hatte wohl gespürt, dass er mich allein lassen musste. Am frühen Nachmittag setzte ich mich auf mein Bett, begann an der Leier herumzuzupfen und versuchte ungeschickt eine Saite zu wechseln, was ich lieber Korinna überlassen hätte. Nach einer Weile fiel ein Schatten quer über den hellen Lichtstreifen auf dem Boden und Charilas stand im Eingang.

Ich legte die Leier nieder, während er herkam und sich neben mir aufs Bett sinken ließ.

»Ich weiß, dies ist der Tag, an dem ich auf meinen Vater ganz besonders Rücksicht nehmen müsste, doch das sind doch meine Spiele. Ich kann doch gewiss die Zeit, in der ich nicht gerade trainiere, verbringen, wie es mir passt, und ich will sie eben mit dir verbringen.«

»Na gut, darüber brauchst du dich doch nicht aufzuregen«, sagte ich und versuchte die Freude zu verbergen, die ich bei seinen Worten empfand. »Aber es war trotzdem nicht sehr klug von dir, ausgerechnet in der Mittagshitze, wo du dich doch ausruhen solltest, heraufzukommen. Du hättest mir nur eine Nachricht schicken müssen und ich wäre zu dir hinuntergekommen.«

Er schwang die Beine aufs Bett. »Halte mir keinen Vortrag, Phaedon. Ich möchte mit dir reden. Mein

Trainer hat mir den Kopf mit so vielen Ratschlägen voll gestopft, dass ich mit jemandem sprechen muss, um mir über alles klar zu werden. Du hast uns doch alle auf dem Übungsplatz gesehen. Wem gibst du, wenn du ganz ehrlich bist, die größte Chance für den Wettkampf?«

»Was für eine Frage! Ich habe noch nie einen richtigen Fünfkampf gesehen. Doch Xenocles behauptet, er habe noch kein Jahr erlebt, in dem die Jungen so ebenbürtig sind. Er sagte mir, bei den letzten Spielen wäre ein Athener Junge da gewesen, der alle anderen übertraf. Jedermann war sicher, dass er gewinnen würde, und tatsächlich wurde er in drei von fünf Disziplinen Sieger. Dieses Mal seien etwa vier oder fünf Jungen da, die mehr oder weniger gleich stark sind, sodass jeder von ihnen in einer Disziplin gewinnen könnte. Das wäre eine schöne Nuss für die Schiedsrichter. Was würden sie in einem solchen Fall tun?«

Darüber musste er lachen. »Ich glaube, sie würden die Sache aufgeben und den Kampf für ungültig erklären. Doch dein Freund Xenocles hat wohl Recht. Wenn ich nicht völlig aus der Form gerate, werde ich vielleicht im Diskuswerfen gewinnen. An manchen Tagen habe ich die anderen auch im Speerwerfen geschlagen, doch ich werde sicher nicht so schnell laufen oder so weit springen wie Pyrros von Aegina.«

»Ja, ich glaube, er ist dein stärkster Gegner. Er ist sehr leicht und flink, doch das ist ihm in den anderen Dis-

ziplinen von Nachteil. Wie steht es mit dem Spartaner?«
»Ich weiß nicht recht, er ist so unbeständig. Manchmal kann ihn keiner von uns in irgendeiner Disziplin schlagen, doch an anderen Tagen ist er wieder launisch und still und nichts will ihm gelingen. Ich glaube, er hat zu viel trainiert. Gut, da ist einmal er, dann Pyrros und dann noch Nicander von Kos – er ist auch schnell. Ich mag ihn, es ist schön, jemanden zu finden, der am Tage vor den Wettkämpfen noch lachen kann. Oh, und der Athener Junge war heute Morgen auch sehr gut, er hätte mich im Diskuswerfen beinahe geschlagen.«
»Dein Trainer muss ja in Ohnmacht gefallen sein!«
»Ja, er war ziemlich verärgert, doch das macht mir nun nichts mehr aus.«
Charilas gähnte und streckte sich aus, sodass er mich beinahe vom Bett geschoben hätte. »Weißt du, nun könnte ich eigentlich einschlafen. Hättest du was dagegen? Es ist so viel ruhiger hier als in der Herberge, wo sich jedermann massiert oder sich in eine Ecke verkriecht, um seinen Lieblingsgott anzuflehen.«
Er schloss die Augen und schlief unverzüglich ein. Ich betrachtete ihn liebevoll; drei Jahre waren vergangen, seit ich ihn zum letzten Mal hatte schlafen sehen, und nun schien ihm der Schlaf ein jüngeres Aussehen zu geben. Ich ging leise zur Tür und setzte mich auf eine Bank vor dem Eingang, um dafür zu sorgen, dass kein unerwarteter Besuch ihn stören würde.

Am folgenden Tag begann der Fünfkampf der Jungen mit dem Wettlauf. Der Wettkampf der Männer hatte schon am Vorabend stattgefunden. Die Zuschauer, die dicht gedrängt oberhalb des Stadions auf den Hängen saßen, die man zuvor mit Torf bestreut hatte, waren jetzt in einer entspannten, doch erwartungsvollen Stimmung. Als Charilas ausgeruht in die Stadt zurückkehrte, sah er wesentlich glücklicher aus als bei seiner Ankunft. Ich setzte mich zusammen mit Xenocles ganz in der Nähe der Startlinie hin.

Die Jungen hatten im Tempel bereits ihr Opfer dargebracht, und als sie zum Stadion heraufkamen, waren sie nackt und startbereit. Auf der gegenüberliegenden Seite der Rennstrecke sah ich meinen Onkel und den Trainer aus Megara stehen. Die Startlinie, die sich auf der Ostseite des Stadions befand, wurde aus einer Reihe von gekerbten Steinen gebildet. Die Läufer stellten sich auf die Linie, jeder genau gegenüber dem Pfahl, den er umlaufen musste. Es trat eine kurze Pause ein, in der sie den Start übten und sich nach Art aller Wettläufer die Beine massierten. Dann standen sie still und warteten wie Bronzestatuen auf das Startwort. Der Herold führte sie einzeln auf, zuerst mit dem Namen ihres Vaters, dann dem Namen ihrer Heimatstadt. Da musste ich an Orsippios, meinen eigenen Vater, denken. Vielleicht hatte er einst an der Stelle gestanden, wo nun Charilas stand.

Der Herold hörte auf zu sprechen, der Schiedsrichter

hob seinen Stab, und die wartenden Gestalten neigten sich zur Startposition, bis sie sich auf den Finger- und Zehenspitzen im Gleichgewicht hielten. Dann fiel der Startstab nieder, und die Läufer schnellten empor, als wären sie losgeschleuderte Speere. Der Wettlauf schien kaum begonnen zu haben, als die Knaben schon eine beträchtliche Strecke zurückgelegt hatten. Und nun näherten sie sich in rasendem Tempo einer Woge aus Schreien, die sie am anderen Ende des Stadions empfing; die Zuschauer hatten sich von den Sitzen erhoben und riefen laut die Namen der Jungen aus ihrer eigenen Stadt.
In der Mitte der Rennbahn führte der Junge neben Charilas, und beim Pfahl hatte er die anderen bereits so weit zurückgelassen, dass er ihnen nun einige Schritte entgegenlief. Es war nicht leicht, die Chancen der übrigen abzuschätzen. Xenocles fasste mich beim Arm, er war so klein, dass er nicht zwischen den Zuschauern, die aufgesprungen waren, hindurchsehen konnte.
»Ist es Pyrros?«
»Ja, er führt, dann kommt Nicander.«
Charilas rannte mit gesenktem Kopf, ich wusste, dass er sich völlig ausgab, aber seine Stärke lag nun einmal nicht in den Beinen. Wir hatten nie gehofft, dass er unter den ersten zwei Läufern sein würde, doch Letzter sollte er auch wieder nicht werden! Wenn er verlieren würde, müsste er in den anderen Disziplinen zu viel aufholen.

Pyrros sauste vorbei, dicht gefolgt von Nicander und dem Athener. Einer der Läufer war noch weit zurück, mein Herz begann heftig zu klopfen, doch es war der Junge aus Korinth, der in der Kurve gestürzt war. Charilas war der Fünfte. Pyrros lief in die Arme seines Vaters und stand lachend und keuchend da. Die übrigen Läufer waren stiller. Charilas stand vornübergebeugt da und seine Schultern hoben und senkten sich.
»Schau, sie bringen schon die Speere«, sagte ich. »Jetzt soll Charilas seine Stärke beweisen.«
Als die Jungen wieder genug Atem geschöpft hatten, schritten sie zum anderen Ende der Rennbahn, wo das Speerwerfen stattfand. Charilas bildete mit drei anderen Jungen ein kleines Grüppchen; sie unterhielten sich unterwegs und einmal blieben sie stehen und schauten hoch, wie wenn sie die Windstärke prüfen wollten, doch der Junge aus Sparta schritt mit hochgezogenen Schultern weiter.
Als sie das Wurfgelände erreicht hatten, nahmen sie von ihren Trainern die leichten, unbemalten Speere in Empfang und begannen sie um den Körper zu drehen. Ich konnte Charilas gerade noch erkennen; er balancierte seinen Speer in der Hand und blinzelte der Sonne entgegen. Der Herold rief die Knaben in der Reihenfolge ihres Wurfes beim Namen auf, und seine Stimme war so kräftig, dass sie bis zu uns herüberdrang. Charilas musste als Erster werfen.
Er trat an die Abschusslinie, machte noch einmal Halt,

um den Wind zu prüfen, und schritt dann die kleine Anlaufstrecke zurück, bis zu den beiden in die Erde gesteckten Speeren, welche die hintere Linie bildeten, die nicht überschritten werden durfte. Dann gab es nichts mehr zu warten, er warf unverzüglich, und der Speer beschrieb einen sauberen und ziemlich weiten Bogen. Die Zuschauer ließen ein zustimmendes Raunen vernehmen, obwohl jeder Wettkämpfer insgesamt drei Würfe hatte und sie noch nicht mit besonderer Aufmerksamkeit zuschauten. Dann machten Pyrros und Nicander ihre ersten Würfe, doch keiner von beiden warf so weit wie Charilas. Der Athener reichte nahe an Charilas' Marke heran, und so schien es, als ob Charilas die erste Runde gewinnen würde, als sich der Spartaner zum Wurf bereitmachte. Er wartete lange und bewegte die Finger am Ledergriff hin und her, bis eine Stimme aus der Menge etwas boshaft rief, ob er Wurzeln geschlagen habe. Das muss ihn geärgert haben, denn sein Kopf schnellte zurück, worauf er einen sonderbaren Spurt machte und gegen Ende fast hinkte. Die schlanke Waffe flog in einer flachen Kurve das Stadion hinunter, schlug mit einem dumpfen Geräusch am Boden auf und schlitterte noch ein Stück im Sand weiter. Aus der Menge ertönten Freudenrufe, denn die Aufschlagstelle befand sich keine Handbreit hinter der ersten Marke von Charilas.

Nun war der Wettstreit in vollem Gange. Ich sah, wie sich Charilas bückte und sich die Hände mit Sand einrieb. Sie mussten ganz feucht sein vor Schweiß. Wiederum machte er einen raschen Wurf, und diesmal ging ein Murren durch die Menge, denn während der Speer einen niedrigen Bogen beschrieb, senkte sich das hintere Ende immer mehr nach unten, und der Wurf war schlechter als der erste. Dann warfen die übrigen Jungen, doch obwohl jeder einen besseren Wurf erzielte als in der ersten Runde, reichte keiner bis zur Marke des Spartaners, und als er schließlich selbst an der Reihe war, rief niemand dazwischen, er lasse sich zu viel Zeit. Wiederum warf er gut und übertraf ebenfalls seine vorige Leistung.

Diesmal brauchte Charilas länger. Ich beobachtete jede seiner Bewegungen mit einer Art schmerzhaften Intensität, bis ich neben mir die Stimme von Xenocles vernahm.

»Phaedon, bitte, mache keine Opfergabe aus mir.« Ich merkte, dass sich meine Finger tief in seine Schultern gegraben hatten.

Der Speer kam mit einem zischenden Geräusch, das in der Stille deutlich hörbar war, geflogen, und als er, mit der Spitze tief im Sand steckte und noch zitterte, ging ein Aufschrei durch die Menge, denn Charilas hatte den zweiten Wurf des Spartaners um einiges übertroffen.

»So gut hat er noch nie geworfen. Ich bin ganz sicher. Oh, nun würde ich am liebsten alles vergessen und einschlafen und erst wieder aufwachen, wenn alles vorbei ist.« Doch der Wettstreit ging ordnungsgemäß weiter. Die noch ausstehenden Würfe folgten, doch es geschah nur noch der Form halber. Der Athener vermochte den dritten Platz hinter den beiden andern zu halten, doch nun interessierte sich niemand mehr für ihn. Das Ganze war vorüber, noch ehe ich es bemerkt hatte, denn der Spartaner warf diesmal so schnell, dass es fast ein Wunder war, dass der Speer eine gerade Linie beschrieb, denn es schien, als hätte er gar nicht richtig gezielt. Als er landete, brachen die Spartaner in ein Jubelgeschrei aus, denn er hatte den letzten Wurf von Charilas um eine ganze Speerlänge übertroffen.

»Nun, Zweiter wäre er auf jeden Fall geworden und nun hat er sich immerhin noch verbessern können. Er hat auch wirklich die langen Finger eines Speerwerfers; doch er muss seine Leistung abermals steigern, wenn er im Kampf bleiben will.«

Xenocles saß auf der Bank und trocknete sich die Stirn. Im ganzen Stadion konnte man Männer entdecken, die sich in der Hitze der Aufregung von den Sitzen erhoben hatten und sich nun ebenfalls den Schweiß abwischten, während am anderen Ende die Jungen ausgestreckt im Sand lagen und warteten, bis man die Speere eingesammelt hatte und das Diskuswerfen beginnen konnte.

Diesmal war die Reihenfolge eine andere: Der Athener kam zuerst an die Reihe, während Charilas als Zweitletzter werfen musste.

Ich versuchte ruhig zu bleiben, einfach still in der Sonne zu sitzen und daran zu denken, dass kein Junge seines Alters Charilas bisher mit dem Diskus geschlagen hatte. Doch nun ging es um den wirklichen Kampf, nicht um einen Übungskampf, und Charilas wusste noch besser als ich, dass er jetzt gewinnen musste, wenn er nicht ausscheiden wollte. Im Weitsprung hatte er nur geringe Chancen und nur die Sieger der ersten vier Teilkämpfe des Fünfkampfes wurden zum Ringkampf zugelassen.

Ich grub meine Finger in das trockene Gras und vermied es, zu den kleinen leuchtenden Gestalten am Ende der Rennbahn hinzuschauen. Die Sonne brannte, und ich fühlte, wie mir der Schweiß zwischen den Schulterblättern hinunterlief. Draußen im schattenlosen, schalenförmigen Stadion musste geradezu eine Ofenhitze herrschen. Ich schaute nicht einmal auf, als die Athener und die anderen Jungen ihre Würfe machten. Erst als plötzliche Stille eintrat und ich wusste, dass Charilas an der Reihe war, hob ich den Kopf. Sein Können im Diskuswerfen war bekannt und so waren alle Blicke wie gebannt auf ihn gerichtet. Nun bedauerte ich, dass ich einen so fernen Platz ausgesucht hatte, denn ich konnte sein Gesicht nur undeutlich sehen; ich hatte plötzlich das Gefühl, dass sich meine eigene Kraft mit der seinigen vereinen würde, wenn ich ihm nun näher wäre. Ich stand schnell auf und hatte nichts anderes im Sinn als ein-

fach zu ihm hinzugehen, doch noch ehe ich mich in Bewegung setzen konnte, hatte er den ersten Wurf bereits gemacht.
Irgendetwas war schief gegangen. Einen Moment lang befürchtete ich, der Diskus würde bei den Zuschauern landen, doch dann schlug er am Rand der Rennbahn auf, weit hinter der Marke des Atheners zurück.
Xenocles packte mich an einem Zipfel meines Gewandes. »Wo willst du hin?«
Ich blieb nicht einmal stehen, um ihn anzusehen. »Ich muss näher zu ihm heran.«
»Aber du wirst nie durch die Menge kommen.«
Ich riss mich von ihm los. Ich hatte keine Zeit zu verlieren. Ich hatte auch gar nicht die Absicht, mich zwischen den Zuschauern hindurchzudrängen. Ich ging bis zum Rand der Rennbahn hinaus und näherte mich ungehindert dem Wurfgelände. Es fiel mir schwer, nicht einfach drauflos zu rennen, und ich musste zwei Mal am Rande stehen bleiben, als der Athener und Pyrros warfen; doch ich setzte mein ganzes Vertrauen in die Tatsache, dass mein langes Gewand, das den Gewändern der Priester ziemlich ähnlich war, niemanden veranlassen würde, zu fragen, ob ich denn berechtigt sei, mich frei im Stadion umherzubewegen.
Ich hatte Glück: Alle Augen waren auf die Wettkämpfer gerichtet, und als Charilas wieder an die Reihe kam, befand ich mich auf der Höhe der Wurflinie. Ir-

gendwie erwartete ich, dass er meine Anwesenheit spürte, obwohl er mir den Rücken zuwandte und damit beschäftigt war, die schwere Bronzescheibe von der einen Hand in die andere zu befördern. Ich ahnte, was nicht geklappt hatte: Wieder einmal hatte er die Markierung übertreten.

Nun schaute ich zurück, um zu sehen, wo sich die Marken befanden. Es war ähnlich wie beim Speerwerfen; Pyrros und Nicander lagen weit hinter den andern zurück; ich bemerkte, dass sich auch Nicander ziemliche Sorgen machen musste, denn auch er hatte noch keine Disziplin gewonnen. Dann nahm Charilas die Wurfstellung ein. Er sah müde und verschwitzt aus. »Apollo«, betete ich, »lenke seinen Arm, gewähre den Endsieg, wem immer du willst, doch gönne ihm diesen hier.«

Charilas trat um einige Schritte zurück und hielt den Diskus, von beiden Händen leicht umschlossen, auf Hüfthöhe. Der linke Fuß trat hervor, die linke Hand löste ihren Griff und die rechte schwang hinunter und in die Höhe. Im selben Augenblick, als er den Diskus losließ, kam eine Störung in den Rhythmus seiner Bewegungen, er verlor das Gleichgewicht und übertrat mit dem rechten Fuß die Grenzlinie. Nun wurden die verschiedensten Rufe laut, denn die Zuschauer am anderen Ende des Stadions jubelten über den Wurf, der den letzten Wurf des Atheners bei weitem übertroffen hatte, während die näher sitzenden Zuschauer sahen, dass der Wurf disqualifiziert werden musste. Der Schiedsrichter schritt in die Mitte der Rennbahn hinaus und hob seinen Stab in die Höhe, worauf die Wärter am anderen Ende der Rennbahn das Markierungszeichen, das sie bereits in den Boden gesteckt hatten, wieder herauszogen.

Charilas sonderte sich etwas von den übrigen Jungen ab. Wahrscheinlich fühlte er sich sehr einsam dort draußen, jetzt, wo er spüren musste, wie die Sympathie und das Interesse aus den Gesichtern der Zuschauer verschwanden, die ihre Hoffnungen nun auf einen anderen Jungen zu setzen begannen. Er drehte sich langsam um, wie wenn er jemanden suchte, als ich merkte, dass er sich nach mir umsah. Ich stellte mich etwas außerhalb der Menge hin, wartete, bis er in meine Richtung schaute und lächelte dann. Ich dachte nicht mehr daran, zu Apollo zu beten, nun musste etwas aus meinem eigenen Innern herauskommen, von so tief innen, dass es in keiner Weise durch meinen eigenen Schmerz gestört werden durfte. Ich lächelte Charilas zu, wie damals, als er hilflos und krank im Bett lag. Da fanden mich seine Augen und ruhten eine ganze Weile auf mir. Irgendetwas wurde zwischen uns ausgetauscht, dann wandte er sich wieder ab und setzte sich ruhig hin, um zu warten, bis er an der Reihe war. Und das dauerte nicht mehr lange.

Als er sich zum letzten Wurf bereitmachte, war die

Atmosphäre so gespannt, dass es auch einen viel erfahreneren Athleten als Charilas hätte in Verwirrung bringen können, doch dieses Mal schien er keine Notiz davon zu nehmen. Er nahm rasch seinen Platz ein, wandte den Kopf, um sich zu vergewissern, wo ich mich befand und warf.

Der Diskus schwang sich hoch empor, leuchtete im Sonnenlicht auf und sauste in hohem Bogen die Rennbahn hinunter. Es sah aus, als ob er nie mehr zur Erde fallen würde, und noch bevor er gelandet war, war die Menge in lautes Geschrei ausgebrochen, denn der Diskus hatte das Markierungszeichen des Atheners um so vieles übertroffen, wie ein Männerwurf den Wurf eines Knaben übertrifft. Dann warf der Spartaner noch einmal, inmitten der Lob- und Überraschungsrufe, doch er hatte keinen Kampfgeist mehr und reichte nicht an seine früheren Markierungen heran.

Es war beinahe Mittag, und bevor sich die Jungen ausruhen konnten, um sich auf den Ringkampf vorzubereiten, musste noch der Weitsprung stattfinden. Doch es dauerte eine kleine Weile, bis die Schiedsrichter so weit waren, dass der Kampf beginnen konnte. Charilas stand immer noch unbewegt da, blickte das Stadion hinunter und schien von seiner eigenen Tat beeindruckt zu sein. Ich trat zu ihm und fasste ihn bei den Schultern. Er wandte sich langsam um, und ich sah, dass sein Blick wie verhangen war. Dann schüttelte er sich und lächelte mich an.

»Wir haben es geschafft!«

Ich merkte, dass ich eine trockene Kehle hatte und nur mit Mühe sprechen konnte. »Einmal Erster und einmal Zweiter«, sagte ich. »Etwas Besseres hat bisher keiner geleistet.«

»Ja, aber Nicander wird wahrscheinlich den Weitsprung gewinnen und dann stehen wir wieder gleich. Ich muss nun gehen. Stell dich irgendwo hin, wo ich dich sehen kann, Phaedon.«

In diesem Augenblick trat einer der Stadionwärter zu ihm und brachte ihm seinen Diskus. Charilas nahm ihn dankend entgegen und wandte sich dann wieder zu mir. »Hüte ihn für mich«, sagte er. Dann rannte er zur Gruppe der übrigen Jungen, die schon dabei waren, die bronzenen Sprunggewichte aus dem Korb zu nehmen, und auch die Flötenspieler, die den Rhythmus des Anlaufes zu spielen pflegten, standen bereit. Ich suchte meinen alten Platz in der Menge wieder auf, den Diskus in meinen vernarbten Händen haltend, und ich war mir wohl bewusst, wie seltsam ich von den Leuten angeschaut wurde.

Das Ergebnis des Weitsprungs fiel wie erwartet aus – Nicander gewann und Pyrros wurde Zweiter; Charilas kam nach dem Spartaner auf den vierten Platz, und nun waren sie die vier, die noch im Wettkampf standen. Jeder von ihnen hatte in einer Disziplin gesiegt und alle außer dem Spartaner in einer anderen Disziplin den zweiten Rang erzielt. Die Schiedsrichter

zogen aus einer silbernen Vase Lose, um zu bestimmen, welche zwei die erste Runde des Ringkampfes zusammen bestreiten mussten. Ich war erleichtert, dass Charilas Nicander und nicht der gefährliche Spartaner zugeteilt wurde. Nun hing alles vom Ausgang des Ringkampfes ab. Sollte Charilas gewinnen, so musste er im Endkampf entweder gegen den Spartaner oder gegen Pyrros antreten.
Zwei Stunden später fingen sie an. Die Sonne hatte den höchsten Stand überschritten, und eine leichte Brise strich durch die Wipfel der Pinien, die auf dem Abhang unter dem Stadion wuchsen. An zwei Stellen hatte man den hart getretenen schwarzen Sand, welcher die Rennbahn bedeckte, mit Hacken gelockert, damit die Stürze nicht allzu hart würden. Charilas und die anderen Jungen hatten sich inzwischen gebadet und waren ausgeruht und frisch gesalbt worden. Die Kampfrichter gaben das Startsignal und die beiden Paare standen sich auf dem zerstampften Sand gegenüber.
Xenocles sagte: »Ich kann das nicht mit ansehen. Ich werde dem Spartaner zuschauen«, und wandte sich zum Gehen.
Die zwei Kämpfe wurden auf verschiedenen Kampfplätzen gleichzeitig ausgetragen, denn innerhalb des gesamten Spielprogramms war die Zeit sehr knapp. Eigentlich hätte ich Xenocles gerne begleitet, doch jetzt musste ich Charilas zuschauen. Der Schiedsrich-

ter hob den Stab und ließ ihn fallen. Die beiden Jungen begannen sich auf Zehenspitzen zu umkreisen, die Körper vornübergebeugt und die Hände zum Angriff oder zur Abwehr bereit. Nicander, der flinker war als Charilas, versuchte seinen Gegner gegen das Licht zu stellen, doch Charilas holte nach vorn aus, um Nicander in den Griff zu bekommen. Doch dieser sprang zurück und schnappte nach Charilas' Arm, wohl in der Hoffnung, dessen Schwerfälligkeit gegen ihn selbst auszunützen, doch er ahnte nicht, wie viel Kraft Charilas in den Schultern besaß. Als Charilas merkte, wie er vornüberzukippen drohte, schloss er die Arme um seinen Gegner und hob ihn mit einem Ruck in die Luft. Nicander flog durch die Luft und fiel ein paar Schritte entfernt auf den Boden.

Charilas rang nach Atem, doch er ging zu Nicander und half ihm aufstehen, und dann standen sie eine Weile Seite an Seite da, bis der Schiedsrichter das Zeichen zur Fortsetzung des Kampfes gab. Ich bedauerte in diesem Moment, dass Charilas Nicander ausgelost hatte; er hatte ihn immer lieber gemocht als die übrigen Jungen.

Schon war der nächste Sturz geschehen, noch bevor die Zuschauer gemerkt hatten, dass der Kampf wieder begonnen hatte. Nicander muss sich sehr schnell von seinem Sturz erholt haben, denn ohne seinen Gegner wie üblich zuerst zu umkreisen, ging er geradewegs auf ihn los und umschloss Charilas Körper mit beiden Armen. Er war stärker, als er aussah, denn er hob ihn etwas vom Boden ab und ließ ihn leicht nach hinten fallen, sodass Charilas, der sich vergeblich bemühte, sein Gleichgewicht wiederherzustellen, rücklings im Sand aufschlug. Nun standen sie wieder gleich.

Ich warf einen kurzen Blick auf das andere Kampfpaar und sah gerade, wie Pyrros den Spartaner zu Fall brachte. Er schlug schwer auf und blieb liegen, und der Teil der Zuschauer, der diesen beiden Kämpfern zugeschaut hatte, begann mit Rufen und Schreien. Ich war verdutzt; der Kampf von Charilas war wohl noch lange nicht zu Ende – wie konnte Pyrros einen so schnellen Sieg erringen? Xenocles eilte auf mich zu.

»Ich habe noch nie einen so flinken Kämpfer gesehen wie diesen Jungen aus Aegina, obwohl er aussieht, als wäre er viel zu leicht gebaut für einen Ringkämpfer. Der Spartaner hatte überhaupt keine Chance. Pyrros brachte ihn drei Mal so schnell zu Fall, dass er Mühe hatte, zu begreifen, was mit ihm geschah. Wie steht es mit Charilas?«

»Eins zu eins, bis jetzt. Schau, sie fangen gerade wieder an.«

Der Kampf wurde fortgesetzt, jeder brachte den andern noch einmal zu Fall und der nächste Sturz würde über Sieg und Niederlage entscheiden. Sie griffen an und kämpften Brust an Brust miteinander und versuchten mit den Füßen im lockeren Sand Halt zu finden. Nicander war zwar leichter gebaut als sein Gegner, doch hatte er steinharte Muskeln, und Charilas bemühte sich vergeblich die Oberhand zu gewinnen. Da hatte sich Nicander langsam gedreht, sodass er mit dem Rücken zu Charilas' Brust stand. Es war klar, dass er beabsichtigte, Charilas über seinen Rücken durch die Luft zu befördern. Dazu musste er seinen Arm ergreifen, schnell herumdrehen und ihn über die Schulter emporschwingen. Das war Nicanders größte Chance. Doch da verlor er im aufgewühlten Sand das Gleichgewicht. Charilas brachte ihn im Nu auf genau die gleiche Weise zu Fall, in der der Junge aus Kos ihn hatte besiegen wollen.

Nicander kniete im Sand und sein Rücken hob und senkte sich über den Boden; dann stand er auf, lächelte Charilas etwas müde zu und entfernte sich.

Einige Minuten später standen sich die beiden Sieger gegenüber. Beide waren von ihren ersten Kämpfen ermüdet. Sie umkreisten einander nur langsam und schienen zunächst gar nicht anfangen zu wollen. Pyrros war leicht gebaut und schnell wie Nicander, doch er war auch ein ausgesprochener Läufer mit beträchtlicher Kraft in den Beinen. Er war verhältnismäßig groß, hatte hellbraunes Haar und eine glatte goldgelbe Haut. Charilas, der etwas stämmiger gebaut war, hatte sein dunkles Haar für den Ringkampf ziemlich kurz schneiden lassen. Im Vergleich zu Pyrros wirkte er kleiner, als er in Wirklichkeit war, sogar fast etwas

plump, doch die Zuschauer hatten schon viel größere und schwerere Kämpfer gesehen.
Pyrros hatte das Umkreisen als Erster satt. Plötzlich machte er einen Sprung nach vorn und umschloss mit beiden Händen den Hals seines Gegners. Charilas rutschte aus und sie fielen beide hin, doch Pyrros war mit einem Satz wieder auf den Beinen. Charilas rollte sich im Sand auf den Bauch. Er schnappte nach Luft und an der Kehle waren rote Striche zu sehen.
»Bei Apollo, dieser Pyrros ist kaltblütig. Auf dieselbe Weise hat er schon den Spartaner zu Fall gebracht. Er weiß genau, dass Charilas keine Gelegenheit gehabt hatte, diesen Wurfgriff bei ihm zu beobachten«, sagte Xenocles.
Der Schiedsrichter beugte sich über Charilas, der sich auf die Hände und Knie stützte, sich einmal schüttelte und sich dann ganz erhob. Er schien nicht verletzt zu sein, doch sein Blick war wie benebelt. Pyrros stand ruhig daneben, ohne seinen Gegner aus den Augen zu lassen, und lauerte auf das kleinste Zeichen der Schwäche oder des geringsten Schwankens. Noch zwei Würfe und der Siegerkranz wäre sein.
Während des ganzen bisherigen Kampfes hatte Charilas keinen Augenblick in meine Richtung geschaut, doch nun tat er es und nickte dann dem Schiedsrichter zu, zum Zeichen, dass der Kampf weitergehen könne.
Xenocles schaute mich neugierig an. »Was bedeutete das?«

»Still, es geht los.« Ich wusste, dass ich Charilas die ganze Zeit im Auge behalten musste. Sie begannen sehr vorsichtig, im vollen Bewusstsein dessen, was auf dem Spiele stand, und sie brauchten eine ganze Weile, bis sie sich endlich anfassten. Dann machte Charilas plötzlich eine so schnelle Bewegung, dass ich zuerst gar nicht begriff, was er vorhatte. Er streckte sein rechtes Bein aus, bückte sich blitzschnell und umfasste die Knie von Pyrros, und als dieser das Gleichgewicht zu verlieren begann, warf er ihn rückwärts zu Boden. Es war der einfachste Wurf innerhalb eines Ringkampfes, wir hatten ihn schon als kleine Jungen gelernt, doch er funktionierte perfekt, denn Pyrros stürzte wie ein getroffener Ochse zu Boden. Die Zuschauer schrien vor Begeisterung.

Diesmal musste sich Pyrros erheben. Er hatte Quetschungen und war ganz benommen, doch ich sah ihm an, dass er zornig war. Es war sein erster Sturz gewesen und der Applaus der Zuschauer hatte ihm keineswegs gefallen. Charilas, dachte ich. Jetzt ist er zornig und vielleicht wird er sich zu üblen Tricks hinreißen lassen. Behalte ihn gut im Auge, er wird sich gewiss verraten. Nun stand der Ausgang des Kampfes unmittelbar bevor, aber ich wusste nicht, wie ich die letzten Minuten aushalten sollte. Die beiden kämpften weiter, Pyrros kam wieder zu Fall, dann auch Charilas, und nun kam der letzte entscheidende Wurf.

Sie griffen beide an, doch sie waren so erschöpft, dass

sie sich aufeinander stürzten wie kleine Kinder, die mehr Entschlossenheit als Geschick zeigen. Sie rangen Brust an Brust miteinander und begannen dann, sich gegenseitig die Arme zu verdrehen, während der Schiedsrichter um sie herumging und sie aufmerksam beobachtete. Eine Sekunde, bevor es geschehen war, wusste ich, was Charilas vorhatte. Im selben Moment flog ein Adler tief über das Stadion. Pyrros' Konzentration ließ einen Augenblick nach, da ein Teil der Zuschauer den Adler ebenfalls bemerkt hatte und überraschte Rufe laut wurden. In diesem Moment schöpfte Charilas aus jenen verborgenen Kraftquellen, über die alle Athleten verfügen. Blitzschnell wechselte er seine Stellung, sodass er den Rücken seines Gegners vor sich hatte. Er packte ihn mit demselben Griff, den vorher Nicander ihm selbst gegenüber angewendet hatte, hob ihn in die Luft und eine Sekunde später lag Pyrros besiegt im Sand.

Charilas richtete sich langsam auf und stand einen Moment lang kerzengerade da, während im ganzen Umkreis völlige Stille eingetreten war. Er hob den Kopf und blickte dem Adler nach, der sich schon wieder hoch in die Luft geschwungen hatte und im riesigen Himmelsgewölbe fast nur noch als winziger Fleck sichtbar war. Dann brachen die Zuschauer in Beifallsrufe aus und Charilas blickte in meine Richtung.

Er stand wenige Schritte von mir entfernt im Sand. Ich brachte ihn zu meinem Platz und dann standen wir schweigend da und hörten den Herold seinen Namen und den Namen seines Vaters und seiner Stadt ausrufen. Darauf erschien Kyrnos mit dem Trainer, dessen Gesicht voller Schweißperlen war. Sie banden die Siegesbänder um Charilas' Arme und Schenkel, über den ölverschmierten Sand, der seine Haut noch bedeckte. Inzwischen hatte mich Xenocles gefunden. Er schüttelte mich und schrie mir etwas ins Ohr, doch ich konnte ihn inmitten der lärmenden Stimmen kaum verstehen, als wir im Triumphzug quer durch das Stadion zum Schiedsrichterpodium zogen. Einmal blickte ich zurück, um zu sehen, was aus Pyrros geworden war, doch er war verschwunden. Die Zeit seines Ruhmes war der frühe Morgen gewesen, als er den Wettlauf gewonnen hatte.

Als wir den Rand der Arena erreicht hatten, schien sich Charilas wieder gefasst zu haben. Er stand ruhig und sicher da, als er den Kopf senkte und ihm der Hohepriester den Siegeskranz aufsetzte. Als die Zeremonie zu Ende war, trat Charilas wieder zu uns und in diesem Augenblick schauten mein Onkel und ich uns zum ersten Mal an. Ich war froh, dass ich so lange gewartet hatte, denn der Sieg von Charilas hatte alle Bitterkeit von mir genommen.

Kyrnos schien außer Stande ein vernünftiges Wort hervorzubringen, er blickte von seinem Sohn zu mir und die Tränen liefen ihm die Wangen hinunter. Dann sah er meine Hände.

»Phaedon«, sagte er, ohne weiterzusprechen. Ich trat auf ihn zu und umarmte ihn.
»Onkel«, brachte ich hervor, »das ist für uns beide der glücklichste Tag unseres Lebens.« Kyrnos legte mir ungeschickt einen Arm um die Schulter, streckte die frei gebliebene Hand seinem Sohn entgegen, und einen Moment lang verharrten wir in dieser Stellung, und die ganze Vergangenheit schien wie ausgelöscht. Dann stand Theognis vor uns.
»Kyrnos«, sagte er, »wirst du ein Fest veranstalten? Lass mich für Charilas ein Lied dichten und heute Abend werden wir es singen.« Ich fuhr mit meiner Hand hinter dem Rücken von Kyrnos vorbei und zwickte Charilas kräftig in den Arm, denn er setzte gerade zum Sprechen an. Als uns Kyrnos wieder losgelassen hatte, fuhr er sich mit der Hand über die Augen und begann Pläne zu machen.
Später, in den Umkleideräumen, stand ich Charilas zum ersten Mal allein gegenüber. Jetzt, wo alle Anstrengungen vorbei waren, erschien er mit einem Male ganz schlaff vor Erschöpfung. Ich half ihm beim Waschen und rieb ihm dann sorgfältig Öl auf die gequetschten Stellen auf dem Rücken und auf den Armen, und ich freute mich, dass es immer noch einiges gab, was meine Hände tun konnten. Charilas war bis jetzt stumm gewesen, plötzlich wandte er sich um.
»Als mich Pyrros am Hals packte, glaubte ich, er würde mich töten.« Seine Augen leuchteten hell.

»Still«, sagte ich, »es ist jetzt vorbei. Du hast gewonnen, nicht er.«
Er lachte und entspannte sich etwas. »Weißt du, während all dieser Wochen wandte er auf dem Übungsplatz diesen Griff kein einziges Mal an, wenn jemand zuschaute. Und doch musste er die ganze Zeit die Absicht gehabt haben, im passenden Augenblick von ihm Gebrauch zu machen. Eines Tages wird er den Männer-Fünfkampf gewinnen.«
»Entweder das oder einen der Wettläufe.«
»Phaedon, was hattest du dagegen, dass ich Vater bitten wollte, dich ein Lied für mich dichten zu lassen? Ich dachte, du würdest Theognis hassen.«
»Das tat ich auch, doch jetzt tut er mir Leid. Dieses Fest hat uns so viel gebracht und ihm so wenig. Ich bin jung, ich kann doch noch jahrelang Lieder auf deine Siege schreiben.«
Charilas gähnte. »Theognis kann von Glück reden, wenn ich wach bleibe, doch vielleicht werde ich mich vor lauter Aufregung bald wieder frischer fühlen. Ich kann noch gar nicht richtig glauben, dass das alles wirklich passiert ist. Aber das will ich dir versprechen, Phaedon: Wir werden nach Megara zurückfahren und dann wird Vater noch einmal ein Fest veranstalten und dann wird dein Lied gesungen!«

Eine Ode für den Sieger

Wir standen zusammen vor der Pythischen Priesterin. Sie saß auf dem traditionellen Dreifuß in einer Ecke der düster beleuchteten Tempelkammer. In ihren langen Gewändern sah sie winzig klein und beinahe verhutzelt aus. Wir befanden uns unter dem alten Tempel, in einer Art Untergeschoss, welches vom Brand verschont worden war und über eine Geheimtreppe hinter dem inneren Heiligtum erreicht werden konnte. Zum zweiten Male wollte die Familie von Kyrnos das Orakel befragen, doch diesmal standen wir alle zusammen an dem heiligen Ort, und diesmal geschah es aus einem freudigen Anlass.

Es war der Tag, an dem wir Delphi verlassen sollten. Charilas wollte im Triumphzug nach Megara zurück, wohin ich ihn begleiten würde, um dann alleine nach Athen weiterzureisen. In Athen sollte ich Argon, den Priester, sowie alle anderen treffen, mit denen ich nach Ägypten und dann durch ganz Ionien reisen sollte. Wir hatten den Auftrag bekommen, mit der großen Geldsammlung zu beginnen, damit der Tempel wieder neu aufgebaut werden konnte. Wir waren nur eine von zahlreichen Gruppen, die nach allen

Städten ausgesandt wurden, aus denen Pilger nach Delphi gekommen waren, um hier den Willen von Apollo zu erkunden. Wir beabsichtigten, so lange unterwegs zu bleiben, bis sich unter den Leuchtenden Felsen wieder Tempelmauern erheben und der Delphische Apollo einmal mehr der Stolz von ganz Hellas werden würde.

Charilas, der neben mir im kühlen unterirdischen Raume stand, zitterte vor Furcht und vor Kälte. Ein paar Schritte vor uns stand Kyrnos, der dem Priester neben der Pythia unsere Frage gestellt hatte: War der Wille Apollos nun erfüllt oder mussten wir noch mehr tun, damit die Familie des Kyrnos wieder in Frieden leben konnte? Zuvor hatten wir oben auf dem Altare, auf dem die Reste des geopferten Schafs noch rauchten, Lose geworfen, um zu bestimmen, in welcher Reihenfolge wir das Heiligtum der Pythia betreten sollten. Charilas' Haar war noch feucht, denn bevor wir den Tempel betraten, hatten wir uns in den Kastalischen Quellen gebadet.

Nun warteten wir auf den Gott. Da begann sich die alte Frau auf ihrem Sitz zu regen. Sie stöhnte und dann ergoss sich ein Strom von Worten aus ihrem Munde. Ich fühlte, wie der Gott anwesend war, und es war mir, als stieße mich eine unsichtbare Hand zur Erde. Ich fiel auf die Knie und barg das Gesicht in den Händen. Charilas, der unmittelbar neben mir war, presste seine Schulter an die meine.

Als die Pythia wieder verstummt war, begann der Priester mit klarer Stimme ihre Worte zu deuten.

»Die Stimme des Gottes, die Worte Apollos
sagen dieses:

›Hoch aus der Luft stürzt der Falke, die Taube
darf nicht vor ihm fliehen.
So vom Olymp stürzt Apollo, wenn er forscht
in den Herzen der Seinen.
Gepries'ner als die Taube ist der Adler, denn er
schwingt sich befreit in den Himmel.
Reichlich segnet der Gott, wenn sein Ziel ist
nicht Ernst, sondern Freude.‹«

Als wir wieder ans Tageslicht hinaustraten, schien die Luft sauberer und das Licht der Sonne wärmer und milder. Mein Großvater, der uns auf der Reise begleiten sollte, saß auf den Stufen des Tempels. Er erhob sich und begrüßte uns.
»Hast du das erhoffte Wort vernommen, Kyrnos, Sohn des Polyapos?«, fragte er, und ich meinte, aus seiner Stimme eine leise Ironie herauszuhören.
In meinem Zimmer waren die wenigen Dinge, die ich für die Reise benötigte, schon zu einem kleinen Bündel zusammengebunden. Außer der Leier konnte ich ja alle meine übrigen Sachen bis zu meiner Rückkehr im Tempelbezirk lassen. In der Zwischenzeit wollte

Nanno mein Zimmer bewohnen. Es fiel mir schwer, mich von ihr zu verabschieden. »Das werden lange Monate werden, Phaedon«, sagte sie. »Wirst du uns Nachrichten senden?«
»Argon wird aus Ägypten einen Bericht von unserer Gruppe schicken und ich kann euch durch seine Boten Grüße bringen lassen.«
»Die Tage werden lang sein bis dahin«, sagte sie wieder. »Delphi wird einen stillen Herbst haben, nachdem die Spiele vorüber sind und die meisten Priester jenseits des Meeres unterwegs sind.«
Plötzlich verlor sie die Fassung, sie drehte sich noch einmal um, kam auf mich zu und grub den Kopf in meine Schultern. »Du kommst doch zurück, nicht wahr? Es ist ganz gleich, wie lange du wegbleibst, aber du kommst doch zurück? Delphi ist nun deine Heimat, nicht mehr Megara. Dein Vetter liebt dich, aber er wird dich doch nicht in Megara behalten wollen?«
Als ich den Arm um sie legte und sie eng an mich hielt, schien sie ganz schlank und klein zu sein.
»Nanno, ich habe nie eine andere Mutter gehabt als dich und Delphi. Die Welt ist zwar weit, aber wohin könnte ich am Ende nach Hause zurückkehren außer nach Delphi?« Sie küsste mich und verließ den Hof dann schnell, damit sie nicht zusehen musste, wie ich abreiste. Die Mädchen vom Chor winkten mir nach, als ich zu den Tempelruinen hinaufging und dann zu-

sammen mit meinem Großvater die Heilige Straße hinunterging.
Ein Gesicht hatte allerdings gefehlt: das von Korinna. Ich hatte mich schon am Vorabend von ihr verabschiedet, als es schon so dunkel war, dass wir uns nicht mehr deutlich sehen konnten. Darüber war ich froh gewesen.
»Nun wirst du also Kallisto ersetzen und die Führung des Mädchenchores übernehmen«, hatte ich gesagt, nur um etwas zu sagen. Erst jetzt bemerkte ich, wie schwer es mir wurde, Korinna zu verlassen.
»Ja, vor vier Jahren war ich noch die Jüngste und jetzt soll ich den Chor leiten.«
»Wird dich das befriedigen?«
»Eine Zeit lang schon. Aber ich bin nicht wie du, Phaedon, ich möchte nicht ein Leben lang für Apollo singen.«
»Morgen reise ich ab, doch ich werde zurückkehren, auch wenn sich die Monate bis zu diesem Tag länger hinausziehen werden, als ich voraussehen kann. Was dann, Korinna?«
»Ich werde immer noch da sein, auch wenn ich nicht mehr singen kann. Ich könnte den Tempel nun nicht mehr verlassen, außer ich ginge mit jemandem fort, der auch hier gelebt hat.«
»Korinna«, sagte ich und spürte, wie meine Stimme etwas zitterte, »geh nicht weg, bevor ich zurückkomme.«

»Wer würde denn an jenem Tag für dich Leier spielen, wenn ich nicht mehr da wäre?«, fragte sie mit einem leisen Lächeln.
Als ich nun die Heilige Straße hinunterging, wusste ich genau, wo sie sich befand: hoch oben auf der Felsplatte der Leuchtenden Felsen, wo wir oft hinaufgegangen waren, um zu üben. Ich drehte mich einmal um, doch die Entfernung war zu groß.
In derselben Nacht verließen wir Crissa in einem Schiff, das überladen war mit Pilgern, welche von den Spielen heimkehrten. Doch der Lorbeerkranz von Charilas sorgte dafür, dass wir gut untergebracht wurden und dass wir die kurze Überfahrt bis nach Pagae angenehm verbringen konnten. In Pagae ging uns mein Onkel voraus, denn er musste vieles erledigen. Charilas und ich ließen uns etwas mehr Zeit und passten uns dem Tempo meines Großvaters an. Wir verbrachten die Nacht im kleinen Apollotempel im Tal. Nach dem Essen setzten wir uns zusammen unter die wilden Reben, genau wie an dem Abend vor acht Jahren, als wir zum ersten Mal zum Tempel gekommen waren.
»Was geschah mit dem Purpurband, das deinem Vater gehörte?«, fragte mein Großvater nach langem Schweigen.
»Ich habe es bei der Zerstörung des Tempels verloren. Nanno hatte es sorgfältig mit einem goldenen Band umwunden, damit ich es beim Frühlingsfest würde tragen können. Ich musste weinen, als ich von ihr hör-

te, dass es verbrannt worden war. Ich war damals noch ziemlich schwach, und es war das Einzige, was ich von meinem Vater hatte.«

»Eines Tages wirst du einen Lorbeerkranz haben, den du selbst gewonnen hast, und der wird alles aufwiegen, was dir dein Vater hätte hinterlassen können.«

»Sollte mir das jemals gelingen, so werde ich ihn herbringen und zu seinem Andenken im Heiligtum aufhängen.«

Da bückte sich Charilas, um seinen eigenen Kranz aufzuheben, der neben ihm auf dem Boden lag.

»Bis zu jenem Tage soll mein Kranz an seiner Stelle hängen«, sagte er.

Für einen kurzen Augenblick sprach keiner ein Wort. Dann sagte mein Großvater: »Nicht bei dir zu Hause in Megara?«

»Nein. Ich muss ihn zwar morgen auf dem Heimweg und auf meinem Fest tragen, doch dann werde ich hierher zurückkommen. Und wenn du in Ägypten bist, Phaedon, wirst du wissen, dass der Lorbeer hier oben hängt.«

Am anderen Tag zogen wir im Triumphzug in Megara ein. In diesem Jahre waren wir die einzigen Sieger aus Megara und das allerletzte Stück unserer Reise führte uns durch eine jubelnde Menschenmenge. Kinder rannten uns nach und Mädchen warfen uns Blumen zu. In dieser Nacht schliefen wir wieder im Zimmer, in dem wir auch als kleine Jungen geschla-

fen hatten. Während der folgenden Tage wurde das Fest vorbereitet, das Charilas zu Ehren gegeben wurde.
Wie er mir versprochen hatte, ließ er mich nun ein Lied schreiben, und Kyrnos fand einen Jungen, der für mich spielte, und ein paar Sänger. Es waren die besten Sänger, die gefunden werden konnten, und doch vermisste ich Korinna und die anderen Mädchen. Da es im ganzen Haus nirgends ruhig genug war, suchte ich den Olivenhain vor der Stadt auf, um mein Lied zu schreiben. Es fiel mir ein, was Xenocles mir einst über das Leben der Dichter gesagt hatte; nun war die Eingebung da, doch sie in der ungewohnten und lärmigen Umgebung von Megara zur Sprache zu bringen war mehr als schwer. Schließlich hatte ich meinen Gesang geschrieben und nun übte der Chor so gut, als es in der kurzen Zeit ging.
In der Nacht vor dem Fest waren wir beide so unruhig, dass wir nicht einschlafen konnten. Es war sehr heiß und der Türvorhang war zurückgezogen worden, wir sahen die Sterne leuchten und hörten die Zikaden singen. Ich hatte mich nicht zugedeckt und ließ die kühle Luft des aufkommenden Nachtwinds über meinen Körper streichen.
»War das Zimmer immer so klein wie jetzt?«, fragte ich.
Ich hörte, wie sich Charilas auf die Ellbogen stützte, dann lachte er im Dunkeln neben mir auf.

»Du bist nun ein Mann, Phaedon. Früher bist du kleiner gewesen.«

»Es ist nicht nur dieses Zimmer. Das ganze Haus ist kleiner und matter geworden. Weißt du, Charilas, es war nicht leicht, hierher zurückzukommen. Wenn du nicht in Delphi gesiegt hättest, wäre ich wohl niemals im Stande gewesen, deinem Vater gegenüberzutreten. In den ersten Monaten, nachdem ich weggegangen war, war ich sehr bitter über das, was mir Theognis mit seinem Einverständnis antat.«

»Und doch warst du in Delphi freundlich zu Theognis!«

»Das war etwas anderes. Ich glaube, es war die Art von Freundlichkeit, die sich Menschen erweisen, die dasselbe Handwerk ausüben. Wir haben zwar keineswegs dieselben Eingebungen, Gott bewahre, doch er hat immerhin dem, was er geschaut hat, wahren Ausdruck verliehen. Er ist inzwischen so pathetisch geworden. Vielleicht wird er einfach alt.«

»Aber es war doch Theognis, der dich nach Sparta bringen wollte.«

»Nein, er war es eigentlich nicht. Er hat es zwar vorgeschlagen, doch dein Vater hat es zugelassen, und ich war schließlich sein Verwandter.«

»Was wäre wohl passiert, wenn du nicht gegangen wärst?«, sann Charilas. »Würde ich immer noch verkrüppelt hier liegen? Würdest du je deine Stimme gefunden haben? Wären deine Hände heil geblieben?«

»Ich glaube, das wollte uns Apollo mit dem Orakelspruch sagen. Nun bin ich froh über alles, was passiert ist, die schlimmen wie die schönen Dinge. Wenn ich nicht gelernt hätte, mich über beides zu freuen, dann wäre ich jetzt nicht bei dir. Apollo will uns sagen, dass wir von da aus, wo wir gerade stehen, immer vorwärts gehen müssen und nie versuchen dürfen, zu etwas, was hinter uns liegt, zurückzukehren, selbst wenn wir glauben, dass uns das Schicksal übel mitgespielt hat. Er hat uns dazu bestimmt, ihm zu dienen, doch er will, dass wir ihm mit Leib und Seele dienen.«

»Der Adler und die Taube, Wollen und Nichtwollen«, sagte Charilas. »Vielleicht hat Apollo deinem Vater einst einen Wink gegeben, den er nicht beachtet hat, und vielleicht war er seit jenem Zeitpunkt durch ein unerfülltes Schicksal an unsere Familie gebunden. Aber das ist nun vorbei, und doch haben wir uns inzwischen verändert. Wir werden niemals wieder so sein wie damals, bevor ich krank wurde. Wir können uns nicht einmal bemühen, so zu bleiben, wie wir jetzt sind. Aber trotzdem möchte ich, dass diese Nacht kein Ende hätte.«

Ich lachte ihn aus. »Und was geschieht mit deinem Fest und meinen Sängern und mit dem Essen, das auf uns wartet?«

»Ich weiß. Morgen wird der glücklichste Tag meines Lebens sein, er wird sogar den Tag des Wettstreits überstrahlen, denn ich kann nicht behaupten, ich hätte ihn von morgens bis abends nur genießen können. Und doch wird auch auf diesen Festtag ein Schatten fallen, weil ich weiß, dass du am nächsten Morgen aufbrechen wirst. Ich werde dich anschauen und denken: Morgen werde ich allein sein, das Fest und die Spiele werden vorbei sein, was soll ich nun anfangen?«

»Aber Charilas, du weißt doch, dass du nicht mitkommen kannst. Du hast eine Verantwortung hier. Du bist der einzige Sohn deines Vaters und musst hier leben. Eines Tages wird das Haus dir gehören. Du wirst heiraten und eigene Söhne haben und eines Tages wirst du vielleicht in Olympia oder Delphi wieder gewinnen. Alles, was du hast, ist hier, während ich hier nichts zu suchen habe. Ich habe nicht einmal ein Verlangen nach der Art von Dingen, die dich glücklich machen werden. Dein Vater könnte doppelt so reich sein und seinen Reichtum zwischen uns aufteilen, ich würde nichts davon nehmen.«

»Wird dich dein künftiges Wanderleben glücklich machen?«

»Ja, das glaube ich. Alle Dichter müssen reisen und diesmal werde ich begleitet sein und einen Grund für meine Reise haben. Später werde ich allein sein, aber ich bin dazu noch nicht bereit; ich war früher so lange allein.«

»Wirst du schließlich wieder nach Delphi zurückgehen?«

»Natürlich. In Delphi bin ich nun zu Hause. Aber ich werde zwischendurch nach Megara kommen, wenn ich kann, und später werde ich vielleicht längere Zeit hier verbringen.«

»Mein erster Sohn wird Phaedon heißen«, sagte Charilas schläfrig.

»Darüber wird sich dein Vater sehr ärgern! Nun schlaf gut, du beginnst ja schon Unsinn zu reden. Morgen wird ein wundervoller Tag sein, du kannst sagen, was du willst.«

Da Kyrnos' Haus nicht alle Gäste aufnehmen konnte, fuhren wir am Morgen zu einem Bauernhof in der Nähe der Stadt hinaus. Als wir ankamen, hatten die Bauern den Haupthof bereits freigeräumt und gekehrt und mit frischem Sand bestreut. Den ganzen Morgen waren die Mädchen damit beschäftigt, Girlanden zu binden und um die Türpfosten zu schlingen und an der Dachtraufe zu befestigen. Wir hatten von zu Hause die schönsten Wandbehänge mitgenommen, und bald sah unser Festsaal aus, als hätte ihn ein reicher Gutsherr geschmückt, nur dass er gegen den Himmel offen war. Als die Hitze nachzulassen begann, trafen die ersten Gäste ein, und bald war der ganze Hof voll.

Charilas stand schüchtern neben seinem Vater im Eingang, er trug eine weiße, reich geschmückte Leinentunika und auf den kurzen Locken den Lorbeerkranz. Ich setzte mich mit meinem Großvater etwas abseits hin, sodass ich zwar alles sehen konnte, ohne jedoch zu sehr hineingezogen zu werden. Von Zeit zu Zeit schaute Charilas zu mir herüber und lächelte.

Nach dem großen Mahl hatte ich genug Muse, um mir zu überlegen, was Xenocles wohl von meinem Lied gehalten hätte. Bisher war ich immer auf seinen Rat angewiesen gewesen, doch nun musste ich lernen, ein unbestechlicher Richter meiner eigenen Dichtungen zu werden. Die Sänger saßen zusammen in einer Ecke. Sie machten einen etwas nervösen Eindruck; es erschien ihnen wohl nicht besonders verlockend, für einen so jungen Dichter zu singen.

Die Sonne verschwand langsam hinter den Bergen und ließ einen goldenen Schimmer über der Ebene von Megara zurück. Kyrnos saß aufrecht auf seinem Ruhebett und machte mir ein Zeichen mit der Hand. Ich stand auf und ging zu ihm hinüber.

»Bist du bereit für dein Lied?«, fragte er.

»Ja, Oheim, alle sind hier.«

Ich wollte gerade wieder gehen, als mich Charilas bei der Hand fasste.

»Phaedon, warte, ich möchte dir zuerst danken.«

»Aber wofür denn?«

»Weißt du das nicht?« Er schaute mich an und wurde mitten im fröhlichen Gelächter, das uns umgab, plötzlich ganz ernst. »Danke, dass du da warst, als ich krank war und dich brauchte, und dass du im Stadion warst, als ich beinahe die Nerven verloren hätte. Und jetzt danke ich dir, dass du Kraft genug hast, wieder fortzugehen wie damals.«

»Oh, Charilas«, sagte ich, dann blieben mir die Worte in der Kehle stecken, aber ich hätte ohnehin keine Zeit mehr gehabt weiterzusprechen.

Er beugte sich zu mir herüber und küsste mich. »Nun musst du gehen, alle warten auf dich.«

Der Junge mit der Leier trat mit den Sängern hervor, die ganze Gruppe war mit Rosengirlanden geschmückt. Ich lächelte ihnen aufmunternd zu, wie Xenocles in Delphi den Männern vom Chor zuzulächeln pflegte. Nun waren alle Zweifel über mein Lied geschwunden.

Das fröhliche Lachen der Gäste verstummte, der letzte Sonnenstrahl war gerade erloschen und in der Stille dieses Augenblicks ertönten die ersten Leierklänge und die fröhlichen Stimmen meiner Sänger. Schließlich hob ich den Kopf und sah eine Taube über den Dächern aufsteigen, bis sie von den letzten Sonnenstrahlen vergoldet wurde. Dann fing auch ich zu singen an.